명 상 학 교

교과서 시리즈

죽음의 두려움에서 벗어나는 법

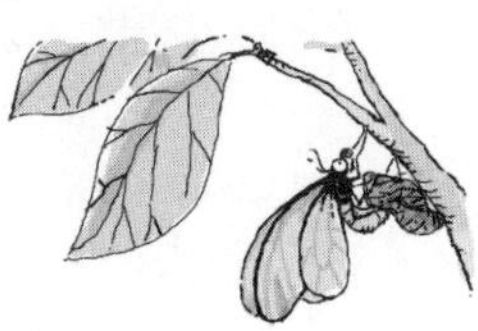

웰다잉과 죽음준비 그리고 사후세계의 실체

수선재

명상학교 교과서 시리즈

죽음의 두려움에서 벗어나는 법

1판 1쇄 | 2007년 7월 10일
2판 1쇄 | 2010년11월 15일
2판 2쇄 | 2011년 1월 19일

수선재 선서연구실 엮음

기획 | 문선미
편집 | 김동철, 윤양순
마케팅 | 서대완

펴낸곳 | 도서출판 수선재
펴낸이 | 이혜선

출판등록 | 1999년 3월 22일 (제 1-2469호)
주소 | 서울시 종로구 가회동 172-1 3층
전화 | 02)737-9454
팩스 | 02)737-9456
홈페이지 | www.suseonjaebooks.com
블로그 | http://blog.naver.com/ssj_books
전자우편 | will@suseonjae.org

ISBN 978-89-89150-70-1 04810
ISBN 978-89-89150-49-7 04810(세트)

* 이 책은 『죽음을 준비하는 법』의 개정판입니다.
* 책의 내용에 대해 궁금한 점이 있으시면
  수선재 선서연구실(010-7502-2727)로 문의 바랍니다.

책을 내면서

명상을 시작한 지 7년째입니다.
아직도 '명상' 하면 너무 거창하게 느껴지는 단어라
스스로에게서 거품과 힘을 빼느라 노력하고 있습니다.

제가 경험한 '명상' 은 무거운 것이 아니라 가벼워지는 법이었고,
환경은 그대로이되 마음이 편안해지는 법이었으며,
스스로를 자유롭게 만드는 법이었습니다.
가장 기본적으로는 자신의 몸에 대해 관심을 가지고
스스로 관리할 줄 아는 법을 배우게 되었습니다.

명상을 통해 '홀로 서는 법' 을 배워가고 있습니다.
밖에서 구하기보다는 내 안의 어느 한 구석에서 필요한 것을 찾아
내어 갈고 닦아 스스로를 빛나게 할 수 있는 법을 조금씩 익혀가고
있습니다.

자신을 사랑할 줄 아는 사람이 다른 사람에게도 넉넉해지고 여유로워지는 것 같았습니다.

인간은 원래 불완전하게 창조된 존재라는 사실도 알게 되었습니다.
하지만 보다 나은 존재가 될 수 있는 씨앗을 가지고 있기에
현실은 부족해도 더 없이 귀한 존재라는 사실을 알게 되었지요.
진화란 변하되 우주의 입장에서 좀 더 나은 존재로 변하는 것이었습니다.
명상학교 수선재를 통하여 스스로가 진화했음을 느낍니다.

진화할 수 있도록 영양분이 되었던
그동안의 명상학교 수선재 말씀을 엮었습니다.

혹 말씀을 해석하고 재구성하는 과정에서
오류가 발생되지 않도록 각별히 하였습니다.
어느 누구 하나 똑같지 않은,
지구에서 자신만의 길을 잘 찾아갈 수 있도록
작지만 정확한 나침반을 만들고자 했습니다.
그럼에도 부족한 부분에 대해서는 깊은 양해를 부탁드립니다.

잘 살고 잘 죽고자 하는 바람이
세상 모든 이들의 공통적인 화두라 생각하여

건강, 사랑, 일, 진화, 죽음 등
삶의 주제들을 하나씩 풀어내고 있습니다.

금번의 〈죽음의 두려움에서 벗어나는 법〉에서는
인간이 죽어서 가는 세계, 보이지 않는 세계에 대하여 다루었습니다.
눈앞에 펼쳐진 세계가 너무도 다양하고 끝없어 보이지만,
그 보이는 세계는 우주에서 단 1%일 뿐
나머지 99%는 보이지 않는 세계로 존재하고 있었습니다.

그리고 오늘은, 지구에서의 한 생을 마치고 떠나는 순간
비워지고 가벼워져서 멀리 높이 오를 수 있도록 연습하기 위해
주어진 날 중 하루임을 알게 되었습니다.
떠남을 준비하며 현재를 살 수 있는 지혜를 얻고자 합니다.

책이 나오기까지 즐거움 가운데 함께 작업을 해주신 선서연구실 도반님들과 노고가 많으셨던 출판사 사장님과 직원 분들께 감사드립니다.

세상의 수많은 길 중에서 '가운데 길' 을 열어주신
선생님께 깊이 감사드립니다.

2007년 7월 선서연구실 문선미

차례

2장. 사람은 어떻게 죽는가?

어머니의 향천을 지켜보며

죽음의 다양한 경우들

5장. 조상님들을 천도하며

1부
소설 _ 이진사의 향천

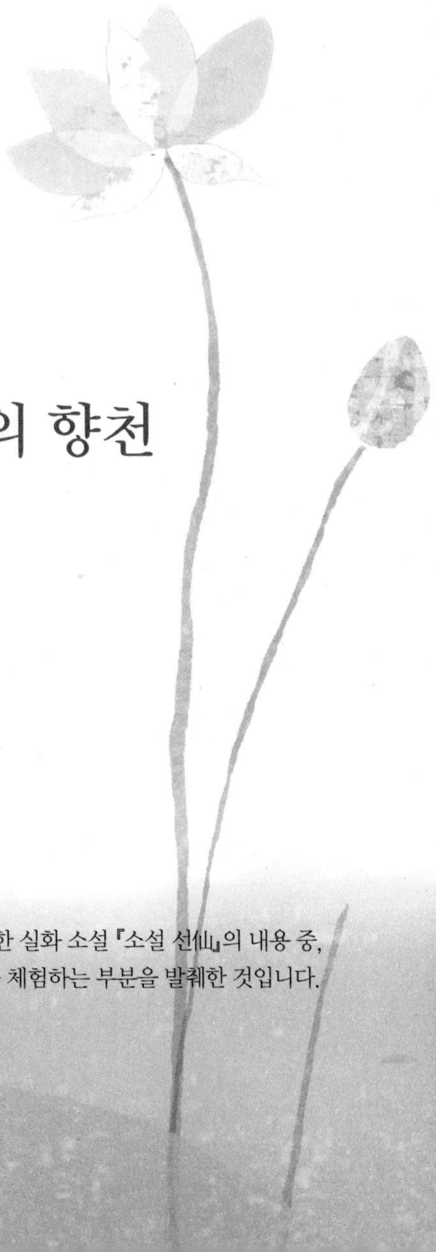

* 이 소설은 토정 이지함 선인의 수련과정을 기록한 실화 소설 『소설 선仙』의 내용 중, 이지함 선인의 할아버지인 이진사가 사후세계를 체험하는 부분을 발췌한 것입니다.

향천 준비

•1•

향천(向天, 별세를 의미함)을 생각하여야 할 무렵이 된 즈음 이진사는 이 며느리를 더욱 마음 써서 지켜보고 있었다. 아이를 수태하고 용꿈을 꾸었을 때부터 혹시 손자가 선계 출신이 아닌가 하였던 추측은 확신이 없었으나, 며느리가 인간으로서 상품上品의 천성을 가지고 태어난 것만은 틀림이 없었다.

이러한 것은 며느리가 모든 점에서 누구 못지않은 행동거지를 보일 뿐만 아니라 항상 약간씩 남보다 나은 점을 보임으로써 남들이 무시할 수 없을 뿐만 아니라 마음속으로는 존경까지도 하는 것을 보았을 때 알 수 있었다.

아마도 며느리가 남자로 태어났다면 큰일을 할 수도 있을 만큼

의지가 있고 영민한 아이였다. 이러한 것을 보면서 며느리에게도 기대가 있었으나 그런 며느리가 출산할 손자에게도 기대가 있었던 것이었다. 이 정도로 후일을 기약할 수 있게 된다면 자신이 떠나기 전에 할 일은 전부 한 것이 아닌가 하는 생각이 들었다.

마음을 가벼이 해도 되리라. 모든 것은 하늘의 뜻이 아니겠는가? 자신의 역할은 일부에 불과한 것이고, 이 일부에 불과한 것은 자신이 전부 하였다고 할 수 있지 않겠는가?

이진사는 자신이 걸어온 길을 뒤돌아보았다. 나이가 들어서는 아마도 남들보다 속으로는 더 많은 갈등을 하면서 살아왔으리라. 이승을 떠난다 한들 자신의 업적에 대하여 과대평가 받고 싶은 생각은 없었다. 하지만 자신이 한 것만큼은 정당하게 평가받고 싶었다.

자신의 일생이 다른 사람들과 비교하여 형편없다고 할 수는 없겠으나 낫다고 볼 수도 없었다. 그저 평범한 일생을 산 것이라고 할 수 있다. 그러나 무엇인가 마음속으로 뿌듯한 것이 있었다.

다른 사람들은 자신이 태어나서 무엇을 하고 가야 할 것인가에 대한 생각이 없이 살아가는 경우가 많이 있었다. 하지만 자신은 그래도 하여야 할 일이 무엇인가에 대하여 생각을 하면서 살아왔고, 이러한 것들이 큰 것은 아니나 자신이 걸어온 길에 대하여 그런대로 자국이 남아 있었다.

진이를 비롯하여 며느리도 자신의 뜻을 잘 받들어 나오고 있음을 알 수 있었다. 그것은 자신들이 낳은 아이에 대하여 이들이 하는 행동을 보면 알 수 있었다. 아이에 대한 이들의 생각은 근본적으로 다른 사람들과 같지 않음을 볼 수 있었다. 우선 아이를 아이답게 취급하지 않고 어른처럼 취급하는 것이었다. 때로는 너무나 매몰차지 않을까 싶을 정도로 어린 아이에게 도리道理를 전달하는 것이었다.

물론 자신도 어릴 때의 진이에게 그러한 방법으로 교육을 시키고는 하였다. 하지만 진이는 자신보다 한술 더 떠서 지함을 다루고 있는 것이었다. 어리다고 해서 조금도 양해하는 법이 없었다. 지함이 동네 아이들처럼 아이 노릇을 하는 것에 대해서는 전혀 배려가 없었다. 아이가 빗나갈 우려가 있을 정도의 엄격함이었다.

예를 들어 사정이 있어 하루 할당량의 책을 읽지 못하면 자는 아이를 깨워서라도 밤늦게까지 반드시 읽도록 한다든지, 아침저녁 단정한 모습으로 동네 어른들에게까지 문안 인사를 여쭙게 한다든지, 길가는 사람들에게라도 공손하게 대하지 않으면 심하게 책망하고 상대방에게 반드시 사죄드리도록 한다든지, 한 달에도 몇 번씩 되풀이되는 동네나 집안 행사에 어엿하게 참가자의 일원으로서 참여하는 것 등이었다.

그러나 지함 역시 어린 나이임에도 그러한 것을 당연하게 받아들이면서 대인大人다운 풍모를 잃지 않고 있었다. 어른들이 자신에게 원하는 것이 무엇인지 정확히 알고 자신의 잘못을 시인하였으며, 부모님의 걱정에 대하여 전혀 노여움이 없었다. 이러한 것은 타고난 대인으로서의 대범함을 가지지 않고서는 있을 수 없는 아이답지 않은 모습이었다.

지함이 커가는 모습을 세심하게 지켜보고 있는 이진사는 시간이 지날수록 더 마음을 놓고 향천 준비를 할 수 있었다.

• 2 •

'향천이라……. 내가 벌써 한평생을 보내고 향천을 할 때가 된 것인가?'

사람의 수명壽命은 하늘의 명命이므로 사람으로서는 어쩔 수 없는 것이나 한편으로는 서운함이 있는 것 역시 사실이었다.

이승에 있는 동안 사람의 힘으로 할 수 있는 것을 들라면 아마도 한정된 능력으로 무엇을 할 수 있을 것인가 하는 생각이 들 것이다. 그러나 인간의 힘으로 할 수 있는 것 역시 적지 않았다.

우선 '사람을 만나는 것' 이다. 인간이 인간을 만난다는 것은 그 자체로 사건이었다.

둘째는 '인간이 살아가는 것' 자체가 사건이었다.

셋째는 '인간이 머물다 떠난 자리' 역시 지속적으로 인간 세상에 영향을 미치는 일이었다.

인간이 태어나는 것은 최초의 만남이었다. 부모로서 만나고, 형제로서 만나며, 이웃으로 만나고, 타인으로, 친인척으로 만났다. 만

남은 인간으로서의 출발이며 모든 것의 시작이었다. 또한 살아감은 인간으로서 닦여감을 뜻하는 것으로서 이 과정을 어떻게 보내느냐에 따라 선인이 되는가, 인간으로 남는가가 결정되는 것이었다.

떠남, 즉 향천은 인간이 인간으로서 살아온 것 전체에 대하여 평가받는 자리였다. 시작과 과정, 그리고 그 이후의 평가, 이 세 가지 과정을 통하여 인간은 선인이 될 수 있는 것이며, 인간으로 다시 태어날 수 있는가의 여부가 결정되는 것이었다.

이진사는 이제 두 가지 과정을 마치고 세 번째 과정을 남겨두고 있었다. 자신이 이승에 들어 할 수 있는 두 가지 일을 끝낸 것이었다. 아직 남아있는 시간들이 있기는 하였으나 어떤 새로운 일을 하기에는 부족하였다. 아무런 일도 하지 않고 보내기에는 무료한 시간이었으나 매듭을 지을 만한 시간이 남아있지 않다는 것은 자신이 더욱 잘 알고 있었다.

이진사는 세상에 대하여 자신의 마음을 덜어낼 준비를 하였다. 모든 것에서 집착을 벗어 내었으며 자신이 깊이 심어 놓은 모든 것들에게서 자신의 마음을 거두었다. 자신의 마음을 심어 놓았던 이 세상의 모든 것들은 자신이 이승을 떠난 후 후세에 이승에 태어날 선인들에게 자신의 뜻을 전하기 위해서였으나 그마저도 부담스러운 것으로 느껴지는 것이었다.

따라서 이제는 모든 것을 거두어야 할 것으로 생각하고 서서히 이승에 심어 놓은 자신의 무게를 줄여가고 있었다. 이러한 이진사의 시도는 자신의 마음의 무게를 상당 부분 줄였으며, 이로 인하여 이진사는 부담 없이 향천의 준비를 할 수 있었다.

향천할 시간이 다가오자 이진사의 마음속에는 지나간 날들의 많은 사건들이 지나갔다. 이 모든 것들이 지금은 비움의 의미를 지닌 채 이진사에게 다가오는 것이었다.

'비움'

그것은 진정 자유였다. 이진사는 이 비움의 의미를 진정 깨달아 가고 있었다. 이렇게 가벼운 것이라면 진즉 비웠어야 더 많이 깨달을 수 있음을 알아가고 있었다. 자신의 다녀간 자국을 남기기 위해 마음을 심었던 것마저도 욕심임을 알았던 것이다.

이진사는 모든 것에서 자유로울 수 있는 것은 모든 것에의 집착을 끊는 것임을 확신하였다. 따라서 모든 것을 버릴 수 있는 마음이야말로 모든 것을 얻을 수 있는 방법임을 알았다.

이후 이진사는 모든 것에서 벗어나서 자유를 만끽할 수 있었다. 생명에 대한 집착마저도 벗어날 즈음 이진사는 자신이 이승에서 가장 자유로울 수 있음을 알고 있었다. 어느 누구의 자유도 자신의 것보다는 덜할 것 같았다. 이 정도의 자유라면 우주의 어느 곳에 있든지 간에 날아다닐 수 있을 것 같았다.

향천 이전 자신이 하여야 할 것이라고 생각하였던 모든 것에서 자유롭고 나서부터 이진사는 이 세상의 모든 것들이 진정 소중하고 값진 것임을 인정하고 모든 것에서 벗어나 훨훨 날 것 같은 세월을 보내고 있었다. 집착에서 벗어나고부터는 아까울 것도, 미련을 가질 것도, 안타까워해야 할 것도 없었다. 모든 것은 자신의 길을 가는 것이었다. 그 자신의 길에 대한 걱정마저도 간섭이며 무질서이고, 남의 일을 하는 것으로 느껴지는 것이었다.

때로는 '이러한 것이 진정 모든 것을 위하는 것인가' 하는 생각이 들 정도로 얼마 전의 이진사의 모습에서 벗어나 있는 것이었다. 다른 사람들은 이진사의 변한 모습에서 어쩌면 향천의 모습을 보고 있는 것인지도 몰랐다.

예전의 이진사가 아닌 것이었다. 예전의 이진사는 이렇게 모든 것에서 초연할 수 없는 사람이었던 것이다. 다른 모든 사람들이 그렇다고 해도 이진사만은 열심히 자신의 길을 가는 사람이었던 것이다. 그렇던 이진사가 어느 날인가부터 모든 것으로부터 벗어나 있음을 집안 사람들은 물론 동네 사람들까지도 알아채기 시작하고 있었다.

사람의 마음이 변한다는 것은 커다란 동기를 필요로 하였다. 이진사의 경우 하늘의 뜻을 읽고 나서 모든 것에서 집착을 놓았고, 이 집착으로부터의 벗어남이 사람을 너무나 변하도록 만들어 놓은 것이었다.

이진사는 자신의 향천일을 짚어 보았다. 앞으로 길어야 서너 달인 것이다. 가급적 길일을 택하여 떠나 볼 생각이었다. 자신의 육신 마저도 남기지 않으려는 생각이 없는 것은 아니었으나 그동안 자신의 일생을 잘 보필하여 온 육신에 대한 예의로서 가능한 한 삭아서 사라질 동안만이라도 도리를 다해 주고 싶었다.

그동안 더욱 열심히 마음을 비우고 모든 것에 진심으로 감사하며 지내야 할 것이라고 생각한 이진사는 이러한 자신의 생각을 실천하는 방법으로 매일 새벽 하루에 두서너 시간씩 만물에 감사하는 명상시간을 갖기로 하였다. 자신에게 남겨진 결코 길지 않은 시간을 가치 있게 보낼 수 있는 방법은 그 방법밖에 없을 것이라고 생각한 것이었다.

'이 시간들을 내가 이승에 있는 동안 모든 이에게 감사하는 시간으로 보내자.'

• 3 •

이런 생각들로 지내던 어느 날 이진사는 자신의 명이 거의 다하였음을 느꼈다. 수일 전부터 하늘에서 내려오는 천기天氣가 약해지고, 땅에서 받던 지기地氣가 강해진 것이었다.

'지기가 강해지다니…….'

지기가 강해지는 것은 두 가지 이유가 있었다. 한 가지는 천기가 약해지므로 상대적으로 지기가 강하게 느껴지는 것이었다. 이러한 경우는 천기를 받아들이는 혈穴이 막혔을 경우에도 있을 수 있는 현상이었다. 이런 때는 스승이나 수련 정도가 높은 사형師兄 등이 혈을 개통시켜 줌으로써 해결되는 것이었다.

또 한 가지는 천기는 그대로 있으나 지기가 워낙 강해져서 그렇게 되는 것이었다. 이럴 때는 대부분의 인간들이 지기에 휩싸여 지기의 포로가 되어 버리고 마는 경우가 많았다. 지기에 패하게 되면 다시 일어서기가 어렵게 된다. 대개 수련을 하지 않는 사람들에게서 일어나는 현상이므로 다시 돌이키기 어려운 상태가 되어버리는 것이다.

이진사의 경우는 전자前者였다. 천기가 막히고 있었다. 모든 것을 비우는 과정이 길어지면서 천기를 당기는 힘이 약해져 버린 것이다. 천기를 당기는 힘이 약해지게 되면 천기는 약해지나 지기는 가까이 있어 그 효력이 동일하게 미치므로 지기가 강해진 것처럼 느끼게 되는 것이었다.

이진사는 자신의 경우가 전자임을 알고 있었다. 경혈을 열거나 천기를 당김으로 인하여 천기를 강화할 수는 있으나 이 또한 이진사의 입장에서는 원하는 일이 아니었다. 진정 원한다면 오로지 하늘 기운을 받으며 마지막을 장식하고픈 생각뿐이었다. 하늘 기운이 중간 정도의 수준을 유지해 준다면 어느 쪽으로도 기울지 않고 마지막을 편히 보낼 수 있을 터였다. 하지만 지기가 강해진다면 지기에 의해 그나마 있었던 천기마저도 더욱 약해질 수 있었다.

그러나 이진사는 마지막 소망마저도 버리기로 하였다. 그렇게만 된다면 나는 전부 비운 것이 될 것이다. 이렇게 비운 후에 정말 가벼이 떠날 수 있으리라. 천기인들 어떠하며 지기인들 어떠할 것인가? 천기도 지기도 느끼지 못하던 날들도 잘만 살아왔거늘 이제 향천을 준비하는 요즈음 천기가 조금 부족하면 어떤가?

이제 곧 아무것도 없이 살아가야 할 것이다. 이번에 들어가는 곳이 어떠한 곳인가에 대해서는 너무나 여러 사람이 쓴 것을 읽은 것이 있어 그런대로 알고는 있었으나 확신은 없는 터였다.

• 4 •

이러저러한 생각을 하고 있던 중 몸이 가벼워지는 것을 느꼈다. 육신의 무게가 점차 줄어들고 있었던 것이다. 허나 일어서려 하자 일어서기가 상당히 불편하였다. 이러한 일은 아직까지는 없었던 일이었다. 몸이 무거우면 좌우가 동시에 무겁지 한쪽으로 쏠려서 감각이 치우친 적은 없었기 때문이다.

앞에 무엇인가가 보였다. 많은 사람들이 보이고 있었다. 돌아가신 아버지가 보였다. 동네 분들 중 돌아가신 분들도 보였다.

이진사는 다시 일어서 보려 하였다. 그러자 몸은 그대로 있는 상태에서 기운으로 일어서지는 것 아닌가? 이진사는 너무나 놀랐다.

이렇게 향천을 하는 것인가? 몸은 그대로 앉아 있었다. 그런데 자신이 일어선 것이다. 다시 앉아 보았다. 그대로 앉아졌으나 몸을 비켜 앉아지는 것이었다. 이미 몸과 하나가 아닌 둘이 되어가고 있었다.

'이렇게 떠나는 것이구나…….'

하지만 걱정할 것은 없었다. 어느새 유언을 남길 만큼의 미련조차 남아있지 않았던 것이다. 모든 것을 깨끗이 정리한 것이 언제이던가? 여기에 생각이 미치자 순간 모든 것이 이진사의 마음을 떠나 원래의 자리로 돌아가고 있었다.

이진사와 관계있었던 것들은 이제는 깨끗이 비워져 어디에도 이진사의 흔적이 남아 있지 않았다. 이진사는 더 이상 남아있을 필요가 없음을 알았다. 더 이상 남아있고 싶어도 남아있을 수 없는 시간이 다가온 것이다.

이진사는 일어선 채 남겨져 있는 몸을 바라보았다. 자신을 육십여 년간 싣고 온 육신은 가만히 눈을 감고 앉아 있었다. 더없이 평화로운 얼굴이었다. 이만하다면 이제는 떠나도 되리라. 저렇게 평온한 얼굴은 아무에게서나 나올 수 없는 얼굴이었다.

'나도 이제 인간들에게 부담을 주지 않을 만큼 마음이 열린 것일까?'

자녀들은 이제 클 만큼 커서 자신의 향천을 편안히 바라볼 만큼 되었으니 그 애들이야 조금의 서운함만 뺀다면 될 것이나 손자가 걱정이었다. 하지만 그 애는 오히려 총기가 있고 선기仙氣가 보여 사실상 가장 걱정이 덜 되는 편이었다.

그렇다. 이제는 떠나도 될 것이다. 다시 돌아갈 수 없는, 떠나지 않을 수 없는 형편이 되기는 하였으나 어쨌든 마음 놓고 갈 수 있게 된 것이다.

마음이 홀가분하였다. 이승에 와서 한 갑자(甲子, 60년)를 잘도 지내왔다. 모든 것을 깨달은 시점이 너무 짧아서 결코 보람 있게 보냈다고 할 수는 없으나 그래도 마지막에라도 어느 정도 깨달은 것이 다행이라고 생각되었다.

이만큼 깨닫고 이만큼 비운 채 갈 수 있는 것만이라도 다행으로 알아야 할 것이었다. 이진사는 드디어 마음을 속세에서 아주 비웠다. 모든 것을 한 번 바라보는 것만으로도 마음은 아주 정리가 되었다.

• 5 •

이진사의 향천은 동네 사람들에게 더할 나위 없이 서운한 일이었다. 고을의 모든 사람들에게 무엇인가가 비워진 듯한 느낌을 너무나 크게 주었다.

단지 한 사람이 세상을 떠난 것 이상의 비워짐…….

무엇인가 이들의 가슴에서 거두어진 듯한 느낌을 전해 주고 가버린 것이다. 비단 사람들의 가슴에서만 이러한 일들이 일어난 것이 아니었다. 나무와 풀, 산과 들에서도 무엇인가가 거두어져 버린 것 같은 공허가 배어 나오는 것이었다.

세상은 반드시 원칙에 의해 움직이는 것은 아닌 듯하였다. 하지만 원칙이 아닌 듯 생각되는 그것이 원칙인 것은 우주의 기준으로나 재볼 수 있음직한 일이었다. 크고 작은 것이 인간의 기준으로 재어지는 것이듯 도의 깊이는 우주의 기준으로 측량되는 것인 듯싶었다.

마냥 평범한 것 같았던 이진사는 향천 이후 이제껏 겪어 보지 못했던 것을 경험하게 되는 것이었다. 이진사는 육신을 바라보면서 자신의 몸을 어쩌면 다시 볼 수 없을는지도 모른다는 생각이 들었다.

마냥 편안한 얼굴이었으므로 걱정이 되는 것은 아니었으나 그래도 다시 한 번 자신의 육신을 보고 싶은 생각이 들어 공중으로 올라가는 자신의 기체氣體를 낮추어 보고자 하였다. 그러나 자신의 기체는 더 이상 자신의 것이 아니었다.

통제력을 잃은 자신의 기체는 공중으로 천천히 계속 솟아 올라가는 것이었다. 이미 자신의 몸이 아니고 기운으로 화化해버려 더 이상 자신의 힘으로는 어찌할 수 없게 되어 버린 것 같았다. 이러한 상황에서 이진사가 할 수 있는 일은 그냥 마음 편히 생각을 하는 길뿐인 것 같았다.

'그래, 이제 와서 무엇을 더 어찌한단 말인가! 한 번 더 바라본들 무엇이 더 남겠는가. 그렇다고 다시 돌아갈 수도 없는 일 아닌가. 가자. 어딘지 모르지만 지나간 날의 나의 삶에 의해 평가받을 것 아니겠는가? 내가 올바로 살았으면 올바로 살아온 값을 받을 것이고, 그렇지 않다면 그렇지 않은 값을 받을 것이다. 모든 것을 하늘의 뜻에 맡기기로 하자. 무엇을 더 망설이는 것인가. 가자. 그리고 맡기자.'

이진사는 모든 것을 하늘에 맡기기로 하였다. 살아생전 모든 것을 비우는 연습을 무던히도 한 탓에 마음을 먹자마자 모든 것이 쉽게 잊혀져 가고 다시 마음이 가벼워져 갔다.

하늘 가는 길

• 6 •

이진사는 하늘을 보았다. 무엇인가 검은 점 몇 개가 보였으나 아직 멀어서 무엇인지 알 수 없었다. 하지만 점점 가까이 다가가면서 보니 사람들인 것 같았다.

'누군가? 나처럼 올라오는 사람들인가?'

하지만 그들이 다가오는 것으로 보아 가만히 떠 있는 것 같았다. 점점 다가가자 멀리 몇 사람이 공중에 떠 있는 것이 보였다. 검정 옷을 입은 사람들이 다섯 명 있었다. 공중에 떠 있지만 땅에 서 있는 것처럼 자연스럽게 떠 있었다. 한 명은 주변을 어슬렁어슬렁 걸어 다니고 있었으며 나머지 네 명은 편안한 자세로 서서 이진사가 올라오는 것을 바라보고 있었다.

이진사는 이 사람들이 자신을 맞이하는 것으로 알고 인사를 하려 하였으나 본척만척하며 그대로 서 있었다. 이진사는 이들을 지나쳐 다시 공중으로 올라갔다. 이제 떠나온 육신은 보이지 않았다.

공중의 모습은 예전에 보던 것과는 달라져 있었다. 그냥 하늘이 아니었다. 밟고 걸으려 하면 밟고 걸을 수도 있을 것 같다는 생각이 들었으나 아직 자신은 그러한 행동을 할 수 없었다. 바람의 힘에 풍선이 밀려 올라가듯 그렇게 천천히 하늘로 올라가고 있었다. 이것이 하늘인지 아닌지에 대해서도 확신할 수 없었지만 어쨌든 떠 올라가고 있는 것이 분명한 것은 주변의 것들이 천천히 내려가고 있음에 비추어 알 수 있었다.

방금 만났던 사람들은 지금 생각해 보니 자신을 보지 못한 것 같았다. 표정들이 웃는 것도 아니고 우는 것도 아니었지만 무표정보다는 편안한 인상에 약간 긴장된 표정들이었던 것으로 미루어 보아 그들이 악한이 아니고 선한 사람들임을 미루어 짐작할 수 있었다. 다시금 생각하건대 그들이 이진사의 인사를 받지 아니한 것은 그들이 자신을 보지 못하였음이 틀림없다는 생각이 들었다.

'괜히 신경 쓸 것 없다.'

지금 그것마저도 비워야 할 것이라는 생각이 들었다.

'이러한 모든 것들을 비우는 데까지 비워 보자. 어디까지 비워야 모두 비웠다고 할 수 있을 것인가? 새로이 보는 모든 것들에 대해서도 비워 보자. 비우는 데까지 비우다 보면 비움의 끝이 나오는 것 아니겠는가? 이제는 비움의 끝이 목적이 되어 버린 것 아닌가!'

이렇게 생각하면 할수록 이진사가 떠 올라가는 속도가 빨라졌다. 처음에는 서서히 올라가는 듯 아닌 듯 떠 올라갔으나 마음의 무게가 가벼워지면서 바람이 느껴질 정도로 속도가 더해지는 것이었다. 보이는 것이 아무것도 없이 한참을 올라간 것 같았다. 가끔 보이는 것이라고는 흐린 날처럼 뿌연 것이 안개 같기도 하고 구름 같기도 한 것이 전부였다.

문득 앞이 밝아져 오고 있다고 생각한 순간 먼 곳에 흰옷을 입은 사람이 보이고 있었다. 멀리 보이는 사람들이 다가오는 속도가 빨라졌다. 아니 이진사가 올라가는 속도가 빨라진 것이다. 이번에는 일곱, 아니 여덟 명이었다. 순백색의 옷을 입은 사람과 미색의 옷을 입은 남자들이 공중에 떠 있었다. 아까도 전부 남자들이었으나 지금도 역시 남자들이었다.

175~180센티미터 정도의 키에 건장한 체격이었으며, 이들 중에는 가벼운 끈 같은 것을 손에 들고 있는 사람들도 있었다. 그러고 보니 자세히 보지는 못하였으나 아까 검정 옷을 입은 사람들은 무엇인가 연장 같은 것을 들고 있었던 것 같기도 하였다. 그들이 들고 있었던 것은 커다란 것들이었다. 키보다 큰 것도 있고, 어깨 높이만

한 것도 있었지만 어쨌든 연장치고는 큰 것이었다. 하지만 지금 앞에 보이는 이들은 아주 작은 것들을 들고 있었다.

이진사는 이들 역시 검정 옷을 입은 사람들처럼 자신을 보지 못하고 있는 것으로 생각하고 이들을 지나쳐 올라가려 하자 한 사람이 이진사를 향해 다가오는 것이었다. 공중에서 아주 자연스레 걸어오는 것이었다. 공기를 밟고 움직이는 것이 어찌 저렇게 땅에서 걸어 다니는 것처럼 자연스러울까? 이진사는 그들이 자신을 보고 오는 것은 아니라고 생각하고 무심으로 가만히 떠 올라가고 있었다.

헌데 그들이 자신을 향하여 다가오는 것만 같았다. 그들의 얼굴은 두건 같은 것을 착용한 그늘 밑에 웃음을 띤 것 같았다. 가까이 다가온 것을 보니 어디서 본 것 같은 사람들이었다.

'이들을 어디에서 보았을까? 틀림없이 어디선가 본 사람들인데.'

하지만 못 본 것 같기도 하였다. 사람들이란 것이 본래 비슷한 용모를 가진 경우가 많아서 반드시 보았다고 할 수는 없을 것 같았다. 이진사는 이들을 어디에서 보았을까 생각하며 고개를 갸우뚱하였다. 그러면서도 이들 역시 자신을 보지 못할 것으로 생각하고 그냥 지나치려 하였다. 그러나 아무래도 이번에는 이들이 자신을 보고 다가오는 것 같았다.

"어디로 가시는 뉘시오?"

'나를 보고 부르는 것이 아니리라. 그냥 올라가자. 먼저처럼 보았으리라고 생각하고 대답을 하였다가 무안을 당하는 것보다는 나으리라. 앞으로 어찌 될지는 알 수 없는 것이나 이 사람들이 나를 알 리 없지 않은가?'

하지만 이들은 이진사를 부르는 것이었다.

"어디로 가시는지 물었소이다."

이진사는 그제야 자신을 보고 이야기하고 있음을 알았다.

"저 말씀이십니까?"

"그럼 누가 계시오?"

"저는 방금 올라와서 아직 어디가 어딘지 모르옵니다. 제가 어떻게 어디로 가는지 알겠사옵니까?"

"그래도 가고 싶으신 곳이 있으실 것 아닙니까?"

"어디가 어딘지 모르고 있는데 가고 싶은 곳이 있을 리 없습니다."

"선한 자가 가는 곳이 있고 악한 자가 가는 곳이 있습니다. 어디로 가시겠습니까?"

"저는 어느 곳으로도 갈 수 없을 것 같으나 굳이 따진다면 악한 자가 가는 곳으로 가야 할 것 같사옵니다."

"왜 그렇게 생각하십니까?"

"제가 잘한 것이 없기 때문입니다."

"어찌 그렇게 생각하십니까?"

"하늘을 위하여 무엇도 제대로 한 것이 없사옵니다."

"이곳이 어딘지 아시고 계십니까?"

"모르옵니다."

"그렇다면 지금 심정이 어떠하신지요?"

"마음이 가벼울 따름입니다."

"아쉽거나 한 것이 없는지요?"

"아쉽다고 해결되는 것도 아닌 것을 아쉬워하면 무엇 하겠습니까? 전부 비웠사옵니다."

"비우느라 얼마나 고생하셨습니까? 이제부터는 그러실 필요 없습니다."

"비운다고 다 비울 수 있겠습니까?"

"그렇지 않습니다. 이만큼 올라오셨다는 것은 마음이 얼마나 비워졌는가 하는 것을 나타내 주는 것입니다."

아마도 마음의 무게에 따라 올라가는 높이에 차이가 있는 것 같았다.

"여기는 어디인지요?"

"말씀드려도 모르실 것이옵니다. 여기는 아직 인간계에서 알고 있는 사람들이 별로 없는 곳이옵니다."

"그렇더라도 이름이 있을 것 아니옵니까?"

"이름이 없으니 모르는 것 아니겠습니까?"

"……?"

"신경 쓰실 것 없습니다. 이곳에서는 이름이란 한날 쓸데없는 것 중의 하나일 뿐입니다. 앞으로 이러한 것을 많이 보실 것입니다. 그렇긴 하나 이상할 것이 없는 일입니다. 세상에는 이름보다 더 중요한 것이 많이 있습니다. 그것이 바로 기氣입니다. 기에는 특별한 이름이 없는 것이 맞습니다. 기에 이름을 붙인다는 것 자체가 이상한 것입니다. 참고로 저희들도 이름이 없습니다. 기운 자체가 말해주는 것입니다. 선생께서도 이름이 없이 얼마간 지내실 것입니다. 허나 그것이 전혀 불편함이 없음을 아시게 될 것입니다."

"그렇군요."

"이곳은 인간의 몸으로 계시다 오신 분들 중 하늘을 위하여 일하신 분들이 오시는 곳입니다. 하늘을 위하여 일하셨다 함은 지상에서 하늘의 뜻을 알고 모르고를 떠나 하늘을 의식하고, 하늘의 뜻에 따르려 노력하는 삶을 살아왔음을 입증하는 것입니다. 하늘은 공평하기 때문에 하늘을 위하여 노력한 사람들에게 그만큼의 보답을 하는 것입니다. 이제 마음 놓으셔도 될 것입니다. 이곳은 가장 편안히 계실 수 있는 곳입니다."

"고맙습니다."

"이곳은 지상에서 올라오신 분들께서 마음이 정리될 동안 머무시는 곳입니다. 이곳에서 머무는 기간은 정해진 것이 아니며, 마음이 정리되어 하늘에서 필요한 곳에 소용될 정도가 될 때까지 계시게 됩니다."

이진사는 이들이 말하는 것이 무슨 뜻인지 알 것 같았다. 이들은 하늘에서 소용될 만큼 변화될 때까지 이곳에서 다시 영혼을 정화시키는 것 같았다.

아직 자신에게는 마음에 많은 때가 묻어 있음을 알고 있었다. 지상에 있는 동안 어찌 죄를 짓지 않고 살았다고 할 수 있겠는가? 많은 죄를 지으며 살아온 것이다. 그 많은 죄를 씻기 위해 나름대로 노력은 하였으나 그것을 모두 씻어낼 수 있을 것이라고 생각해 본 적은 없었다.

• 7 •

하늘의 뜻을 알 수는 없었다. 아직 미숙한 상태에서 어찌 하늘의 뜻을 알겠는가? 하늘의 뜻이 그렇게 가볍다면 하늘의 뜻을 모르는 사람이 어찌 있겠는가? 하늘의 뜻은 무겁고, 크고, 넓어서 인간의 힘으로는 모를 수밖에 없으리라.

허나 인간도 공부를 통하여 알 수 있는 방법이 있다고 들었다. 그것을 이제야 알려 하다니……. 과연 하늘의 뜻은 무엇인가?

지상에 사는 동안 하늘을 위하여 일하였다 함은 하늘의 뜻을 알고 모르고를 떠나 하늘을 의식하고, 하늘의 뜻에 따르려 노력하는 삶을 살아왔음을 입증하는 것이라고 하였다.

'천의天意라…….'

하늘의 뜻? 어쩌면 알 것도 같았다. 하늘의 뜻이라면 하늘이 생각하고 행하고자 하는 것이 아닌가? 그렇다면 어려운 사람을 돕고 착하게 살려 한 것으로 족하지 않을 것인가?

인간은 죄를 짓지 않고는 살 수 없다. 알고도 짓고, 모르고도 짓는 것이 죄인 것이다. 지나가다가 개미를 밟아 죽일 수도 있는 것이며, 나뭇가지를 꺾어도 생물을 해하는 것인 것이다. 인간 세상의 법으로야 그것이 죄가 아니라고 하여도 하늘의 법에서는 어찌 죄가 아니라고 할 수 있을 것인가?

하늘의 법도에 의한다면 이 세상의 만물이 이치대로 가지 못하도록 하는 모든 것이 죄인가? 그렇다면 나는 너무 많은 죄를 지어 이곳에 올 수가 없을 것이었다. 그런데 왔지 않는가? 인간이 지은 모든 죄를 전부 허물한다면 살아갈 수가 없으리라. 하늘이 죄라고 하는 것은 따로 있는 것 같았다.

인간 세상의 법도가 아무리 좋은들 하늘의 뜻을 전부 표현할 수는 없을 것인데 어찌 인간 세상의 법도로 하늘의 뜻을 잴 수 있을 것인가? 아마도 하늘의 죄는 인간 세상의 죄와는 다를 것 같았다. 인간 세상의 죄라면 아직 큰 죄를 지어 본 적이 없는 내가 아니던가? 무엇인가? 무엇이 하늘의 죄인가?

……???

내 하늘의 죄를 지었다면 이곳에 올 수 없음은 명백한데 이곳에 온 것을 보면 최소한 하늘의 죄는 짓지 않았다는 말이 아니겠는가?

하늘의 죄란 무엇인가? 하늘의 뜻으로 보아 가장 큰 죄라면 아마도 마음으로 짓는 죄가 아니겠는가?

마음으로 짓는 죄, 그것도 없다고 할 수 없었다. 마음으로야 소싯적에 동네 처녀들을 좋아해 본 적이 없었던가? 장가를 들고 난 후에도 갑순이를 좋아했던 것이다. 그런데도 하늘의 죄를 짓지 않았다고 잡아 뗄 수는 없을 것 같았다. 그러나 어쨌든 하늘의 죄를 많이는 짓지 않았으므로 이렇게 된 것이 아니겠는가?

지금부터라도 착하게 살면 될 수 있는가? 아니다. 나는 이미 살아 있을 때의 과정에 대하여 심판을 받으러 이곳에 와 있는 것이 아닌가? 이제는 착하게 살려 해도 그것이 점수에 반영되는 단계는 아닌 것이다. 지금은 기다리는 것 외에 달리 방법이 없는 과정인 것이다.

얼마나 기다려야 심판의 날이 올지는 알 수 없다. 그러나 나의 삶에 대한 심판이 있을 것임은 너무나 분명하였다. 심판의 결과가 어떻게 나오든지 간에 절대적으로 승복하는 것이 바로 인간 이후의 일이리라.

'인간 이후의 일'

인간 이후의 일에 대하여 생각하여야 할 날이 이렇게 빨리 오다니! 언젠가는 올 것으로 생각하고, 이렇게 되기 전에 그날을 대비하여 왔건만 벌써 자신에게도 그런 날이 이렇게 다가온 것이다.

'심판의 날이라…….'

그러나 이진사는 두려운 마음보다 궁금한 마음이 더 드는 것이었다. 심판의 결과가 어떻게 나온다 하더라도 이미 그 결과를 받아들이려는 마음은 확고하였다.

'이곳에 와 있다는 것이 그런대로 중간 이상의 삶을 살았다는 것에 대한 증거가 아니겠는가' 하는 생각이 그를 안심하도록 한 것은 절대 아니었다. 그 결과가 자신이 생각하였던 것과 달리 나온다고 하더라도 결과에 승복하려는 마음을 가지고 있었기 때문이었다.

'하늘의 뜻에 따르려는 마음은 지금까지도 변함이 없다. 이미 세상을 떠난 지금까지 그러한 생각을 가지고 있으며, 앞으로도 이러한 생각은 변함이 없을 것이다. 절대 하늘을 실망시키는 일은 하지 않으리라.'

하늘은 하늘의 뜻이 있을 것이다. 하늘의 뜻이 어떻든 간에 하늘의 뜻은 다 쓸 데가 있으므로 있을 것이다. 이제 인간 세상의 일은 모두 끝났으므로 앞으로도 하늘의 뜻을 따르며 살리라.

'하늘의 뜻'

너무나 숭고하고 거룩한 말이었다. 감히 하늘의 뜻이라는 말을 이렇게 깊이 생각해 보기는 정말 오랜만인 것 같았다.

'내가 하늘의 뜻을 이렇게 생각해 보다니……. 하늘에 가까이 왔음을 증명하는 것인가?'

수없이 많은 생각들이 머릿속을 스치고 지나갔다. 허나 주변의 정황으로 보아 이러한 많은 생각을 한 시간은 불과 1초도 되지 않은 것 같았다.

앞에는 여전히 흰옷을 입은 사람들이 서 있었으나 그들에게 무슨 말을 하여야 할지 생각이 나지 않았다. 그들을 바라보자 그들은 이진사에게 인사를 하고는 서서히 아래로 내려가고 있었다. 아니 내려가는 것이 아니라 이진사가 다시 올라가고 있었다. 얼마를 더 올라가야 한단 말인가?

여기는 지상에서 올라온 사후의 인간들이 마음이 정리될 동안 머무는 곳이라고 하지 않았는가? 이곳에서 머무는 기간은 정해진 것이 아니며, 마음이 정리되어 하늘에서 필요한 곳에 소용될 정도가 될 때까지 있을 것이라고 하였다. 그런데 다시 올라가고 있는 것이다. 그것도 아까보다는 빨리 올라가는 것 같았다. 그렇게 얼마를 올라가다가 서서히 멈추는 것 같았다.

• 8 •

아까와는 공기가 달라져 있었다. 약간은 더 신선한 기분이 들었다. 아까가 봄이라면 지금은 초겨울 입새에 드는 것 같았다. 허나 추운 느낌은 아니었으며, 기분이 약간 전환될 정도의 느낌이었다.

이곳은 어떠한 곳인가? 모든 것이 맑고 깨끗하였으나 아무것도 보이는 것이 없었다. 그러나 이곳에서 보이는 곳의 끝이 수만 킬로 정도의 거리 이상임을 알 수는 있었다. 아니 어쩌면 그 이상일 수도 있었다. 아무것도 보이는 것은 없었지만 이진사가 본 어느 거리보다도 멀리 보이고 있음을 느낄 수 있었다.

'이러한 곳도 있었구나…….'

우주는 역시 우주라는 생각이 들었다. 그 넓이가 상상을 초월하는 것이었다. 아마도 이진사가 알고 있는 지식을 총동원하여도 이곳의 느낌을 설명할 수는 없을 것 같았다. 속세에서 나이를 먹을 만큼 먹었으면서도 헛살았단 말인가?

아닐 것이다. 감히 내가 가지고 있는 지식으로 어찌 우주를 설명할 수 있을 것인가? 우주가 그렇게 작은 것이라면 어찌 우주라고 할 수 있을 것인가? 여기에는 내가 모르는 것이 더 많을 것임은 당연한 일이 아니겠는가? 아니 어쩌면 한 가지도 알 수 있을 리 없을 것이다.

지금 마시고 있는 공기도 다르다. 무엇이 다른지 설명을 할 수는 없으나 어딘지 모르게 다르다. 공기의 입자가 훨씬 미세한 것 같았다. 지상의 공기 입자가 모래알 정도의 크기라면 이곳의 공기는 밀가루 정도의 크기보다도 작은 것 같았다. 호흡을 하면 그것이 바로 기운으로 흡수됨을 느낄 수 있었다.

'이러한 세계가 있었구나.'

이진사는 호흡을 깊이 하여 보았다. 호흡을 깊이 하면 할수록 힘이 솟았다. 아마도 지상에 있을 때 호흡에 신경을 쓰며 살아온 것이 효력을 발휘하는 것 같았다. 그렇지 않았다면 이렇게 신선한 공기를 발가락 끝까지 받아들일 수 있겠는가? 사람으로 있을 때는 느끼지 못하던 기분이었다.

• 9 •

기로 이루어진 몸이 환체換體되고 있었다. 아직까지 종전의 몸과 같은 기운으로 구성되어 있었으나 지금 호흡으로 변화하면서 점점 생생한 세포 조직으로 변하는 것 같았다.

젊은 시절, 아주 엄청난 힘을 낼 수 있었을 때의 상태로 돌아가고 있는 것 같았다. 이러한 느낌이 드는 것은 전에 없던 일이었다. 인간으로 있을 때는 젊었을 때 아무리 힘이 좋아도 이렇게 몸의 상태가 완벽하게 작동된 적은 없었다.

팔을 한번 움직여 보았다. 태산이라도 들 수 있을 것 같은 기분이 들었다. 아마도 실제로 태산을 들어 올린다면 들 수 있을 것이었다. 우주란 이러한 곳인가? 이러한 것이 선택적으로 내려지는 혜택인가? 그렇다면 아까 본 그들은 이곳에 상주하는 기인氣人들일 텐데 얼마만 한 힘을 가지고 있을 것인가?

상상이 되지 않았다. 그들의 힘이라면 우주의 어느 한 부분을 들어 옮길 수 있는 힘이 있는 것은 아닐까? 무서운 곳이라는 생각이 들었다. 모든 것이 기로 형성되고, 기로 움직이며, 기로 식별되는 곳이었다.

'기氣라…….'

기에 대하여 이렇게 실감하여 보기는 처음이었다. 기라는 것이 이렇게 모든 것을 좌우하고 모든 것을 판단하는 세계, 이러한 세계가 있음은 진작 알고 있었다. 하지만 이러한 정도까지 완벽하게 되어 있을 것이라고는 생각해 보지 않았던 부분이었다.

마음속으로는 생각해 본 적이 있었으나 실제로 이렇게 구성되고, 이렇게 움직이는 것을 느껴 보는 것은 처음이었다.

'기…….'

모든 것이 이렇게 형성되어 있다니. 팔을 한번 뻗어 보았다. 팔이 움직여지는 것이 느껴졌다. 팔을 뻗어 앞으로 내밀어 보았다. 가벼웠다. 팔의 무게가 느껴지지 않았다. 하지만 팔의 힘으로 무엇이라도 들 수 있을 것 같은 느낌이었다. 앞에 보이는 것이 아무것도 없어 들 수는 없었지만 아무튼 무엇이든 들 수 있을 것 같았다.

도대체 우주의 기능에 대하여 감이 잡히지 않았다. 무엇을 어떻게 하는 것이 우주의 기능인가? 목표는 진화라고 들었다. 그렇다면 진화를 위하여 기운을 어떻게 사용하는 것인가?

'기운의 사용이라…….'

기운을 어떻게 사용하여 무엇을 어떻게 바꾸어야 할 것인가? 앞으로 해야 할 일이 있을 것이다. 이 해야 할 일을 어떻게 만들어 나갈 것인가? 허나 아직은 걱정할 일이 아닌 것 같았다. 아직 우주의 구성원이 된 것도 아니다. 그런데 어찌 될 것을 알지도 못한 상태에서 무슨 걱정을 한단 말인가? 너무 성급하다는 생각이 들었다.

'틀림없이 무슨 일인가가 있을 것이다. 그것이 무슨 일이든 결단코 이루고 말리라. 우주에서도 나의 사명이 있을 것이다. 이 우주에서의 사명을 이루고 나서야 비로소 우주인, 즉 우주의 구성원으로 인정받을 수 있을 것이다.

인간으로서의 삶을 마감하고 이제 또 다른 세계에서 새로운 삶을 시작하는 것이다. 모든 것이 새로울 것이다. 이 새로운 세계에서 나의 자취를 보람 있게 남기는 것이다. 하늘이 어떠한 역할을 맡길지 모르지만 그 어떠한 역할에도 충실하며 지내야 할 것이다.'

이진사는 가볍게 흥분되고 있는 자신을 느꼈다.

'새로운 일'

이 새로운 일이 앞에 있는 것이다. 어떠한 새로운 일이든 무관할 것이다. 다만 주어지는 일에 충실하는 것이 또한 나의 역할 아니겠는가?

• 10 •

앞이 밝아져 왔다. 일부가 밝아져 오는 것이 아니고, 전체가 밝아오는 것이었다. 뒤를 돌아다보니 뒤는 아직 조금 전의 밝기를 그대로 유지하고 있었다. 앞면이 점점 더 밝아져 왔다. 그 안에 무엇이 있을 것인지 알 수 없는 채 바라보고 있었다.

밝기가 더하여짐에 따라 태양보다 밝은 정도가 되어 하얗게 되었으나 눈으로 바라봄에는 무리가 없었다. 그 밝음 속에서 무엇인가가 움직이는 것 같았다. 마치 태양 속에서 무엇인가가 나오는 것 같았다. 잘 보이지는 않았으나 틀림없이 무엇인가가 있었다.

아주 작아 보였으나 움직이는 것으로 보아 사람의 형상을 하고 있는 것 같았다. 혼자가 아닌 서너 명이 움직이고 있는 것 같았다. 사람들이었다. 점점 다가오는 것으로 보였다. 아주 밝은 빛 속에서 사람들이 점점 다가오고 있었다. 그러나 두려움은 없었다.

'나는 이제 죽은 몸이다. 무엇이 두려울 것인가?'

허나 가만히 생각해 보니 명命이란 계속 이어지는 것이었다. 몸이 죽었다고 죽은 것이 아닌 것이다. 나의 존재는 계속되는 것이다. 그렇다면 현재의 상황 역시 상대방이 마음먹기에 따라서는 나는 영원히 사라질 수도 있는 것인가?

'저들이 어떠한 행동을 할 것인지 알 수 없다. 나의 힘이 이렇듯 펄펄할 때야 저들의 힘은 더할 나위 없이 강할 것 아닌가? 나의 힘이 강해진 것 같으나 사실을 시험해 볼 수도 없다. 그렇다면 나의 힘이란 역시 우주 앞에서는 보잘것없는 것 아니겠는가?'

어쨌든 그들이 하는 대로 맡길 수밖에 없다. 전에 언젠가는 이곳을 거쳐 갔을 터인데 어찌 이렇게 낯선 곳에 와 있는 것 같은 느낌이 드는 것일까? 아무리 기억을 더듬어 보아도 도저히 이러한 경험을 한 적이 없었다.

'그렇다면 지금 처음으로 이러한 경험을 하는 것인가? 나의 전생이 있음을 알고 있다. 그러나 전생이 전혀 생각나지 않는 것과 같은 이치로 모든 것이 생각나지 않는 것일까?'

머릿속이 복잡해져 왔다. 이곳은 무엇이든 잊게 만드는 곳일까? 잊고 나서 언젠가는 다시 생각날 수 있는 것일까? 지금은 잊었지만 다시 생각나는 단계가 있을 것 같았다. 아니 종전의 기억을 찾을 수 있는 방법이 있을 것 같았다. 문득 앞을 보니 약 50여 보 앞에 사람들이 와 있었다.

'내가 지금 이러한 생각을 하고 있을 때인가? 저분들을 맞이하여야 할 것 아닌가?'

머릿속으로 한참을 생각하고 있었어도 실제의 시간은 얼마 되지 않은 아주 짧은 순간이었다. 이곳의 시간은 정말로 측정한다는 것이 불가능한 것 같았다. 한참 지나간 것 같아도 아주 짧은 시간이었다. 언젠가는 아주 긴 시간인 것 같아도 아주 짧은 시간인 경우도 있을 것 같았다.

'그나저나 저분들은 도대체 누구일까? 아까 만난 분들은 나와 대화가 가능한 분도 있었고 불가능한 사람들도 있었다. 지금 오고 있는 저분들은 또 어떠한 분들일까? 나를 향해 오는 것을 보면 나에게 오는 분들이 아닐까? 누굴까?'

다가오던 분들이 저만치에 서서 무슨 이야기를 하고 있었다. 아무런 말도 들리지는 않았으나 행동으로 보아서는 무슨 의논을 하고 있는 것이 틀림없는 것 같았다.

'무슨 의논을 하는 것일까?'

아무런 소리가 들리지 않는 것으로 보아 이진사가 들을 수 없는 파장을 사용하고 있음이 분명하였다.

'우주라는 것이 이렇게 넓고 깊은 것이구나. 이제 우주의 입새에 왔음에도 듣지 못하는 파장이 있었구나.'

새삼 우주의 넓고 깊음에 대하여 확인이 되는 것이었다. 그렇다면 나의 파장은 어떻기에 이 상황에 처해서도 듣지 못하고 보지 못하는 처지가 된 것일까? 아마도 나의 앞에 많은 것들이 있을 것이다. 이곳은 분명 지구가 아닌 것 같은데 여기가 어딘지도 모른 채 이렇게 황당한 형편에 처한 것일까? 모든 것은 단계가 되어야 보이고 들리는 것인가?

영계靈界라고 해서 누구나 듣고 보는 것은 아님을 실감하고 있었다. 이러한 경우를 당하지 않으려면 인간으로 있을 때 많은 노력을 하여 어떠한 파장이든지 듣고 볼 수 있도록 하였어야 하는 것 아닌가 하는 생각이 들었다. 일종의 후회였으나 이미 부질없는 짓이었다.

'이제 와서 무엇을 어찌 할 것인가? 모든 것은 지나가 버린 것이다. 지금부터라도 노력을 하는 수밖에 없지 않겠는가?'

노력을 한다고 될 수 있는 것인가에 대해서도 자신이 없었다. 하지만 저들이 나에게 무슨 말인가를 한다면 그것에서 실마리를 풀어 볼 수밖에 없었다. 일단은 그들의 목소리, 즉 파장을 듣는 것에서 시작하여야 할 것이다.

아직은 그들의 파장이 들리지 않지만 저들이 나와 대화를 하기 위해 온 것이라면 무슨 말이든 할 것이었다. 일단 대화가 가능하다면 그 다음에 어떠한 행동을 하여야 할 것인지에 대하여 알 수 있을 것 아니겠는가?

기다려 보자. 저들이 저렇게 대화를 하고 있는 것이 보인다는 것은 어쩌면 대화가 통할 수 있음을 말해 주고 있는 것 아니겠는가?

• 11 •

이러저러한 생각을 하고 있던 중 다섯 명의 선인들이 대화를 마무리하는 것 같았다. 이야기를 끝냈다면 무슨 행동이 있을 것 아닌가? 저들이 대충 나에 대하여 토론한 것이라면 무슨 말이든 있을 것이다.

다섯 명의 선인 중 한 선인이 이진사 쪽으로 다가오고 있었다. 가까이 다가오는 것을 보자 후광이 눈부시게 머리 뒤를 감싸고 있었다. 어디선가 본 듯한 얼굴이었다.

'누구일까?'

하지만 누구인가에 대하여는 생각이 나질 않았다. 날 것 같으면서도 생각이 나질 않았다. 분명 처음 보는 얼굴은 아니었다. 상당히 낯익은 얼굴이면서도 생각이 나질 않는 것이었다. 이미 인간의 몸을 벗었으므로 기억하고 있는 것은 생각이 나야 함에도 기억을 되살리지 못하는 어떠한 장치가 되어있는 것 같았다. 무엇인가가 기억을 차단하고 현재의 상태로 있도록 하고 있었다.

"너무 애쓰지 말게."

"예?"

"기억을 살리려 너무 애쓰지 말게."

"아-, 예."

"자네는 지금 아무것도 무리를 해서는 안 되네."

"네?"

"지금 자네의 상태는 갓 태어난 아기와 같네. 자네는 지금 성인이라고 생각하고 있겠지만 그런 것이 아니네. 자네는 인간으로 있을 때는 성인이었으나 지금은 어린아이와 같은 상태이네. 허니 너무 무리하지 말게.

내가 자네에게 말하는 것이 궁금하겠지만 아까는 우리들의 방법으로 대화를 한 것이므로 들리지 않았고, 지금은 나의 파장으로 이야기하고 있는 것이므로 들리는 것일세. 모든 것은 시간이 흘러야 가능한 것이며, 이 상태에서 자네는 바로 다시 인간으로 태어날 것인지, 아니면 선계에서 어떠한 역할을 받을 것인지가 결정되네."

'다시 인간으로 태어나다니? 내가 지금 인간으로 있다가 향천한 지 얼마 되었다고 다시 인간이 된단 말인가?'

물론 좋은 점도 있었다. 이러한 경험을 하고 다시 인간으로 돌아간다면 앞으로는 열심히 우주의 파장을 읽고 공부하여 모든 인간에게 하늘의 뜻을 전할 수 있을 것 같기도 하였다.

"인간으로 돌아간다면 여기에서 있었던 모든 일은 잊을 것이네."

이진사는 놀랐다. 자신이 생각하고 있는 것을 모두 읽고 있는 것 아닌가?

"여기서는 생각하는 것이 모두 상대방에게 전해지게 되어 있네. 즉 생각하는 것이 곧 대화라고 할 수 있지. 그래서 생각을 올바로 하여야 하네.

자네가 여기에 온 것은 인간으로 있을 때 하늘의 뜻을 잘 따랐기 때문이네. 이곳은 천상부의 하단으로서 인간으로 있을 때 공덕을 쌓지 않으면 절대로 올 수 없는 곳이네. 자네는 인간으로 있으면서 충분히 그러한 노력을 한 것이 하늘에 인정을 받게 되었으므로 이렇게 여기에 온 것이네.

이곳은 '누하단樓下端'이라고 하지. 천상의 모든 누각의 하단이라는 뜻이네. 이곳에서 자네를 비롯한 모든 인간의 영들이 등급을 결정 받고 자신이 일해야 할 곳으로 보내지는 것이네. 자네는 하늘의 뜻이 무엇인가 알고 있으므로 더 이상 인간의 몸으로 공부를 할 것은 아닐 것으로 생각하네만 단정지을 수는 없네.

이러한 이야기를 해주는 것은 자네 정도 되니까 가능한 일이네. 격이 낮은 다른 사람들에게는 이러한 이야기를 해주는 것조차도 금기일세."

'그랬었구나. 이곳이 누하단이라니.'

아직 들어 보지 못한 곳이었다. 지상의 어떠한 기록에도 그러한 이름이 없었던 것이다. 가만히 살펴보니 끝없이 넓은 광장이었다.

그러고 보니 앞의 밝은 빛이 비추어지고 있는 곳의 위로 구름이 떠 있었고, 그 위로 누각이 보이고 있었다. 잘 짐작이 되지 않지만 아마도 지상의 척도로 비교해 본다면 이진사가 위치한 곳으로부터 위쪽으로 약 500미터 정도 공간이 있고, 그 위로 높이가 1킬로미터 정도는 되어 보이는 누각이 솟아 있었다.

'천웅각天雄閣'

기운으로 만들어진 누각이었다. 하지만 고체보다도 더 단단하게 느껴졌다.

• 12 •

전에는 보이지 않던 것이 보이는 것을 어떻게 설명해야 할지 몰랐다. 아까도 지금 이 자리였으며, 지금도 지금 이 자리에 있다. 위치가 옮겨지는 것은 감각적으로 알 수 있었다. 대화를 하고 있다고 해서 위치가 변하는 것을 모를 정도로 감각이 무딘 것은 아니었다. 그러나 앞에 방금 전까지 보이지 않던 것들이 보이고 있는 것이다. 안개가 걷히듯 전에는 안 보이던 것들이 보이고 있는 것이다.

'눈이 열리는 것인가?'

이진사는 속으로 생각했다.

"그러하네. 자네의 눈은 이제 이곳에서 사용할 수 있는 눈이 되는 것이네."

'아뿔싸, 생각하는 것이 대화하는 것이라고 하지 않았던가? 바로 물어보는 것이 나을 것이다. 상대방에 대한 예의가 아닌 것이다.'

"눈이 열리는 것도 단계가 있는지요?"

"자네가 지상에서 수련할 때 보이는 것도 단계가 있지 않던가? 그것과 같은 것이네. 이곳에서는 일정 단계에 있지 않으면 절대로 보이지 않도록 되어 있네. 그 일정 단계는 기氣적인 단계를 말해 주는 것일세.

아까 자네는 이곳으로 오면서 아무것도 보지 못하였을 것이네만 우리들은 자네가 오는 것을 모두 보고 있었지. 이곳에서는 자신이 인솔하여야 할 사람이 오는 것을 미리 보고 있네. 그래서 자신이 인솔하여야 할 사람을 지켜보고 있는 것이네. 자네는 우리가 벌써부터 지켜보고 있었지."

"상당히 많은 수의 분들이 오실 텐데 전부 지켜보고 계시는지요?"

"전부 지켜볼 필요는 없네. 대부분 스스로 갈 곳으로 가게 되어 있지. 우주의 장점은 대부분의 것이 스스로 움직이고 있다는 것이네. 따라서 불필요한 움직임을 최대한 자제하도록 되어 있지."

"그랬군요. 제가 선생님을 무엇이라고 불러야 할는지요?"

"특별히 무엇이라고 부를 필요 없네. 이곳에서는 상대방을 생각만 하면 그 사람에게 전해지도록 되어 있네."

"저는 앞으로 어찌 될는지요?"

"이곳에 온 지 며칠이나 되었다고 벌써 그것이 궁금한가?"

"예."

"아직은 이르네. 자네에 대하여 의논을 하였네만 아직 결정을 내리기에는 이르다고 생각하고들 계시네."

"아, 예-."

"당분간은 이곳 누하단에서 지내게 될 것이네. 기로 이루어진 세상이므로 잘 곳이 따로 있고, 먹는 것이 따로 있는 것이 아닐세. 인간으로 있을 때의 버릇을 고치는 데 조금 시간이 걸릴 걸세. 아무쪼록 빨리 속세의 습習을 버릴 수 있도록 하게."

"예."

"이곳의 생활은 그리 성급히 생각지 말게."

"성급하게 생각하는 것은 아니오나 어떻게 될 것인가가 궁금하옵니다."

"그러니까 그것을 성급히 생각지 말라는 것이네."

모든 것이 될 때가 되어야만 되는 것이 이곳의 법칙인 것을 모르는 것은 아니었으나 인간으로 있을 때의 습성이 남아서 모든 것이 궁금하게 느껴지는 것이었다.

"조금 더 있으면 궁금하지 않게 될 것이네. 될 때가 되면 되는 것이 이곳의 법칙이네."

"네."

모든 것이 때가 되면 되는 곳. 나의 삶의 결과에 대하여 평가를 받는 마당에 있어 나의 궁금함은 이곳에서 수용되는 것이 아닐 것이다. 내가 아쉬워한다고 해서 되는 것이 아니라 이곳에서 소용될 때가 되면 저절로 되는 것이 법칙이라면 내가 성급해한들 무슨 소용이 있을 것인가!

우주란 내가 궁금해하지 않아도 될 때가 되면 되는 것이란 것을 모르는 것은 아니다. 허나 미리 알면 대비를 할 수가 있을 것이었다. 인간 세상의 일이라면 미리 알고 사전에 대비를 하여 놓는 것은 상당히 중요한 의미가 있었다.

'그러나 이곳에서는 이것이 중요하지 않단 말인가? 아니면 나의 신분이 아직 그러한 것을 문의할 정도가 되지 않아서일까?'

"모두이네. 모든 것이 때가 되면 될 것이려니와 자네가 아직 그러한 문제에 대하여 신경을 쓰는 것 자체가 불필요한 것이므로 그렇게 되는 것이네. 이곳이 인간 세상과 다른 것이 그것이지. 자네도 이곳의 식구가 되면 저절로 알게 되네."

모든 것은 체감體感하도록 되어 있었다. 하루하루라는 개념이 없이 연이어지는 시간처럼 느껴졌으며, 이러한 시간들이 쌓여서 이곳 우주의 시간이 되어 가는 것이었다.

"인간 세상의 습으로 본다면 궁금한 것이 많을 것이나 이곳의 습으로 보면 당연한 것이니 너무 궁금해 하지 말게. 모든 것은 때가 오면 밝혀지는 것이니 자네가 그렇게 생각지 않아도 될 것은 되고, 안 될 것은 안 되는 것이네."

인간으로 있을 때와는 모든 것이 다른 것 같았다. 이진사는 인간으로 있을 때의 모든 기준을 버려야 할 때가 왔음을 느꼈다. 이곳에서는 모든 가치와 기준이 다른 것이다. 그렇다면 나를 중심으로 생각하는 것에서 벗어나 우주의 기준으로 생각하여야 할 것이었다. 하지만 아직 우주의 기준에 대하여 알고 있는 것이 없지 않은가?

모든 것을 새로이 배워야 할 것이다. 새로이 배워야 할 것이라면 지금까지 알고 있던 지상의 모든 것을 버리고 이곳의 것으로 채워야 할 것이다.

'버리자!'

"그러하네. 이곳에서는 모두 새로운 것으로 채워 넣어야 하는 것이네."

"알겠습니다."

대화가 따로 없었다. 생각하는 것이 바로 대화였으며, 이것이 곧 바로 전달되어 상대방이 알아 버리는 것이었다.

이진사는 모두 버리기로 생각을 달리하였다. 생각을 달리하는 것조차 이곳에서는 모두 감지되는 것이었다. 나중에는 다른 사람의 생각 역시 그렇게 감지된다는 것을 알았으나 당시에는 인간의 습성이 몸에 배어 있어 모르고 있었던 것이었다.

"자, 모두 버리고 가벼워질 때까지 있게. 그리고 난 후 다시 이야기합세."

"알았습니다."

• 13 •

그 정도의 대화를 한 후 그들은 갔다. 몇 발자국을 뒷걸음하는 것처럼 보였는데 다시 햇볕 속으로 들어가 버리고 만 것이었다. 그리고 나서 시간이 계속 흘렀다. 아마도 며칠이 지난 것 같았다.

이곳에서의 며칠은 해가 뜨고 지는 것이 아니므로 정확히는 알 수 없었다. 다만 훤한 가운데 시간만 흘러가고 있었다. 자신이 느끼고 있는 것이 정확히 시간이 흘러가는 것인가에 대하여도 알 수 없었다. 어쩌면 천천히 흘러가는 것도 같았다.

누하단에서 며칠 정도로 느껴지는 시간을 보내면서 이러한 시간이 지상에서는 어떠한 형태로 바뀌고 있을 것인가에 대하여 생각해 보았으나 짐작을 할 수 없었다. 이미 지상에서는 수없이 많은 세월이 흘렀을 수도 있고, 아니면 촌각이 흘렀을 수도 있었다.

이러한 세월의 흐름은 속세의 일이 진행되는 과정을 본다면 쉽게 알 수도 있을 것이나 그것을 확인할 수 없는 처지에서는 무엇이라 말할 수 없는 것이었다. 다만 자신의 마음에 궁금하게 남아 있던 모든 것들을 점점 비워 가고 있던 것만은 틀림없었다.

이러한 것은 점점 아득히 높아 보이던 천웅각이 서서히 가까워지는 것만으로도 알 수 있었다. 마음이 비워지는 것만큼 나의 무게가 가벼워지면서 서서히 하늘로 올라가고 있는 것 같았다. 아직도 까마득히 높게 보이고 있는 천웅각이었지만 그래도 느낌상으로 한결 낮아진 것처럼 보이고 있었다.

이러한 기분이 느낌만은 아닌 것 같았다. 천웅각의 글씨가 선명하게 보이고 있는 것이었다. 글씨 한 자의 크기는 가로 20자, 세로 20자 정도인 것 같았다. 눈이 좋아진 것은 아닌데 기안氣眼이므로 이 정도의 크기가 보이고 있는 것이었다. 자세히 보려 하자 '천웅각' 이라는 글씨를 조각할 때 약간의 요철이 생긴 것까지도 보이는 것이었다.

아마도 지상의 거리라면 거의 보이지 않을 것 같은 작은 크기였으나 선계이므로 보이는 것 같았다. 이 정도의 시력이라면 인간으로서는 아마도 최상의 시력이라고 할 수 있을 것 같았다. 선계란 무서운 곳이라는 생각이 들었다.

'내가 이 정도의 시력을 가질 때에야 선인들의 시력은 실로 무서울 정도의 정밀도를 가지고 있을 것 아니겠는가? 아마도 저 멀리 별에서 일어나는 모든 것까지도 바로 앞에서 일어난 일을 보는 것처럼 볼 수 있으리라. 선계란 것이 바로 이러한 것이구나. 그러나 나의 역할은 무엇일까?'

이러한 생각마저도 버리라는 것이 아까 만난 선인들이 이진사에게 한 말이었다.

• 14 •

다시 몸이 무거워졌다. 모두 버리라고 하였음에도 미련을 가진 것이 감지된 것 같았다. 이곳의 모든 것은 자동으로 이루어지고 있었다. 모든 것이 누가 지시하거나 작동하기 전에 스스로 알아서 움직이고 있었다. 완전 자동이었다.

아직 인간의 마음을 가지고 있어 선계의 인간이 되기에는 부족함이 있는 이진사의 경우 예전의 모든 것을 덜어낼 수 있을 만큼 마음이 가벼워진 것이 아니므로 이러한 것들이 전부 감지되고 그것이 이진사의 행동에 낱낱이 반영되는 것이었다.

그러나 이진사의 경우 이미 많은 부분을 비우고 왔으므로 그래도 상당 부분이 참작되어 이 정도에 그치는 것이리라. 한편으로는 다행이었다. 지상에서 모든 것을 비우는 연습을 하지 않았더라면 자신은 아마도 이곳으로 오기 전에 만났던 검정 옷을 입은 사람들과 동행하였을지도 모른다는 생각이 들었다. 그 사람들과 동행한다고 해서 무엇이 다른 것인지는 모르겠으나 아마도 현재의 위치까지 올라오기 위해서는 상당한 시간이 더 걸릴 것은 분명한 것 같았다.

마음을 비운다는 것이 어디 쉬운 일인가? 더욱이 지상에서는 모든 것이 한정되어 있다. 이곳이라고 한정되지 않는 것은 아닐 것이나 지상의 경우 그것이 너무나 분명하였으므로 자신이 원하는 모든 것을 이루고 올 수는 없는 것이며, 아주 부분적으로 성취할 수 있을 것이었다.

그것은 타인의 시각으로 볼 때 상당히 자신의 목표를 성취하였다고 보여지는 인간들의 경우에도 임종 직전까지 추태를 보이고 있는 것을 보아서도 알 수 있었다. 임종에 와서도 추태를 보이지 않는다는 것은 감정을 가진 인간으로서 너무나 어려운 일임을 알고 있던 이진사는 마음을 비우기 위하여 상당한 노력을 하였으나 그럼에도 불구하고 이곳에 와서 보니 아직 많은 부분이 남아 있는 것이었다.

그만큼 비우고 나면 그래도 자신이 원하는 방법으로 이승을 하직할 줄 알았다. 하지만 자신이 원하지 않는 방법으로 이승을 하직하지 아니하였던가? 그것은 무엇인가 오차가 있음을 말해 주는 것이었다.

적어도 그만큼 공부를 하였으면 자신이 원하는 방법으로 이승을 버릴 수 있어야 했다. 자신이 원하는 시간은 아닐지라도 자신이 원하는 방법으로 떠날 수 있어야 했다. 그러나 자신이 원하는 방법이 아닌 방법으로 평생을 살아왔던 그곳을 떠난 것이다. 하지만 그것을 어찌하랴! 이미 모든 것은 결정되어 버리고 만 것을…….

어쨌든 마음을 비워야 한다. 더 이상 무엇을 비워야 할지 감이 잡히지 않았다. 자신의 마음 구석에 무엇이 남아있는지 모르기 때문이었다.

다 비웠다고 생각하였는데 다시 무엇이 뭉게뭉게 일어나고, 그것이 모여서 마음속에서 풍파를 일으키고 자신을 흔들어 놓았다. 인간 세상에 있을 때는 그러한 것을 표정관리 하면서 덮을 수 있었다. 하지만 선계인지가 분명하지는 않았지만 지금 있는 이곳에서는 전혀 불가능한 것이었다.

'마음을 바로 먹어야 하리라. 마음을 바로 가져야만 나의 길을 올바로 갈 수 있을 것이다.'

마음을 바로 먹는 것이 어떠한 결과를 가져올 것인가는 아직 잘 모르겠으되 분명히 좋은 결과가 나올 것이라고 짐작할 수 있었다.

다시 내려가던 이진사의 위치가 서서히 올라가고 있었다. 마음을 먹기에 따라 내려가기도 하고 올라가기도 하였다. 모든 것이 저절로 이루어지고 있었다. 자신이 마음먹은 바에 대하여 이렇게 정확히 평가가 이루어지고 있다는 것에 대하여 경이로운 마음으로 지켜보며, 마음을 바로 먹어야 할 것임을 새삼 느끼고 있었다.

'마음을 비워야 하리라.'

마음을 비우고 나면 한결 천웅각에 가까워질 수 있을 것이었다. 그렇게 되어야만이 저 안으로 들어갈 수 있을 것 아니겠는가? 마음을 비운 결과가 정확히 반영되고 그것에 의해 자신의 마음의 무게가 평가되는 곳.

가만히 보니까 많은 사람들이 이곳저곳에 있었다. 그들 역시 마음을 비우기 위하여 많은 노력을 하고 있는 중이었다. 개중에는 스님의 복장을 한 사람도 있었고, 평복을 한 사람도 있었다. 평복이지만 위치가 높은 사람도 있었고, 스님의 복장을 하였으나 낮은 사람도 있었다.

저 아래에도 다수의 사람들이 자신의 마음상태를 알려주는 위치에서 떠 있었다. 하지만 떠 있는 상태임에도 자신들이 지상의 땅 위에 서 있는 것과 같은 느낌으로 받아들이고 있는 것 같았다.

어쨌든 경이롭고 상상키 어려운 세계였다. 명命의 세계가 이러한 구조로 이루어져 있음에 대하여 이진사는 들어본 적이 없었다. 인간이 사후에 자신의 공과에 따라 심판을 받고, 그 결과에 따라 지옥과 천당으로 간다는 것, 불교에서는 극락과 지옥으로 간다는 것에 대하여는 들은 바가 있으나 그 이상에 대하여는 죽는 날까지도 깊이 생각해 본 적이 없었다.

어찌 이 문제에 대하여 생각이 없었던 것일까? 이것은 한정된 명을 가진 인간으로서 상당히 중요한 문제임에도 이러한 부분에 대하여 어찌해서 확인해 볼 생각조차 하지 않고 있었던 것일까?

인간의 능력으로는 불가능하므로 포기하고 있었던 것일까? 지금 와서 보니 어쩌면 가능할 수도 있었던 일인 것 같았다. 그러나 그것은 이미 소용없는 일이었다. 지금 그것을 안들 어찌할 것이며, 알아서 무엇을 하겠다는 것인가? 인간의 무리에 끼었던 것은 인간의 무리에 끼어서 인간을 통하여 배우고, 인간에게 돌려주며, 인간과 더불어 무엇인가를 하여 보라는 하늘의 뜻이 아니었던가?

갑자기 속세에 남겨 놓고 온 가족들이 생각났다. 무엇들을 하고 있을까? 모두들 열심히 자신의 일을 하고 있을 것이었다.

자신의 일. 이진사가 생각하고 있는 부분은 남겨 놓고 온 자손들이 얼마나 자신의 일을 잘하고 있을 것인가에 대한 부분이었다.

하지만 이러한 근심 걱정조차 오히려 방해가 됨을 인식하고 모두 버리기로 하였다. 공중을 오르락내리락하던 이진사의 영체는 점차 공중으로 솟아오르기 시작하였다. 마음이 비워졌다는 증거였다.

• 15 •

마음이 비워짐으로 인하여 가벼워진 이진사가 천웅각에 다다른 것은 아마도 지상의 시간으로 하면 1개월 이상은 족히 흘렀을 것처럼 느껴지는 즈음이었다. 하지만 정확한 시간은 알 수 없었다.

천웅각의 입새는 의외로 좁았다. 한 사람이 지나갈 수 있을 만큼의 문이 있었으며, 문 양쪽으로 일전에 만났던 사람들이 서 있었다. 바닥은 대리석과 같은 돌로 깔려 있었으며 옆은 나무로 되어 있는 것 같았다. 천장은 높아서 어둡고 잘 보이지 않았으나 언뜻 올려다보니 나무로 된 서까래가 보이는 것 같았다.

절에 들어갈 때 사천왕상이 있는 곳이 연상되었으나 입구가 너무 좁아 한 사람만이 지나갈 수 있다는 점이 달랐다. 저러한 재질로 어떻게 저렇게 큰 건물을 받치고 있을 수 있을 것인가에 대한 의문을 품으며 다가가자 일전에 만났던 백의인白衣人들이 이진사를 맞이하였다.

"수고하시었소. 장도長途에 힘이 많이 드셨으리라 생각하오."

"아닙니다. 잘 인도해 주신 덕분에 편안히 올 수 있었사옵니다."

"이제 천웅각에 드셨으니 지금까지의 고생은 모두 잊으시기 바랍니다. 이곳에서는 모든 것이 하늘의 뜻에 의해 이루어지게 됩니다."

"그렇지 않아도 하느님의 뜻을 따르려고 이곳에 온 것이 아닌가 합니다."

"하느님은 따로 계시는 것이 아니옵니다. 이곳에서는 모두가 하느님인 것이며, 이제 진사께서도 하느님의 일부를 구성하게 되는 것이옵니다. 지상에서 공부 중인 수많은 인류 역시 하늘의 일부이며, 한낱 미물까지도 하늘의 일부인 것입니다. 앞으로는 하늘의 일부로서 행동하시기 바랍니다. 자-, 드시지요."

"네."

이들이 앞에서 안내하고 이진사가 뒤에 따랐다. 별로 밝지 않은 좁은 통로를 한참 지나가자 앞이 다시 밝아지며 넓은 정원 같은 곳으로 나왔다. 이곳을 지나 맞은편에는 작은 방들이 죽 이어져 있었다. 한 백의인이 그 중의 한 방을 가리키며 안내를 하였다.

"이곳으로 드시지요."

"예."

안으로 들자 의외로 좁은 공간이었다. 마치 한 사람이 기거할 정도의 좁은 공간이었으며, 이 공간 외에 아무것도 없었다. 누우면 발이 닿을 것 같은 정도의 넓이였으며, 바닥에는 자리가 깔려 있는 것이 전부였다.

'그 큰 천웅각이 이렇게 좁은 방으로 구성되어 있다니…….'

넓디넓은 우주

• 16 •

앞에 있던 백의인이 나가자 노인이 한 분 들어오셨다. 깨끗이 늙은 티가 나는 노인이었다. 기운이 아주 맑고 힘찼다. 기력으로 보아 수백만 년 정도의 연륜을 지녔음을 알 수 있었다. 선계에 오고 나니 이러한 것들이 바로바로 느껴졌으나 어찌된 것인지는 알 수 없었다. 아무런 소리가 없이 들어온 노인은 이진사에게 말했다.

"이곳이 당신이 하늘로서 다스릴 수 있는 공간이오. 즉 당신이 당신의 힘으로 도움을 주어야 할 부분들이 바로 이 공간 안에 있소. 마음을 편히 하고 이곳에서 자신의 마음을 어떻게 움직여야 할 것인가를 터득하기 바라오."

"알겠습니다."

"우주는 각자의 것이오. 이곳은 모두가 주인이며, 모두가 내 일인 것이오. 자, 이제 당신의 공간이 펼쳐져 있으니 이곳에서 당신의 뜻을 마음대로 펴기 바라오."

"알겠습니다."

"좁은 것같이 느껴질 것이오. 허나 우주란 원래 좁고도 넓은 것이오."

"알겠습니다."

가만히 문이 닫히며 모든 것이 보이기 시작하였다. 이진사를 막는 것은 아무것도 없었다. 아무런 장애가 없이 사방이 환히 보이고 있었다. 노인은 사라지고 보이지 않았다.

별들이 보였다. 아직까지 보이지 않던 별들이었다. 개중에는 보름달보다 훨씬 더 큰 별도 있었다. 그러한 별들이 서너 개 보였다. 그보다 작은 별들이 무슨 일을 하고 있는지 알 수는 없었으나 전부 자신의 역할이 있음이 느껴졌다.

지금까지는 모르고 있던 부분들이었다. 별들이 자신의 역할이 있다니. 그리고 이 많은 별들이 이 방안에서 보이고 있는 것은 내가 다스려야 할 공간에 있음을 말해 주는 것 아닌가? 나의 역할은 이 별들을 관리하는 것인가?

"무슨 일을 하여야 할 것 같소?"

노인의 음성이 들렸다.

"아직은 모르겠습니다."

"앞으로 서서히 알게 될 것이오. 그동안 천천히 생각하기 바라오."

이진사는 이곳에서 서두르는 것이 별로 도움이 되지 않음을 알고 있었다. 모든 것이 될 때가 되면 되는 것이었다. 이곳에서는 먹는 것이 필요 없었다. 덜어지는 만큼 자동으로 채워지고 있었다.

모든 것이 이렇게 되는 것인가? 그렇지는 않은 것 같았다. 어느 정도 이상 되면 이러한 것이 가능하나 그렇지 않은 경우도 있는 것 같았다. 왠지 그러한 기분이 들면 그러한 것이었다. 판단이 필요 없었다. 모든 것이 자동으로 이루어지고 있었다. 아직은 아니지만 앞으로는 자신의 감각에 확신을 가질 수 있을 것 같았다.

별들이 움직이고 있었다. 한쪽으로 움직이는 것은 아니었다. 지구에 있을 때는 별들이 움직이는 것이 보이지 않았었다. 그런데 여기서는 움직이고 있는 것이다. 그것도 꽤 빠른 속도로 움직이고 있었다.

작은 별들이 움직이는 속도와 큰 별들이 움직이고 있는 속도가 각기 달랐으나 별의 크기와 비례하여 속도가 붙는 것은 아니었다. 아주 멀리에 있는 작은 별을 가만히 보고 있자 상당히 빠른 속도로 움직이고 있었다. 눈으로 따라가기에 어지러울 정도는 아니었으나 상당한 속도를 내며 다른 별을 향하여 가고 있었다.

"새로운 인연이 탄생하려나 보오."

보이지 않는 가운데 선인의 말씀이 들렸다. 아마도 누군가가 태어나기 위한 것이 아닌가 생각되었다.

"자신의 자리를 찾아가는 것 같소."

그런 것 같았다. 작은 별은 엄청난 속도로 더 멀리 있는 큰 별로 향하여 자취를 감추었다. 그러자 작은 별을 받아들인 큰 별이 잠시 빛을 내다가 어두워지더니 다시 서서히 밝아졌다. 그 별에서 아침이 밝아오고 있는 것 같았다. 아마도 거리를 잴 수 없이 먼 거리에 있는 별이었으나 지금은 아주 가까이에 있는 것처럼 보였다. 신기한 일이었다. 이러한 과정을 알게 되는 것은 선인이 됨에 어떠한 도움이 되는 것일까 궁금해졌다.

"아주 많은 도움이 되오. 우주가 태어나고 자라며 변화해 나가는 과정을 지켜보고 있는 것이오."

그런 것 같았다. 우주가 생성되어 성장해 나가는 과정을 보고 있는 것이었다. 어쩌면 저 큰 별이 지구인지도 몰랐다. 그리고 태어나는 새로운 생명은 누군가 선인이 새로운 수련을 위하여 지구에서 새로운 생명을 받아서 태어나는 것인지도 몰랐다.

"맞소. 밀리아나 선인이 방금 내려간 것이오."

'밀리아나 선인?'

"그녀는 지상에서 수녀의 길을 걷게 될 것이오. 불쌍하고 가난한 중생들을 살펴보고자 내려간 것이오."

'그렇구나.'

지상에서 훌륭한 일들을 하고 있는 사람들이 선인일지도 모른다는 것에 대한 의문이 풀리는 것이었다. 수녀가 무엇인지는 잘 모르지만 불쌍하고 가난한 중생들을 보살펴 준다니 훌륭한 일을 하는 사람임에는 틀림없는 것 같았다.

• 17 •

자세히 살펴보자 그 별 이외에도 많은 변화들이 일어나고 있었다. 많은 일들을 모두 알기에는 너무나 부족할 것 같았으나 어찌된 일인지 모든 것이 저절로 파악이 되고 내용이 기억되는 것이었다. 아니 이미 기억되어 있는 것이 생각나는 것 같았다.

'선계란 이러한 것이구나.'

이진사는 모든 것이 새롭게 느껴졌다.

'그러면 나는 어떠한 위치에서 일을 하도록 되는 것일까? 선인일까? 나는 본격적인 수련을 하지 않았지 않은가? 선인이란 상당한 정도의 영력靈力을 쌓아야 가능한 것이라고 하였다. 그런데 내가 선인이 될 수 있을 것인가?'

"선인이 될 수 있는지 여부는 아직 모르는 것이오."

'그렇다면 나는 무엇을 하기 위하여 이러한 과정을 밟는 것인가?'

"선인이 된다는 것은 쉬운 일이 아니오. 인간으로 있으면서 마음을 상당히 비워야 하며 그럼으로써 자신의 무게를 거의 들 수 없을 만큼 비워야 가능한 것이오. 당신은 수련은 하지 않았으나 마음을 비움에 있어 타의 추종을 불허할 만큼 노력을 많이 하였소. 그것은 수십 년간 수련을 한 사람도 어려운 것이었소. 그러한 것을 당신은 향천하기 전 오랫동안 그것을 집중적으로 해왔던 것이오."

그랬다. 향천 이전 모든 것에서 자유롭고 나서부터 이진사는 이 세상의 모든 것들이 진정 소중하고 값진 것임을 인정하면서도 모든 것에서 벗어나 훨훨 날 것 같은 세월을 보내고 있었던 것이다.

집착에서 벗어나고부터는 아까울 것도, 미련을 가질 것도, 안타까워해야 할 것도 없었으며 따라서 자신의 길에 대한 걱정마저도 간섭이며, 무질서이고, 남의 일로 느껴지던 것이었다. 때로는 이러한 것이 진정 모든 것을 위하는 것인가에 대한 생각이 들 정도로 얼마 전의 이진사의 모습에서 벗어나 있었던 것이다. 이진사의 경우 하늘의 뜻을 읽고 나서 모든 것에 대한 집착을 놓았고, 이 집착으로부터의 벗어남이 사람을 너무나 변하도록 만들어 놓았던 것이다.

'그렇던가? 그때 마음을 비우기 위하여 노력한 것이 이토록 향천 이후의 진로에 영향을 미치는 것인가?'

이진사는 향천하기 전 자신의 생명에 대한 집착마저도 벗어날 정도의 해탈을 하였던 것이다. 어느 누구도 확실히 다른 이진사를 느낄 정도의 탈바꿈이었다.

당시 이진사의 수준은 스스로 자신이 이승에서 가장 자유로운 사람으로 생각하였으며 이것은 거의 사실이었다. 예전의 이진사가 아니었던 것이다. 마음의 무게가 이 정도라면 수십 년간 닦은 수련으로서도 어려울 정도로 가벼워져 있었던 것이다.

"하지만 수련과의 차이점은 당신은 마음으로 그 길을 걸어 왔으므로 근본적인 기氣 바뀜이 없었다는 것이오. 호흡이란 자신의 모든 것을 전부 바꿀 수 있는 방법이오. 그것이 없었기에 진眞선인이 되기는 어려울 것이라고 생각이 되오."

"그렇다면 왜 호흡이 그렇게 중요한 것인지요?"

"인간은 아니 모든 생물은 호흡을 하도록 되어 있소. 호흡은 만물을 존재하도록 하는 수단이자 목적인 것이오. 이렇게 중요한 호흡을 통하지 않고는 생물은 자신의 모든 것을 바꿀 수 없도록 되어 있소. 당신의 마음은 수련을 많이 한 사람들에 비하여 많이 가벼워져 있었으나 몸이 가볍지 않아 그만큼의 영향을 받을 것이오."

'그렇구나. 수련을 하여야 하는 것이었구나.'

어렸을 때 할아버지가 호흡을 가르쳐 주시기는 하였다. 하지만 그때는 그것이 그렇게 중요하다는 것을 알지 못하였다. 그럴 줄 알았으면 당시부터 열심히 할 것을 게으름을 피웠다는 생각이 들었다.

모든 것은 때가 있는 것이었다. 때란 한번 놓치면 다시 오지 않는 것임은 우주에서도 마찬가지였다. 수련 역시 할 수 있을 때 하여야 하는 것이었다. 할 수 있을 때란 정해진 것은 아니었으며, 각 개인에 따라 인연이 오는 시각이 달랐다. 그 인연을 살릴 수 있으면 선인이 되는 것이요, 인연을 살리지 못하면 선인이 되지 못하고 마는 것이었다. 이진사는 그 인연을 끝까지 살리지 못하여 선인이 되기에 어려운 것 아닌가 하는 생각이 들었다.

인연…….

참으로 중요한 것이었다. 그것이 한 인간의 장구한 미래를 결정짓는 것이었다. 지상에 있을 때에도 알기는 하였으나 그렇게 중요한 것인 줄은 몰랐었다. 이곳에 와서야 인연의 중요성을 실감하는 것이었다.

나는 아직 선인이 아니다. 그럼에도 지금 느끼고 있는 이러한 것들이 가능한데 선인이 되면 어떨 것인가? 아마도 엄청나다고밖에 할 수 없는 능력이 생길 것만 같았다.

절대자!

선인이란 거의 절대자의 힘을 가지고 있는 것 같았다. 그렇지 않고서야 그렇게 모든 것을 속속들이 알 수가 있단 말인가? 도저히 불가능할 것 같은 것들이 이곳에서는 가능한 것이었다. 인간의 생각으로는 감히 불가능한 것들이 가능하게 되는 것이었다. 이러한 세계가 있을 것이라고 생각도 하여보지 못한 세계가 펼쳐지는 것이었다.

그렇다면 인간들이 모르고 있는 이곳 선계의 실상을 어떻게 전파할 수 있을 것인가? 당장 지상에 살고 있는 후손들이 가장 큰 영광을 입는 길은 수련밖에 없지 않겠는가?

"그러하네, 수련밖에 없네."

"어찌 하여야 하겠는지요?"

"인연법에 의해 결정되는 것이니 너무 조급히 생각지 말게. 모든 것은 다 정해진 이치대로 가는 것이네. 정해진 이치란 우주의 기운이 흘러가는 길이네. 그 길에서 벗어나지 않는다면 가능할 것이나 그 길에서 벗어난다면 방법이 없네."

"인간들에게 알려줄 수 있는 방법은 없을는지요?"

"그들이 스스로 알아서 해야 할 일이지. 수련에 연결될 수 있는 인연은 그들의 옆에 너무나 많이 깔려 있네. 그 인연의 끝을 볼 수 있으면 되는 것이고, 볼 수 없으면 되지 않는 것이지."

이진사는 자신이 안타까워한다고 될 수 없는 일임을 알았다. 하지만 어떻게든 자신이 이루지 못한 일들을 후손들이 할 수 있도록 하여 주고 싶었다.

"그것은 자네의 마음대로 되는 일이 아닐세. 그들의 인연에 의해 결정되는 것이기 때문일세."

인연이란 참으로 중요한 것이었다.

인연…….

그렇게 중요한 것인 줄 알았다면 일찍이 조부의 말씀이 있었을 때 했어야 할 것을 중요성을 모름으로 인하여 미루고 있다가 이렇게 된 것이었다.

• 18 •

수련…….

참으로 그 커다란 의미가 다가오고 있었다. 수련이란 의미를 생각하는 순간 온 우주가 단전으로 들어와 가슴으로 밀려 올라오더니 머리의 한가운데를 통하여 위로 솟구치는 것이었다.

다시 단전의 기운이 아래로 내리뻗어 끝없이 먼 아래쪽으로 내리꽂히는 것이었다. 아래위로 'I' 자로 기운이 연결되어 그 기운줄의 중간에 매달린 것 같은 모습이 되었다.

아무것도 자신을 지탱해 주는 것은 없었다. 그저 기운줄만이 자신을 아래위로 지탱하고 있었다. 기운줄에 연결된 상태에서 빙그르르 돌기 시작하였다. 360도를 돌자 서서히 멈추어 서면서 다시 제자리로 돌아왔다. 아무런 소리가 들리지 않았다. 무거운 정적만이 감돌고 있었다. 무거운 정적을 깨며 다시 음성이 들렸다.

"우주란 넓디넓은 곳이오."

너무나 깊이 깨닫고 있는 바였다.

"그 넓은 우주를 가까이 바라볼 수 있는 방법은 수련밖에 없소. 당신은 바로 전생의 호흡 인연으로 이만큼 온 것이오."

'그랬었구나. 할아버지의 말씀과 생전에 마음을 비우기 위하여 노력한 것이 이만큼의 결과를 가져온 것이구나. 그렇다면 앞으로는 무엇을 하여야 할 것인가?'

"앞으로 얼마간 할 일은 없을 것이오."

'그러면 이러한 상태로 있어야 한단 말인가?'

"그렇지는 않소. 그러면서도 지속적인 변화가 있을 것이오. 그 변화를 수용하는가 여부에 따라 당신의 미래는 달라지게 되어 있소."

미래…….

모든 단어의 의미가 새삼 중대하고 무겁게 다가왔다. 생전의 미래는 너무나 좁은 개념이었다. 그런데 지금의 미래라는 의미는 끝없이 먼 앞날을 말하고 있는 것 아닌가? 감히 인간으로서는 생각지도 못할 수조 년의 몇 억 배가 될 자신의 앞날들……. 무한히 실감되는 순간이었다.

"그렇다고 너무 심각하게 생각할 것은 없소. 그 세월도 짧을지 모르오. 내가 살아온 바에 비하면……."

'그렇다면 이 선인은 얼마의 세월을 살아오셨단 말인가?'

"당신이 생각할 수 있는 범위를 넘었다는 것만 알면 되오."

'도대체 얼마의 세월이기에 내가 생각지도 못할 정도의 세월이란 말인가?'

"인간으로 있으면 상상력이 상당 부분 통제를 받게 되어 있소."

"어떠한 연유로 그러한 일이 생겼습니까?"

"인간이 많이 생각해 봐야 별 도움이 되지 않기 때문이오."

'인간이 생각하는 것이 별 도움이 되지 않는다니?'

"생각을 많이 할 수 있다는 것은 급속한 진전과 깊이 연관되는 것이오. 급속한 진전은 인간의 현재 처지로 볼 때 형편이 따라가지 못함으로 인하여 갈등만 불러일으킬 소지가 높소."

하긴 그랬다. 인간의 능력으로는 생각할 수 있는 것조차 제한되지 않았던가? 해결책을 바로 옆에 놓아두고 수천 리를 돌아가는 방법으로 생각하는 사람들을 너무 많이 보아온 것이다. 그러한 모든 것이 인간이므로 생긴 것이라면 인간의 껍질을 벗은 이후에는 그러한 것이 없어야 할 것 아닌가?

"그렇지 않네. 인간으로 있었다는 것은 그간의 결과에 대하여 책임질 것을 요구받는 것이네. 인간이란 항상 자신이 책임을 면할 수 있다고 생각하지만 결코 그렇지 않네. 마음을 올바로 쓰는 것과 그렇지 않은 것이 인간의 눈으로 보면 잘 보이지 않으나 선계에서는 전혀 속일 수 없는 것이네.

선계란 모든 것이 투명의 극치를 달리고 있네. 있는 그대로 모든 것이 비추게 되어 있네. 이 그림에 가감을 한다는 것이 허용되지 않는 것이지. 가감이 허용된다는 것은 선계에서는 있을 수 없는 일이네. 모든 것이 정확하므로 그 기반 위에서 모든 것이 진화할 수 있는 것이지. 저길 보게."

• 19 •

별들이 사라지고 공중에 떠 있는 수많은 인간의 영체들이 보였다. 누워 있는 경우도 있었고, 앉아 있는 경우도 있었으며, 엎드려 있는 경우도 있었다. 처음에는 수십 명이 보였으나 점차 시야가 넓어지면서 수십만, 아니 그 이상의 영체들이 떠 있는 것이 보였다. 해수욕장의 백사장 모래만큼이나 많은 사람들이 떠 있었다.

끝이 보이지 않았다. 선계의 눈으로도 보이지 않을 정도로 아득한 저 멀리에까지 떠 있었다. 한 사람 간의 거리는 양옆이나 아래위로 약 6~9미터 정도로 떨어져 있었으며 모든 사람들이 줄을 맞추어 있는 것은 아니었다. 가만히 보니 약간 넓은 공간을 차지한 사람도 있고, 그렇지 않은 사람도 있어 공간에 약간의 차이가 있었다.

위로 올라갈수록 얼굴에 화색이 돌고 금방이라도 깨우면 일어날 것 같은 상태인 것으로 보아 다소 의식이 있어 보이는 영체들 같았으며, 아래로 내려갈수록 얼굴에 화색이 없고, 거의 석고 같은 느낌이 들며, 생기가 없는 것으로 보아 의식이 없는 영체들이었다.

공중에 떠 있는 것을 보면 무중력 상태 같았다. 몸을 움직이는 사람들은 없었다. 자신의 자리는 항상 그대로인 것 같았다. 무엇인가 아주 작은 별똥별 같은 것이 이들이 떠 있는 곳을 지나가자 약간 흔들리더니 다시 제자리를 찾아 들어가고 있었다.

아무것도 보이거나 얽혀 있는 것은 없었으나 정확한 자리가 정해져 있는 것 같았다. 모든 사람들이 자신이 생전에 입던 옷을 입은 모습 그대로 공중에 떠 있었으나 미동도 없이 가만히 있었다.

"지금 보고 있는 곳은 사망한 인간의 영체들이 보관되어 있는 곳이네. 이곳에서는 영급의 차이에 의해 보관 장소가 정해지네. 우주란 워낙 넓어서 저렇게 끝도 없이 보이는 것 같아도 우주 전체로 보면 아주 좁다고 할 수 있지."

아마도 지금까지 죽은 모든 영체들이 환생한 일부를 제외하고는 거의 다 있는 것 같았다.

'저렇게 많은 영체들이 있었구나. 그렇다면 환생한 일부는 어떠한 과정을 거쳐서 다시 태어나는 것일까?'

"아직 그것까지는 알 것 없네."

"알았습니다."

"궁금한 것이 많이 있을 것이네. 하지만 아무리 선계라고 해도 차근차근 알아 나가야 하네."

그럴 것 같았다. 자신이 이제 선계에 와서 지금 같은 혜택을 누리고 있는 것도 지금 보고 있는 저 사람들에 비하면 엄청난 혜택이 아니던가? 비교할 수 없는 영광을 누리고 있는 것이다.

"그러하네. 자네는 지금 저 사람들에 비하여 상당한 정도의 혜택을 누리고 있다고 할 수 있네."

"어째서 그러한 일이 저에게 일어나고 있는 것인지요?"

"할 일이 있기 때문이지."

'내가 무슨 할 일이 있다는 것인가? 아직 선계의 초년생이며, 앞으로 무엇이 될 것인가조차도 알 수 없는 정도 아닌가?'

자신의 능력으로 아직은 아무것도 할 수 없는 것인 것 같았다. 그런데 무슨 일인지는 몰라도 할 일이 있기는 있는 모양이 아닌가?

"그 일은 너무 성급히 서둘지 말게. 자네는 지금 위치가 정해지지도 않았지 않는가?"

'그렇다. 아직 나는 아무것도 정해진 것이 없는 것이다.'

"자네는 지금 선계의 기운줄만 연결된 것일세."

'기운줄이 연결된 것은 어떠한 의미가 있을 것이다. 이 의미를 잘 살려야 할 것임은 두말할 나위 없는 것 아닌가?'

"그러하네. 지금은 그러한 생각만 하고 있도록 하게."

"알았습니다."

"모든 것은 다 가는 대로 가도록 되어 있네."

"이제 조금씩 알 것 같습니다."

아직 구체적으로는 모르겠으나 서서히 우주의 윤곽이 드러나는 것처럼 느껴졌다. 어슴푸레한 우주의 새벽이 다가오고 있었던 것이다. 영계의 모든 것들이 다시 사라져 갔다. 지금 자신이 보고 있는 것은 우주의 아주 일부인 것이다. 이럼에도 이진사가 상상할 수 있었던 범위를 훨씬 넘어가고 있었다.

이렇게 넓고 깊으며 많은 내용들이 들어 있을 것이라고는 생각지 않았었다. 그저 생전에 들은 대로 천당과 지옥, 그리고 그 외의 몇몇 세상이 있을 것이라고 생각하였는데, 그것은 아주 일부이며 그 이상의 너무나 많은 것들이 있었던 것이다.

'이다지도 넓고 많은 것들이 있었구나.'

• 20 •

우주란 역시 우주라고 할 만하였다. 할 만한 정도가 아니라 역시 우주였다. 인간의 힘이란 너무나 보잘것없었다. 그 정도의 능력으로 한 갑자 남짓한 세월을 너무나 발전적이지 못한 방향으로 살아가는 사람들이 많은 것이다. 싸우고 헐뜯으며, 욕심으로 가득 찬 세월로 채우고 있는 것이다.

60여 년의 세월은 수련만 하기에도 너무나 짧다. 크는 세월과 마무리하는 세월을 빼면 부지런히 한다고 하여도 불과 20~30여 년의 세월이 아닌가? 이 정도의 세월은 우주에서 한숨 한 번 쉴 정도로 짧은 세월이 아니던가? 그 아까운 세월을 시간을 허비하는 데 쓰다니…….

앞의 영체들이 서서히 움직였다. 한쪽으로 움직이고 있었다.

"이들 중 인간으로 다시 태어날 사람들은 저 위에 있는 사람들이지. 그 이하는 등급에 맞게 동물로도 태어나고, 곤충으로도 태어나는 것이지. 차라리 태어나지 않는 것만도 못한 경우도 있네. 환생으로 인하여 오히려 그렇지 않은 것보다 못한 경우도 있지."

가만히 보니 인간의 모습이 아닌 경우도 보였다. 아주 아래에는 짐승도 보였으며, 저 앞에 멀리에는 아직 보지 못한 생물체들이 보였다. 인간도 동물도 아닌 영체들이 있었다. 팔은 가늘고, 머리에 아무런 털도 없으며, 피부는 회색인 인간 아닌 인간들이 있었다.

"안드로메다 은하의 인류들이네. 지구의 인간과는 다른 구조를 가지고 있지. 안드로메다 내 미루 은하의 제3성에 살던 사람들이지. 이들과도 윤회의 사슬이 연결되어 있네."

'그렇구나. 인간이 아닌 이들과 윤회를 하다니.'

"아니, 이들은 인간보다 더 앞선 문명을 가진 인류들이네. 배울 점이 많이 있을 걸세."

'그렇다면 인간과 중복하여 윤회를 하는 우주 내의 인류들은 얼마나 있는 것일까?'

"많이 있네. 지구상에서만 해도 80여 종족이 윤회를 거듭하고 있네. 하지만 인간의 상태로 있는 이상 알 수는 없을 걸세."

처음 듣는 이야기였다. 이러한 일이 있다니. 지구 외에 인간들이 살고 있다는 것도 처음 듣는 이야기였지만 이들이 인간들보다 더욱 발전된 문명을 가지고 있다니. 놀라운 이야기였다.
인간들이 가장 발전된 생물인 것으로 알고 있으며 다른 별에 이러한 인류들이 있음을 상상조차 못하고 있던 차에 이러한 것을 본 것이다. 그러한 일이 있을 수 있다니…….

너무나 놀라운 이야기였다. 인간이 다른 은하의 별에 살았던 종족과 윤회를 하다니……. 과연 그러한 일이 있을 수 있는 것일까?

"가능하네. 인류를 발전시키기 위한 방법은 다른 종족과 혼합을 함으로써 가능하네. 동일 종족끼리의 번식은 기능의 저하를 불러올 수밖에 없네."

알 것도 같았다. 동종 교배는 종족의 기능을 저하시킨다고 하지 않던가? 어디선가 들어 본 적이 있는 것 같았다. 정식으로 배운 것은 아니지만 자신의 유전자 어디에 아스라이 기억되어 있던 것이 살아나는 것 같았다. 맞았다. 금생에 들은 것이 아닌 것이다. 전전생의 언젠가 흘려들은 기억이 남아 있었던 것이다.

"그렇다면 인류의 경우 이종異種 교배로 인하여 많은 발전이 있었던 것입니까?"

"그러하네."

우리 한족韓族은 백의민족으로서 단일 민족임을 자부하고 있었다. 비록 외침을 많이 당하기는 하였으나 나름대로 자랑할 수 있는 것은 민족의 혈통이 유지되고 있음에 대한 것이 그중 하나라고 할 수 있었다. 그럼에도 인류 자체가 은하 간의 이종 교배에 의해 진화되어 온 것이라니……. 우주는 정말로 다양한 방법으로 진화의 사슬을 연결시켜 놓고 있었다. 수없이 먼 거리를 순간 이동할 수 있는 방법을 통하여 상호 간에 공유하는 부분이 있었던 것이다.

그렇다면 그들은 인간 세상의 경험을 통하여 무엇을 얻을 수 있단 말인가? 인간 세상은 그들과 비교하여 수없이 많은 세월을 진화하여야 할 종족들이 아니던가?

"그렇지 않네. 지구의 인간들은 나름대로 상당히 복잡한 과정을 거쳐서 진화하여 왔네. 수백만 년간의 세월을 진화해 오며 가장 오행五行이 균형을 이룬 육체를 가지고 있지. 그러한 부분은 우주에서도 흔치 않은 것이네. 그러한 이유로 인하여 타별에서 생존하기에는 상당히 부적절한 조건을 갖추고 있지만 말일세."

'그랬었구나. 지구의 인간이 그러한 조건을 갖추고 있다면 더 진화할 경우에 인간의 육체는 그들과 같이 변화할 것인가?'

"반드시 그렇지는 않을 것이네. 모두가 동일한 길을 걷는 것은 아닐세. 지구의 인간은 인간의 진화를 계속할 것이네."

"안드로메다 은하의 그들은 인류보다 얼마나 앞서 있는지요?"

인류!

인간의 종족을 일컫는 말이었다. 하지만 자신이 사용하지는 않았던 말이 아니던가? 인류라니…….

"많이 앞서 있네. 시간이 모두 같이 흘러가는 것은 아니네만 인간의 시간으로 한다면 수만 년은 앞서 있을 것이네."

수만 년이라니! 수만 년의 세월을 앞서 있다니……. 그렇다면 어느 정도의 진화를 하였단 말인가? 감히 상상할 수 없는 세월을 앞서 있는 것이었다. 단군 이래 수천 년밖에 안 되었는데 수만 년이라니. 더욱이 인간이 문화를 가진 것은 불과 수천 년밖에 안 되었지 않은가?

"반드시 그러한 것은 아니네. 인간의 역사가 생각보다 오래되었음을 알 수 있게 될 것이네. 자네가 알고 있는 지구 인간의 역사는 일부이며, 사실상 오래되었네. 수만 년의 세월로 계산할 수 있는 정도는 아닐세. 하지만 현재의 인간보다 수만 년 정도라도 앞서 있다는 것은 상상키 어려운 진화의 과정을 이루어 낸 것임을 말해주는 것이네. 한번 그들의 문화를 보겠는가?"

"예, 보고 싶습니다."

• 21 •

사방이 서서히 어두워지면서 지금까지 보이던 모든 것이 사라지고는 다시 밝아졌다. 다양한 건축물들이 보였다. 뾰족하거나 평평한 지붕을 한 집 같은 것들이 보였다. 하늘이 검푸른 색이었다.

"저것은 자네에게 설명을 해 주어도 모를 걸세. 인류들이 생존하는 것은 지구에서만 가능한 것은 아닐세. 지구에서 생존하는 것도 중요하지만 그렇지 않은 방법으로 생존하기 위하여는 다른 방법을 익혀야 하지. 하지만 아직 자네가 걱정할 일은 아니네. 먼 훗날의 이야기일세."

먼 훗날이라니? 과연 이것을 어떻게 해석하여야 할지 몰랐다. 앞의 광경이 바뀌고 있었다. 나무와 풀들이 자라는 곳이었다. 그런데 무엇인가 달랐다. 아무것이나 먹을 수 있을 것 같은 생각이 들었다. 어딘가 지구의 것들과는 달랐다.

"그러하네. 전부 먹을 수도 있고, 자원으로 사용 가능한 것들이지."

전부 먹을 수 있거나, 자원으로 사용 가능한 것들이라니……. 쓸모없는 것이 전혀 없음을 감으로도 알 수 있었다.

완전무결의 세상, 이럴 수가 있다니?

외견상으로는 지구와 비슷하게 보이지만 전혀 다른 별인 것 같았다. 별에 대하여 다른 생물이 생활하고 있을 것이라고 생각해 본 적은 없었다. 생물은 당연히 지구에서만 살고 있는 것으로 알고 있었던 것이다.

감히 지구가 아닌 다른 별에서 생물이 살고 있다는 것 자체가 잘 이해가 되지 않았다. 그것도 만물의 영장이라고 하는 인간보다 수만 년이나 앞선 인류라니? 그리고 모든 것이 쓸 데가 있는 별이 있다는 것이 거의 의아스럽게 느껴졌다.

"그러나 이것은 분명한 현실일세. 지구는 그 중의 한 별일 뿐이지."

지구가 하나의 별이라니? 지구 말고 이렇게 큰 별도 있단 말인가? 별이 이렇게 크다면 하늘을 전부 가리지 않겠는가? 상상이 되지 않았다.

"아직은 상상이 되지 않을 것이네. 하지만 자네가 보고 있는 저 광경도 역시 생물이 살아가는 하나의 별일세."

그럴 수 있을 것 같았다. 멀리 보면 저렇게 작아 보일 수 있는 것이리라……. 자신의 상상력의 빈곤을 탓할 수밖에 없었다. 하지만 인간으로 있을 때는 이러한 것을 상상조차 해보지 못하고 살아온 자신이 아니던가? 가끔 하늘을 보기는 하였다. 하지만 하늘에 이렇게 대단하고 무서운 비밀이 숨어 있으리라고는 생각지 못하였다.

"대단한 것도 무서운 것도 아닐세. 당연한 것이지."

그럴 것이었다. 하늘의, 아니 우주의 입장에서 이러한 것이 무엇이 대수로울 수 있을 것인가? 어쩌면 아무것도 아닌 것 중의 하나일 것이다. 저 많은 별 중에 어찌 지구만이 생물이 살아가는 별이라고 생각하였단 말인가?

"이제 자네의 생각이 점차 트여 가는 것이네. 우주를 받아들이고 있다는 것이지. 아직 지구의 고정 관념이 탈색되려면 많은 세월이 흘러야겠지만 그래도 충격으로 바꾸는 것이 가장 빠른 길이지."

그런 것 같았다. 자신이 스스로 본 것을 비교적 자연스럽게 흡수하고 있었다.

"지금부터 보는 모든 것들은 자네의 상상을 뛰어넘는 것들이 대부분일 것일세. 하지만 나중에는 그것이 자연스런 것임을 알 수 있을 걸세."

그렇게 되기까지 얼마가 걸릴 것인지 알 수 없었다. 하지만 자신이 적응해 나가는 속도가 상당히 빠르다는 것은 스스로 알고 있었다. 모든 것이 자신이 생각해 왔던 것보다 더욱 크고 넓고 깊었으며 생각의 범위 밖에 있었다. 자신이 살아오고 생각해 왔던 것들이 얼마나 보잘것없는 것인가에 대하여 돌아보고 있었다.

우주란 넓고 넓어서 자신의 감각만으로 알 수 있는 것은 아니다. 하지만 언젠가 알 수는 있을 것 같았다.

"그러하네. 알 수는 있을 걸세. 하지만 전부 알 필요는 없네. 자네가 하여야 할 일에 대하여서만 알면 될 것이네."

"제가 하여야 할 일이 무엇인지요?"

"좀 더 있으면 알 수 있을 걸세."

아직 더 배워야 하는 일이 있는 것 같았다. 우주란 어디서 시작하여 어디서 끝나는 것인지 알 수 없었다. 알 수 있을 것 같다가도 모르는 것이 너무 많았다. 갈수록 엄청나게 넓다는 것, 그리고 그 안에는 자신이 모르는 것이 너무나 많다는 것이 지금까지의 소득이었다. 이렇게 넓을 것이라고는 생각지 못하였던 부분이었다.

"그러하네. 우주에 대하여 전부 알 수 있다는 것은 어불성설이지. 심지어는 우주 자신도 스스로에 대하여 모르고 있는 부분이 있네. 자네는 자네의 몸과 마음에 대하여 전부 알고 있는가?"

• 22 •

그렇다. 자신의 몸에 대하여도 전부 모르고 있지 않은가? 아니 전부는 고사하고 일부도 모르고 있었던 것이다. 자신의 몸을 받아 일평생 사용하여 왔으면서도 그 몸을 떠난 지금까지도 세부적인 것에 대하여는 아무것도 모르고 있는 것이었다. 마음에 대하여는 더 그랬다.

"세상의 이치는 모두 같은 것이네. 아는 것 같으면서도 모르는 것, 그것이 바로 정답인 것이지. 하지만 그렇지 않은 것도 있네. 마음공부를 하여야 한다는 것, 진화하여야 한다는 것은 절대적인 것이지. 인간으로만 있을 수도 없거니와 있어서도 안 되는 것이 바로 선계의 모든 구성원들의 임무이기도 하지."

그런 것 같았다. 수련이란 모든 것을 떠나서 중요함을 깨닫고 있었다.

'그렇다면 지금이라도 수련이 가능한 것일까?'

"기氣적으로는 가능하네. 하지만 기적으로 하는 것 역시 충분한 바탕을 쌓은 후에야 가능한 것이지."

'기적으로 가능하다 함은 다른 방법으로는 불가능하다는 것 아닌가?'

"그러하네. 자네는 지금 영체만 있지 않는가? 인간으로 있었다는 것이 얼마나 도움이 되는 것인가는 이제 기적인 수련을 하여 보면 알 수 있을 것이네. 자네 지금 수련을 한다면 어디에 기운을 모을 수 있겠는가?"

그렇다. 단전이 없는 것이다.

인간으로 있을 때는 단전을 통하여 모든 것이 가능하였다. 하지만 지금은 자신에게 단전이 없는 것이다. 기운을 모아 보았다. 기운이 모이지 않았다. 기운이 모이지 않는다면 무엇으로 일을 할 수 있을 것인가?

"지금 자네가 살아 있고 생각을 하는 것은 우주의 기운으로 하는 것일세. 자네는 지금 특별히 어디 기운이 연결된 곳이 없네. 인간으로 말하면 피부 호흡이 되는 것과 같은 이치이네. 모든 곳에서 동일하게 기운이 들어오는 것이지."

기운이 오는 곳이 동일하다니……. 가만히 느껴 보니 전신의 모든 곳으로 기운이 알 듯 모를 듯 들어와서는 내부에서 한 덩어리로 뭉치고 있었다. 아주 미미하게 들어오므로 의식을 하지 않고는 알 수 없을 정도였다. 겨우 생각을 함에 필요한 정도의 에너지만 들어오고 있는 것이었다. 그러면 지금 자신은 생각을 어디로 하고 있는 것인가?

"자네의 영체가 하고 있는 것이네. 자네는 지금 우주의 일부가 되어 있으므로 자네가 생각하는 것이 아니고 자네의 영체가 생각을 하는 것이네."

'영체란 내가 아닌 것인가? 영체가 생각을 하다니? 지금의 나는 무엇인가? 영체의 두뇌란 영으로 된 기체의 머리 부분인가?'

"그러하네. 버릇이 그렇게 되어서 자네는 지금 머리로만 생각을 할 수 있지. 본격적인 선인이 되면 전신으로 생각을 할 수 있게 되네."

'전신으로 생각을 하다니? 그것이 과연 가능한 것일까?'

"그것은 나중에 알게 되네. 그보다 중요한 것은 지금의 자네도 자네이지만 그보다 본래의 자네는 지금 우주의 본체에 연결되어 있다는 것이네. 어떠한 영체든 이곳에 오면 본래의 자신은 우주의 본체에 접속이 되도록 되어 있네. 그리고 남아있는 부분이 이렇게 버리지 못한 자신을 구성하고 있는 것이지.

자네는 약 30% 정도만 선계의 본체로 가고, 70%는 여기에 영체의 상태로 있는 것이네. 100% 선계로 가도 자신의 의사를 가지고 있지만 그때는 생각의 방향이 전반적으로 바뀌게 되네. 지금은 아무것도 아닐세.

40~60% 정도 우주의 본체가 되었을 때 준準선인이라고 하지. 하지만 자네는 수련을 하지 않아 30% 선이므로 준선인의 대열에 들기에도 어렵다고 할 수 있네. 인간으로 있을 때 선한 업을 쌓은 것이 이럴 경우 도움이 되는 것이지. 허나 자네는 이미 때가 늦었으므로 여기에서 수련을 하여 10%를 채운다는 것 역시 불가능한 것이지."

• 23 •

'그렇다면 어떻게 하여야 하는 것일까? 방법은 없는 것일까?'

"반드시 그렇지는 않네. 자네의 경우 할 일이 있음은 바로 자네가 지상의 자손을 이끌어 주어야 하기 때문이지."

"누굴 말씀하시는 것이온지요?"

"그건 지금 알 것 없네. 나중에 알 수 있을 걸세."

'지상의 자손이라. 어떠한 자손인가? 직계인가? 아니면 타인의 자손일까?'

우주란 모든 인류가 자손이지 자신의 자손만 자손이라고 하는 것은 아닐 것이었다. 심지어는 지금 살아있는 모든 생물이 자손일 수도 있었다.

"그 부분에 대하여는 너무 심각하게 생각지 말게. 우선 자네가 하여야 할 일이 더 많은 까닭이네."

"무엇이온지요?"

"아직 알 것 없네."

지금 할 일이란 바로 마음을 닦는 일일 수도 있었다. 자신에게는 이제 마음밖에 없으므로 마음을 닦는 것이 가장 먼저 하여야 할 일인 것 같았다.

"바로 그것이네. 그것만이 자네를 더욱 가볍게 할 수 있는 일이네."

그럴 것 같았다. 자신의 마음에는 아직 속세의 때가 너무 많이 묻어 있는 것 같았다. 이 많은 때를 벗겨내어야만 자신이 가벼워질 수 있을 것 같았다.

"인간이라고 모두 같은 인간이 아닐세. 마찬가지로 선인이라고 모두 선인이 아니지. 선인 중에도 선인다운 선인이 있고, 선인답지 못한 선인이 있네. 선인다운 선인은 우리가 선인이라고 하고 선인답지 못한 선인은 악인이라고 하지. 이 구별은 상당히 중요하네. 영원히 선인의 반열에 오를 수 있는지 아닌지를 구별할 수 있는 기준이 되는 것이지. 한번 악인이 되면 영원히 선인이 될 수 없는 경우도 있는 것이네."

악인이란 속俗의 개념과는 무엇인가 다를 것이었다.

"그러하네. 선계의 악인이란 바로 기운이 통하지 않는 기인氣人이지. 기운이 통하지 않으면 선계의 의도를 알 수 없고, 의도를 모르면 엉뚱한 행동을 하게 마련이지. 그래서 항상 무례를 저지르는 것이 바로 악인이지.

지상의 개념처럼 선악이 뚜렷이 구분되는 것과는 달리 기운이 통하지 않는 것이 바로 악인이자 앞으로도 가장 방법이 없는 것이 바로 악인일세. 지상에서 수련을 전혀 하지 않다 보면 이러한 경우가 생기는 것이지."

'그렇구나. 기운이 통하고 아니고의 차이가 그렇게 무서운 것이구나.'

이런저런 도道 공부를 한다고 하면서 기운을 모르는 많은 사람들이 떠올랐다. 기운을 모른다는 것은 바로 선계의 뜻이 무엇인가를 알 수 없음을 뜻하는 것이었다. 선계의 뜻이 무엇인가를 알 수 없다면 선계의 의도를 따를 수 없으리라. 그렇다면 금수와 무엇이 다를 것인가?

'그런데 나는 기운이 통하고 있는 것인가?'

"자네는 기운이 통하고 있지 않는가? 그래서 여기에 와 있는 것일세."

'그렇구나.'

자신의 몸에 기운의 줄기가 통하고 있음을 잠시 잊었던 것이었다. 자신에게 기운이 통하고 있다면 일단 악인은 면한 것 아닌가? 악인이 아닌 것만도 천만다행인 것처럼 느껴졌다. 선계에서 구제불능인 경우에서는 일단 벗어난 것이다. 그렇다면 더 이상의 등급 향상은 안 된다고 하더라도 이대로 어떠한 발전을 이룩하여야 할 것인가? 준선인의 대열에 들지 못하더라도 선계에서 어떠한 일을 할 수는 있을 것인가?

"할 수 있는 일이 있네. 자네는 다소 예외라고 할 수 있지."

'예외라니? 선계에서 어찌 그러한 일이 있을 수 있는 것인가?'

"선계이므로 가능한 것이네. 선계는 가능하다고 생각하면 얼마든지 예외가 있을 수 있는 것이네."

'그렇구나.'

선계가 전혀 예외가 없는 곳이 아님은 놀라운 일이었다. 이렇듯 빈틈없이 돌아가는 곳에서 예외가 있다니?

"하늘이 시켜야 할 일이 있을 경우에 가능한 일이네."

그렇다. 선계에서 시켜야 할 일이 있다고 하였다. 그 일이 무엇인가는 알 수 없지만 무엇이든 시켜만 준다면 뼈가 으스러지도록 하리라. 그 일의 결과에 따라 어떠한 보답이 있을 것인가 여부를 제외하고라도 무슨 일이든 하리라 마음먹었다. 이 정도에까지 이른 것은 내가 잘나서가 아닌 어떤 사명이 있을 것이며, 그 사명을 다한다면 보답은 있을 것이었다.

"그 보답은 자네가 아닌 다른 사람의 이름으로 내려갈 수도 있네. 그래도 무관하겠는가?"

"무관하옵니다. 누가 받더라도 상관없이 열심히 할 것입니다."

"바로 그것이네. 누가 받든 선계의 일이라면 열심히 할 수 있어야 하네. 자네는 이 심사를 통과한 것이네."

다행이었다. 아주 사소한 정도의 다른 마음을 먹지 않고 순수하게 그렇게 하겠다고 답변한 것이 이러한 결과를 가져온 것이다. 선계란 순수하면 받아주는 것인가?

"그러하네. 순수란 무엇과도 바꿀 수 없는 중요한 것이지."

다소라도 억울한 마음이 들지 않았던 것이 다행이었다. 선계에서 억울한 마음을 먹었다면 그것이 외부로 드러나지 않았더라도 어떻게든 나타났을 것이었다. 그렇지 않았던 것이 스스로 생각해봐도 신통한 일이었다. 그렇다면 앞으로도 손해를 감수한다는 것이 자신에게 더욱 도움이 되는 것인가?

"손해라고 할 수 없네. 그것이 바로 자신이 해야 할 일이지."

• 24 •

그랬다. 모든 것은 자신의 일이었다. 어찌 나의 일이 아니라고 할 것인가? 모든 힘겨운 것은 나의 일인 것이다.

힘겨운 날이 가고 나면 그렇지 않은 날이 올 것이다. 그때에는 보다 나은 나의 날들을 만들어 보아야 할 것이었다. 힘겹다고 해도 몸을 가지고 있을 때에 비하면 힘겹다고 할 수 있는 것은 아니었지만, 그래도 마음은 무거운 부분이 있었다.

'마음이 무겁다. 어찌해야 가벼워질 것인가? 이 무거움은 어떠한 부분에서 오는 것일까? 이 무거움이 덜어지면 어떠한 결과가 나타날 것인가?'

무엇인가 미진한 것이 있었다. 이진사는 이것이 수련을 하지 않음으로써 오는 것인 줄 모르고 있었다. 수련의 인연은 이렇게 사방에서 조여 오는 것이었다.

힘겨운 것이 무엇인지조차 모르고 있던 이진사에 비하면 선계의 다른 선인들은 이진사에게 감겨 있는 업의 실타래를 보면서 '그래도 괜찮은 사람이니 다행이지만 고생은 좀 되겠구나' 하는 생각을 하고 있었다.

선계에서 가장 무거운 것은 바로 마음인 것이다. 인간으로 있을 때야 몸을 가지고 있으니 몸이 가장 무거운 것이었으나 인간의 몸을 벗고 나면 가장 무거운 것은 마음인 것이다. 이진사의 경우에도 이 정도 마음의 무게라면 벌써 가라앉았을 것이나 기운줄에 연결되어 있었던 덕분에 이만큼 견디고 있는 것이었다.

마음을 가볍게 하는 방법은 무엇일까?

"마음을 가볍게 하는 방법은 마음에 달려 있네. 마음을 가벼이 하면 가벼워질 수 있는 것이지. 마음을 가볍게 하는 방법은 자네가 개발하여야 하네. 선계의 인류들은 전부 마음을 가볍게 하는 방법을 알고 있네. 다른 것은 다 몰라도 그것만 가지고 선인이 될 수 있는 것이지."

마음을 가볍게 할 수 있는 방법이라고 하였다. 마음을 가볍게 할 수 있다면 나의 무게도 덜어질 수 있을 것인가?

"약간은 가능하네. 그 비워진 마음의 무게를 하늘로 채워야 하는 것이지. 그래서 하늘이 무서운 것 아니겠나?"

인간으로 있을 때는 하늘이 무섭다고 생각해 본 적이 별로 없었다. 하늘이 무섭다고 생각하였을 때는 서당 시절 언젠가 천둥 번개가 마구 칠 때였다. 그 이후로는 거의 그런 기억이 없었다.

그런데 선계에 오고 나니 하늘의 무게가 새삼 수만 근인 것이다. 감히 인간의 힘으로 어찌할 수 있다고 이야기할 수가 없는 것이었다. 하늘은 절대자였다. 감히 하늘을 빼고 무엇을 논할 수 없는 것이다. 그랬다가는 당장 어떠한 일이 벌어질는지 몰랐다.

하늘은 절대 모르는 법이 없었으며, 모든 것을 알고도 모른 척하고 있을 뿐이었다. 인간으로 있을 때는 그런가 보다 하고 넘어가지만 선계에 오니까 그것이 아니었다. 염라대왕이 따로 없었다. 선계 자체가 염라대왕인 것이었다. 벼슬이 따로 있고 일하는 사람이 따로 있는 것이 아니라 일하는 사람이 곧 하늘 그 자체였다.

'마음을 가볍게 하는 법'

마음을 가볍게 하는 법이라? 마음의 무게가 얼마인지 모르는데 어떻게 가볍게 할 것인가?

잠시 가벼운 생각이 들었으나 선계에서 이처럼 심각한 문제가 없었다. 속에서는 수련으로 마음을 가볍게 할 수 있는 것을 수련을 하지 않고 선계에 입적함으로 인하여 수련 기회를 놓쳐 이처럼 무겁게 가고 있는 것이다. 다른 비수련생에 비하여 너무나 과분한 대접을 받고 있음을 모르고 있는 바는 아니나 어쨌든 더욱 진화하여야 할 처지에 있는 것이다.

아름다운 완성

• 25 •

이러저러한 생각을 하고 있는 사이 저 멀리 앞으로 아득한 실 같은 것이 보였다. 그것은 실이 아닐 수도 있었다. 선계의 안목으로는 보고 싶다고 생각을 하면 아무리 멀리 있어도 가까이 보였다. 그런데 지금은 아주 멀리 보이고 있는 것이다. 그것도 인간으로 있을 때처럼 멀리 아스라이 보이고 있는 것이다.

'무엇일까? 길인가?'

그랬다. 길이 보이고 있었다.

길!

길의 의미가 새삼 다가왔다. 무엇인가 있을 것 같았다. 길이 그냥 있는 것은 아닐 것이다. 상당히 많은 사람들이 지나간 것처럼 보였지만 지금은 아무도 지나가는 것이 보이지 않았다. 저 길은 누구인가가 지나갈 것을 염두에 두고 만들어진 길일 것이다.

'내가 가보면 어떤가? 그래, 가보자.'

이진사는 서서히 저만치 보이는 길의 입구로 내려갔다. 가려고 마음을 먹자 움직여지는 것이 꼭 인간으로 있을 때 천천히 미끄럼을 타고 내려가는 것 같았다.

길의 입구는 좁았다. 한 자 정도의 넓이인데 다리는 단단해 보였다. 허나 끝이 보이지 않는 길의 저 멀리가 공중에 걸려 있었다. 구름과 더불어 공중에 걸려 있는 다리의 끝이 보이지 않았다. 아마도 수만 리는 되지 않겠나? 이 시점에서 왜 나의 눈에 뜨인 것일까?

"가보게. 가보면 알 수 있을 것이네. 자네는 지금 자네의 자리로 가는 것일세."

"저의 자리라니요?"

"……."

더 이상 말이 들리지 않았다. 지금까지 보이던 것들이 전부 사라지고 없었다. 오직 구름에 걸린 다리 하나만 보이고 있었다.

끝이 없는 다리……. 이 다리를 건너야 나의 길이 있다면 얼마가 걸리든지 간에 건너가야 할 것이었다.

'가보자. 가서 나의 길을 찾으리라.'

길이 멀었다. 선계에서 이 정도라면 엄청난 거리일 것이다. 언제나 끝을 볼 수 있을 것인가? 이 길은 지금까지 알고 있던 선계와는 다른 길인 것 같았다.

선계란 마음먹는 것이 곧 행동으로 옮겨지는 경우가 많았다. 헌데 이 길은 보일 때부터 그것이 아닌 것이다. 선계의 다른 부분과는 차이가 있음을 느낄 수 있었다. 갑자기 자신이 없었다.

이 길은 무엇인가 다르다. 선계에서의 길이지만 속세에 있는 길과 비슷한 결과가 나올 것만 같은 예감이 들었다. 무엇인가가 마음을 가라앉지 않도록 하고 있었다. 이것이 두려움인가?

'모든 것은 하늘의 뜻일 것이다. 가지 못할 이유가 무엇인가? 더욱이 저 길이 내가 가야 할 길이라지 않는가?'

"……."

전에는 이렇게 생각하면 대답이 들렸다. 그런데 지금은 대답이 들리지 않는 것이다. 선계의 일부로 존재하던 전의 입장과는 달라진 것 같았다. 이러한 생각이 들자 머리 위와 다리 아래로 연결되어 있는 기운줄을 확인할 수 있었다.

기운줄의 연결이 끊어진다면 과연 건너갈 수 있을 것인가? 용기가 생기지 않았다. 이진사는 다리의 초입을 향하여 천천히 발을 옮겼다. 얼마 건너가지 않았는데 갑자기 다리가 좁아 보였다. 아니 이렇게 좁은 다리는 아니었는데 어느새 한 뼘도 안 되는 좁은 다리가 되어 있는 것이다.

점점 좁아지고 있었다. 앞으로 갈수록 다리가 아닌 줄타기가 되는 것 같았다. 그래서 실처럼 보였던 것인가? 이렇게 좁은 다리를 과연 건널 수 있을 것인가? 지금은 바람이 안 불지만 바람이 분다면 저 아래로 떨어질 것이었다.

아래를 내려다보았다. 흰 구름이 보이고 있는 외에는 아무것도 보이지 않았다. 구름 아래는 무엇이 있을까? 속세일까? 속세는 무엇을 통하여 내려다볼 수 있을까? 이 다리에서 떨어지면 다시 지상으로 내려가는 것은 아닐까?

전에는 아무런 두려움이 없었다. 그런데 지금은 속세에서 다리를 건너가는 것처럼 두려움이 몰려오는 것이었다.

'이 무엇인가? 내가 마음이 많이 약해진 것인가? 기운줄이 그대로 있는데 무엇이 무서울 것인가? 떨어진들 어디까지 떨어질 것이

며 떨어진다 한들 또 선계가 아닌 것인가?'

이진사는 마음을 가라앉히며 서서히 앞으로 나아갔다. 다시 길이 한 뼘 정도로 넓어졌다. 마음먹기에 따라 길이 넓어지기도 하고 좁아지기도 하는 것 같았다. 한참을 가다가 뒤를 돌아다보니 자신이 떠나온 자리가 구름에 가려 보이지 않았다. 그냥 앞만 보고 가야 할 것 같았다.

천천히 마음을 가라앉히며 계속 앞으로 나아갔다. 아득히 무엇인가가 보이고 있었다. 멀리 바다에 떠 있는 섬 같기도 하고 산 같기도 한 것이 보이고 있었다. 바다 위에서 수평선에 보이는 섬을 보고 있는 것 같았다. 구름 위로 솟아 있는 그 섬과 같은 모양은 끝없이 멀리 있는 것 같았다.

'저렇게 멀리에 있다면 얼마를 걸어야 할 것인가?'

선계에 있다면 마음먹기에 따라 단숨에 달려갈 수도 있을 것이었다. 그런데 지금은 그것이 아니었다. 한발 한발 걸어가야 하는 것이었다. 아주 천천히 한발 한발 걸어서 가야 하는 것이었다.

인간으로 있을 때가 생각났다. 그때는 이렇게 걸어서 다녔던 것이다. 한 발자국, 한 발자국 멀리만 보이는 길을 걸어가야 하는 것이었다. 그래도 다행으로 생각되는 것은 해가 지지 않는 것과 배가 고프지 않다는 것이었다.

인간으로 있다면 이 정도 먼 거리를 맨몸으로 걸어서 가는 것은 불가능할 것이었다. 그런데 그래도 선계이므로 인간의 속도로 걸어간다고 해도 도착하는 것은 가능할 것이었다. 이진사는 한발 한발 계속해서 앞으로 나아갔다.

• 26 •

'가야 한다. 이 길은 누가 대신 가줄 수 없는 나의 길인 것이다. 가자. 힘내서 걷자.'

길은 좁아졌다가 넓어졌다가 했다. 좁을 때는 한 뼘도 되지 않다가 넓을 때는 간신히 옆으로 누울 수 있을 정도의 넓이였다. 많은 사람들이 건너간 것 같지는 않았다. 하지만 기체(氣體, 기로 된 몸체)가 걸어간다면 닳은 흔적이 남지 않을 것이다. 기체가 건너간들 무슨 발자국이 남을 것이며, 닳은 흔적이 남을 것인가? 아무런 자국이 없을 것이다.

'그렇다면 이 길 역시 수많은 사람들이 걸어서 건너간 것일까?'

"그렇게 많은 사람들이 건넌 것은 아닐세."

다시 선인의 말이 들렸다.

"지금까지 한동안 왜 말씀이 없으셨는지요?"

"그곳은 대화가 불가능한 구간일세. 혼자 마음의 결정을 하여야 하는 구간이기 때문이지."

건너갈 것인가 아닌가에 대하여 스스로 결정을 내려야 하는 구간이었던 것이다. 그렇다면 앞으로도 중요한 결정을 내림에 있어서는 어떠한 조언도 구할 수 없을 것인가?

"그러하네. 선계의 모든 일은 자신의 책임 하에 이루어지는 것이지. 따라서 중요한 일에 닥쳐 누구의 조언을 구하는 일은 현재 자네에게는 불가능한 일일세."

'그랬었구나. 건너지 않았다면 어떠한 결과가 나왔을 것인가?'

"그 시험에 대한 결과는 아직 나오지 않았네. 자네가 결정을 잘 한 것인가, 아닌가에 대하여는 나중에 알게 될 것일세. 어떠한 결정을 내리든 본인이 책임을 져야 한다는 것은 분명하나 그 과정이 전부 끝나기 전에는 해답을 알 수 없지."

'그렇구나. 나는 지금 시험 중이구나. 지금부터는 어떠한 것을 물어보아도 소용이 없을 것이다. 나의 결정으로 가는 것이다. 어느 누구의 도움도 없이 가 보아야 할 것인가?'

그러기를 기원해도 그렇게 될지는 알 수 없었다. 하지만 그러한 마음으로라도 가야 할 것 같았다.

'간다. 혼자서 간다. 누구의 도움도 필요치 않다. 모두 나 혼자의 힘으로 해낼 것이다.'

바로 그 순간 이진사의 기체가 가벼워졌다. 발걸음이 가벼워지며 속도가 빨라지는 것이었다. 아마도 두 배는 빨라진 것 같았다.

'이런! 생각 한 번에 이러한 효과가 나다니……'

마음먹기에 따라 항상 변수가 있는 것이 선계의 일이었다. 아마도 누군가의 도움을 바라면서 가려 했다면 몸이 무거워서 더 이상 발걸음을 옮기지 못하고 말았을지도 모를 일이었다.

'잘 생각한 것이네.'

자신의 내부에서 말이 들렸다. 하지만 자신의 생각이 아닌 것 같은 생각이 들기도 하였다.

'나 아닌 또 하나의 나인가?'

그러나 혼자 가보려 마음을 먹었으므로 다른 대답은 들리지 않았다.

'버려두시옵소서. 하늘이 저의 마음을 아시고 계신다면 어떤 일이야 있겠습니까?'

그렇다. 이 세상은 모두 혼자서 가는 것이다. 그러므로 다른 분에게 폐를 끼쳐 가며 간다는 것 역시 도리는 아니리라. 하지만 누군가 자신을 지켜보고 있음을 알 수 있었다. 자신이 혼자 간다고 해서 그냥 버려두는 것은 아니었다.

다만 그대로 놓아두고 있을 뿐이었다. 누군가가 지켜보고 있다는 것이 어느 정도 위안이 되기는 하였다. 하지만 그것마저 잊고 가보려 애썼다. 모든 것은 나의 책임 하에서 일어나는 일이다. 어떠한 일이 일어난다고 해도 누구에게 책임을 전가할 수 있는 일은 아닌 것이다.

'지금부터는 모든 것을 철저히 혼자서 해내 보리라. 그것만이 나의 길을 스스로 알아서 갈 수 있는 길이 아니겠는가? 그래야만 그 길을 가고 나서 나 혼자 갔노라고 할 수 있지 않겠는가?

수련이란 것이 원래 혼자서 자신의 길을 찾아가는 것이 아니었던가? 그럼에도 누구에게 의지하며 가려 한 것 아니었던가? 도의 길을 가면서 점차 알아지는 것은 바로 항상 혼자였으며 그 혼자라는 사실이 더없이 편안한 것이고, 그러한 의식이 성장하여 드디어는 한 분야를 책임질 수 있는 그릇이 되어 간다는 것 아니었던가?

• 27 •

'모든 것을 이제는 혼자서 해 보리라.'

발걸음이 가벼워지자 더욱 속도가 빨라졌다. 길은 더욱 넓어졌으며, 가는 발걸음도 편안해졌다. 이제는 두려움 없이 갈 수 있을 것 같았다. '언제 저 길을 갈 수 있을 것인가' 하는 걱정을 하였던 일도 옛 일 같았다. 그럼에도 그 길은 멀었다.

'이 길이 이렇게 먼 것도 다 이유가 있을 것이다. 천천히 가자.'

하얗고 푸른 하늘이 보였다.

'저 하늘은 지상에서 보던 그 하늘일까? 아니면 다른 하늘일까?'

아마도 같은 하늘은 아닐 것 같았다. 지상에서 보던 하늘은 우주의 전부처럼 여겨졌었지만 우주에서 보는 하늘은 아주 일부만 지상의 하늘일 것 같았다. 어쨌든 아무 생각 없이 앞으로 가는 길만이 지금 내가 할 수 있는 일일 것이다.

그러나 어쩌면 상당히 많은 시간이 걸릴 것 같았다. 시간이 많이 걸린다면 그동안 무엇을 할 수 있을 것인가? 생각을 하는 것만으로 상당한 효과를 거두고 있는 선계가 아니던가?

생각을 속일 수 없는 곳. 생각을 하는 그대로 드러나는 곳. 생각을 바로 하는 버릇이 들지 않는다면 정말로 힘든 곳이 될 수도 있었다. 자신의 생각을 숨기며 생각과는 다른 말을 하고 살아가는 것이 속세의 일이었다. 헌데 이곳은 그것이 안 되는 곳이었다.

생각을 하는 순간 그것이 외부로 표현되고, 그것이 다른 선인들에게 알려지며, 선계의 모든 선인들이 알 수 있는 상태가 되는 것. 아마도 기氣적인 상태이므로 이것이 가능한 것 같았다. 이것이 선계의 실상인 바에야 행동과 마음이 일치하지 않는 사람이 온다면 불일치로 인하여 상당한 혼선이 오도록 되어 있었다. 그 주위는 물론 상당히 멀리까지 파장의 혼란이 있었던 것이었다.

우주란 정리된 곳이어서 정리 상태가 흐트러지는 순간 주변의 혼란이 오도록 되어 있었던 것이었다. 따라서 정제된 사람만이 입장이 허용되었으나 이진사의 경우 다행히 마음을 다스리는 법을 어느 정도 익힌 상태이므로 혼란이 없이 이 정도의 상태에서 오게 된 것이었다. 인간들이 몇 명만 온다 해도 많은 혼란이 올 것이란 생각이 들었다.

이러한 생각을 하는 순간 다리가 흔들렸다. 바람은 없는데도 다리가 흔들리고 있었다. 그대로 서 있을 수가 없을 만큼 흔들리고 있었다. 이 정도라면 떨어지지 않고 서 있는 것은 불가능하였다.

흔들림이 점점 심해지고 있었다. 떨어지지 않으려면 다리에 상당한 힘을 주어야 했다. 그런데도 다리의 흔들리는 정도가 심해지며 드디어는 다리가 뒤집어짐에 따라 이진사는 발을 헛디디며 아래로 떨어질 수밖에 없었다.

• 28 •

한참을 풍선처럼 서서히 떨어지던 중 무엇인가가 닿는 것이 느껴졌다. 차가웠다. 섬뜩할 정도로 차가운 것이 닿는 것이었다.

'무엇일까?'

인간으로서 상상할 수 없을 정도의 온도, 아마도 영하 수천 도는 될 듯싶은 온도였다. 이렇게 기체임에도 뼈가 시릴 정도의 온도가 있다니!? 이러한 냉기를 전에도 한 번 겪은 것 같았다. 언제인가는 모르지만 아스라한 기억 속에 남아 있었다. 그 당시의 기억이 다시 살아나는 것 같았다.

'이게 무엇일까? 정신을 차리지 못하여 다리에서 떨어지다니!'

정신을 차렸으면 이러한 일이 없었을 것을 마음의 평정을 잃음으로써 이러한 일이 생긴 것 같았다.

'다시 다리 위로 올라가는 방법은 없는 것일까? 이 상태로 나의 길을 가지 못하고 마는 것일까?'

언뜻 무엇인가 손에 만져지는 것이 있었다. 사람의 일부인 것 같았다. 하지만 보이지 않아 무엇인가 정확히 알 수는 없었다. 칠흑 같은 어둠 속이므로 바닥이 무엇으로 되어 있는지도 알 수 없었다.

마음을 가다듬고 자신을 돌아보았다. 두려움이 몰려왔다. 뼛속까지 몰려오는 두려움이었다. 일찍이 느껴본 적이 없는 두려움이었다. 두려움이 일자 그 두려움이 다시 두려움을 몰고 와서 두려움의 정도가 갑자기 수백, 수천만 배로 증가하는 것이었다. 이 세상이 모두 두려움이었다.

'두려움의 우주가 있었단 말인가? 이러다간 내가 두려움에 묻히어 사라지는 것은 아닐까? 이럴 수는 없다. 내가 누구인데, 얼마나 힘들여 이곳까지 왔는데 지금 이러한 곳에 떨어져서 사라져야 한단 말인가?'

이진사는 두려움을 참으며 자신의 마음을 추스르려 노력하였다. 기안으로 보아도 아무것도 보이지 않았다. 느껴 보려 해도 느껴지는 것이 전혀 없었다. 금감禁感의 세계, 일체의 감각이 차단된 곳에 있는 것이다. 다만 그 차가움은 감각이 전혀 없으므로 착각처럼 느껴지는 것 같았다.

'이러한 곳이 있다니!'

기로 움직이는 우주에서 전혀 기감氣感이 통하지 않는 곳이 있다니 전혀 뜻밖이었다. 우주에 이러한 곳이 있다는 말은 전혀 들어보지 못했었다. 모든 것은 기로 움직이고, 기로 소통되며, 기로 운영되는 곳이 바로 선계 아니던가?

'나의 감각은 이제 쓸모가 없어지는 것일까?'

아닐 것이다. 이러한 모든 것이 어떠한 과정이며 나의 길일 것이다. 나의 길이 아니라면 내가 가야 할 이유가 있겠는가? 이 모든 것이 내가 가야 할 길이며 나의 길일 것이다. 반드시 전에 건너려 했던 그 다리만이 나의 길이 아니고 우주에 이러한 곳이 있음을 아는 것 역시 내가 가야 할 길 중의 하나가 아니겠는가?

• 29 •

'그렇다. 이 길이 바로 나의 길인 것이다. 어느 곳은 나의 길이고, 어느 길은 나의 길이 아니라고 할 수 있을 것인가? 편안하다고 나의 길이며, 편안하지 않다고 나의 길이 아닐 것인가?'

이러한 생각을 하는 순간 이진사는 마음이 편안해지고 있는 자신을 느꼈다.

'그렇다. 이곳이 나의 길이다. 나의 길을 가자. 느낌이 없으면 없는 대로 나의 길이 있지 않겠는가? 가자.'

느끼지 못할 정도로 아주 서서히 앞이 밝아 오고 있었다. 서서히 밝아져 오고 있는 것을 보니 어딘가 낯익은 광경이었다. 전에 언젠가 한번 본 곳인 것 같았다.

사방이 얼음으로 뒤덮여 차갑기 그지없었으며, 바람은 없었으나 지상에서 느껴 보지 못한 엄청난 냉기로 뒤덮여 있었다. 풍경은 아주 삭막하고 추웠으나 무언가 느낌상으로는 따뜻한 부분도 있었다.

'이게 무엇인가? 내가 마음을 잘못 써서 이렇게 된 것일까?'

그런 것은 아닌 것 같았다. 마음을 잘못 썼다면 더 이상의 벌칙이 있을 것 같았다. 그러나 그렇지 않을 수도 있었다. 기감이 통하지 않는 것보다 더한 벌칙이 있을 수 있을 것인가? 현재의 자신으로 본다면 인간으로 있을 때보다 나은 것이 없었다.

'이것이 본래의 나의 모습인가?'

그런 것 같았다. 주변에는 아무도 없었다. 누구든 있기라도 한다면 어쨌든 물어볼 수도 있으련만 아무도 없으니 물어볼 수도 없었다.

'그렇다면 이 난국을 타개할 방법은 없는 것일까?'

아마도 없을 것 같았다. 이곳은 길이 보이지 않는 곳이다. 길이 보이지 않는다면 여기에서 가만히 있어야 하는 것인가? 엄청난 추위지만 인간의 몸이 없어 그런대로 견딜 만하기는 하였다.

하지만 엄청난 냉기는 기체의 사이사이를 타고 들어와 여전히 기체 상태인 자신마저도 분해해 버릴 것만 같았다. 인간이었다면 몇 분을 버티기에도 힘겨울 정도의 냉기였다.

'기감이 살아 있다는 말인가? 그렇지 않고서는 이렇게 냉기를 느낄 수 없지 않겠는가?'

이러한 것을 무엇이라고 생각해야 할지 몰랐다. 어쩌면 살아 있는 것 같고, 어쩌면 그렇지 않은 것 같은 이러한 상태를 무엇이라고 생각하여야 할 것인가?

앞의 얼음은 그대로 있었으나 사이사이에 물도 있었다. 물에 얼음이 떠 있는 상태였으나 얼음의 규모가 너무 커서 얼음 사이에 물이 고여 있는 것처럼 보였다. 그것 말고는 아무것도 보이는 것이 없었다. 이렇게 큰 얼음을 본 적도 없거니와 이러한 추위를 겪은 적도 없는 이진사의 경우 대책이 난감하였다.

'나의 잘못이 얼마나 크기에 선계에 와서 다시 이러한 고초를 겪어야 하는 것인가? 마음을 비우느라 하였건만 아직도 나의 길은 험하기 그지없는 것일까?'

이진사는 마음을 가라앉히고 앞으로의 일을 어떻게 하여야 할 것인가 서서히 생각해보았다. 대안이 마땅치 않았다. 저 앞으로 그대로 나갈 수도 없는 문제였다. 그렇다고 이대로 있을 수만도 없었다. 언제까지 이대로 있는단 말인가?

가만히 얼음을 보았다. 저 멀리에 있는 얼음 속에서 무슨 빛이 번쩍한 것 같았다. 무엇인가가 보이고 있는 것 같았다. 다른 얼음은 하얀 색깔을 보이고 있는데 한 얼음에서만 색깔이 보이고 있는 것이었다. 높이가 약 세 길(한 길은 사람의 키 정도의 길이), 넓이는 두 길 정도 되는 얼음 덩어리였다.

'무엇인가?'

선계에 온 이후 전혀 상상치 못했던 것들을 많이 보아 왔는지라 이제는 큰 기대를 하지 않았다. 그저 무엇이 있으면 가 보아야 할 것 같은 생각이 드는 것이었다. 저곳으로 가려면 얼음을 밟고 건너가야 할 것이었다. 발이 시릴 것 같아 아래를 내려다보았다. 발에는 아무것도 신은 것이 없었지만 아직도 인간의 습성이 남아 있는 것 같아 웃음이 나왔다.

천천히 마음을 움직여 앞에 보이고 있는 얼음으로 다가갔다. 다가갈수록 얼음의 규모가 커지고 있었다. 아니 얼음이 커지는 것이 아니라 자신이 작아지고 있는 것 같았다.

'내가 작아지다니…….'

이것은 또 무엇인가? 얼음 속에 있는 무엇을 알아보려 한 것이건만 이렇게 변화되는 것은 또 무엇인가? 앞에서 가만히 보고 있자 얼음이 녹아내리며 그 안에 있던 실체가 나타났다.

성城이었다. 커다란 성이었다. 하얀 석고와 같은 것으로 만들어진 성이었다. 성벽이 높았다. 수십 길은 될 것 같았다. 그러나 문이 보이지 않았다. 이진사는 천천히 그 성을 한 바퀴 돌았다. 성의 뒤로 돌아가자 점차 성벽이 낮아지다가는 나중에는 성벽이 없어지고, 성안이 들여다보였다.

한 사람이 옷이 벗겨진 채 하부만 천으로 가린 상태에서 땅에 박힌 두 길 정도의 나무에 묶여 있었다. 그 주변에는 서너 명의 로마 군인을 닮은 병사들이 삼지창 같은 것을 들고 서 있었다. 그뿐이었다. 아무런 말도 없었으며, 그 안에는 시간의 흐름도 없는 것 같았다.

'도대체 이것을 보여 주고 있는 의도가 무엇일까? 아직 나의 과정이 끝나지 않은 것은 분명하다. 지금 보고 있는 것조차 나에게는 하나의 과정일 것이다. 이러한 것을 보아 두는 것이 나에게 필요할 것일 테니 보아 두도록 하자.'

이진사는 편히 생각하기로 하였다. 지금 보고 있는 저 광경을 전부 이해할 수는 없을 것이었다. 하지만 그렇다고 하더라도 이 과정에서 알 수 있을 만큼 알아두는 것이 필요할 것이니 이곳에서 얼마간은 머물러야 할 것이었다.

자리를 잡고 마음을 편안히 한 후 가만히 바라보았다. 묶여 있는 사람의 얼굴이 어딘가 낯익었다. 이게 누구인가? 바로 자신의 얼굴이었다.

'내가 왜 이러한 곳에 와 있는가?'

자신이 이러한 곳에 와 있을 이유가 없었다. 더구나 저렇게 매달려 있다니? 서서히 그 사람에게 다가가자 점차 상호 간의 영상이 일치되더니 어느덧 묶여 있는 그 사람의 눈으로 들어와서 세상을 바라보게 되었다.

다시 앞에 펼쳐지는 광경이 바뀌었다. 수많은 사람들이 아우성을 치고 있었다. 기아와 헐벗음에 허덕이는 많은 사람들이 뜨거운 땡볕 아래에서 허우적거리고 있었다. 굶주린 많은 사람들의 영혼이었다. 끝이 보이지 않았다. 저 많은 사람들이 무슨 이유로 저런 어려움을 겪어야 한단 말인가? 무슨 죄인가?

점차 보이는 부분들이 희미해져갔다. 이번에는 푸른 바다였다. 모든 것을 집어삼킬 듯한 파도가 넘실대고 있었다. 무서운 크기의 파도였다. 점점 아무런 생각이 없어져 갔다. 그 외에도 수많은 광경들이 바뀌어 갔다.

그러나 그것들이 바뀌는 것은 자신의 머릿속에 남아있던 생각들이 소진되어 가고 있는 것이었다. 자신의 머릿속 어딘가에 남아있던 그 많은 생각의 찌꺼기들이 이러한 과정을 통하여 사라지고 있는 것이었다. 머리가 가벼워지는 느낌이 들었다.

그렇다. 생각이 사라지고 있는 것이다. 생각을 불러 일으켜 판단을 혼탁하게 할 수 있는 과거의 잔존물들이 사라지고 있는 것이었다. 자신의 전신이 정화되어 가고 있는 느낌이 들었다. 언젠가는 이러한 과정을 겪으며 가야 할 것이었다. 이 모든 과정은 전부 자신의 영혼에 대한 탈색과 성장에 도움이 되는 것이리라.

다시 앞이 어두워져 왔다. 발바닥의 밑 부분이 낯익은 감각으로 바뀌었다. 언젠가 밟았던 감각이 살아오는 것이었다. 눈을 감았다. 아무것도 보이지 않았다. 무엇인가 보여야 하는데 보이지 않고 있는 것이다.

• 30 •

갑자기 몸이 위로 끌려 올라갔다. 마치 줄로 묶어서 끌어 올리는 것처럼 올라가자 서서히 멈추어 서더니 어딘가 내려졌다.

"이제 눈을 떠 보게."

'얼마만의 기음氣音인가? 다시 말이 들리다니!'

다시는 들을 수 없을 것 같았던 선음仙音이 들리는 것이었다. 눈을 뜨자 자신이 건너던 다리 위에 서 있었다. 자신이 건너다가 떨어져 내렸던 바로 그 위치에 서 있는 것이었다.

'이것은 또 무슨 조화인가? 지금까지 내가 꿈을 꾸었단 말인가? 이 자리는 무엇이고, 지금까지 겪은 것은 또 무엇인가?'

"지금까지 그냥 본 것은 아닐세. 자네는 자네가 겪을 것을 겪은 것이네."

‘그렇다면 나는 얼마의 역경을 더 겪어야 한단 말인가?’

“역경이라고 할 수 없지. 당연히 겪어야 할 것을 겪는 것일세.”

“겪어야 할 것이라면 어떠한 것을 말씀하시는 것인지요?”

“자네가 전생에서 보고 들었으나 마음속에 새기고 털어 버리지 못한 부분을 지금 보고 겪으며 털어 버리고 있는 것이지.”

‘그랬었구나. 내가 가지고 있던 기억 속의 모든 것들이 나타나서 나의 앞에 보였던 것이구나. 이러한 모든 것들이 전부 겪어야 할 것이라면 앞으로 상당 부분을 겪어야 할 것이다. 그렇다면 이 다리를 건너가는 것은 아마도 엄청난 시일을 요할 것이 아닌가?’

“반드시 그렇지는 않을 것일세. 자네가 생각하기에 따라 금방 건너갈 수도 있지.”

‘그럴 수도 있을 것이다. 아마도 나의 마음가짐이 어떻게 변하는가에 따라 길지 않은 시간 내에 건너갈 수도 있을 것이다. 허나 이곳을 건너가면 또 어떠한 일이 기다리고 있을 것인가?’

“그 걱정은 하지 않아도 되네. 앞일은 누구도 알 수 없는 것이지.

특히 자네와 같은 경우는 아직 선계에 입적入籍이 되지 않은 상태이므로 많은 생각을 필요로 하네."

"생각이라니요?"

"비우는 생각일세. 지상에서 수련을 할 때 비워야 하는 이유를 알겠는가? 비움은 곧 가벼움이고 가벼움은 곧 위로 올라갈 수 있음을 뜻하는 것이며, 위로 올라갈 수 있음은 곧 하늘에 다가갈 수 있음을 뜻하는 것이기도 하지."

'그랬었구나. 하늘을 항상 옆에 있는 것으로 생각했다. 하지만 하늘은 위에 있는 것인가?'

"하늘은 위에 있네. 물질적으로는 항상 옆에 있는 것으로 생각이 되며 사실상 그렇다고 할 수 있으나 정신적으로는 상당히 높이 있다고 할 수 있지. 정신적인 위치는 높이 있으면서 어디에나 영향을 미치는 것이라고 할 수 있지."

'어떻게 구분을 하여야 할 것인가? 옆에 있으면서도 높이 있는 것……'

"간단히 생각하면 되네. 서당의 훈장들께서는 항상 학생들이 생각지 못할 정도로 높은 경지에 계시지만 한 교실에 서 있지 않은가? 그러한 이치와 같은 것이지."

알 것 같았다. 모든 것은 생각하기에 따라 높아지기도 하고, 낮아지기도 하는 것이었다. 자신의 생각이 바뀐다면 얼마든지 등급이 변할 수 있을 것이다. 하지만 그렇지 않다면 자신의 위치에서 언제까지든 머물러야 할 것이었다.

"바로 그것이네. 자네의 생각이 가장 중요한 것이네."

자신의 생각이 바뀌어야 한다는 것은 알고 있었다. 하지만 어떻게 바뀌어야 할 것인가에 대하여 알지 못하고 있었다.

"어떻게 바뀌어야 하는지요?"

"자신을 버려야 하네. 자신을 버리지 않고는 무거워서 건너기 힘들 것이네."

'자신을 버리라니? 나를 이보다 더 어떻게 버린단 말인가?'

"아직 자신이 무거워서 그런 것일세. 자신의 무게가 그렇게 무거워서는 이 다리를 건널 수 없네."

건널 수 없다니? 이만큼 가벼운 사람도 있는가 싶게 가볍게 느껴지는 자신이었다. 그런데 자신이 무거워서 건널 수 없다니? 이 다리의 무게는 도대체 얼마나 가벼워야 견딜 수 있단 말인가?

"선인이 아니고는 건널 수 없을 것일세. 자네는 아직 선인이 아니므로 이 다리를 건널 수 있을 것인가 장담하기 어렵네."

'그렇구나. 이 다리가 실처럼 보인 것이 그러한 이유였구나.'

그러한 말을 듣고 보니 거미줄보다 더 무게를 견디는 힘이 없어 보이는 것이었다. 이래가지고는 정말로 건너기 어려울 것 같았다. 처음에는 그저 멀어 보이기만 하는 이 길을 가기만 하면 될 것으로 생각하였다. 그런데 그것이 아닌 모양이었다.

'진정 문제는 어디에 있는 것일까? 나의 어디에 문제가 있어 선계의 입적이 이렇게도 어렵고 더딘 것일까?'

"생전에 수련을 하면서 자신의 무게를 덜지 않으면 사후에 하기가 어려운 것이지. 사후란 어디까지나 생전의 존재를 그대로 평가하는 곳이기 때문이네."

'그랬었구나. 하지만 나의 최선을 다하지 않았는가? 나의 역량으로 할 수 있는 부분을 전부 하였다고 할 수 있다. 그럼에도 이 정도의 평가를 받는다면 수련을 한 사람은 어떠한 평가를 받는 것일까?'

갑자기 앞이 훤해져 왔다. 구름이 빛을 내며 뭉게뭉게 일어나서 커져 오는 것 같았다.

'무엇인가?'

이제는 어떠한 일에도 마음의 동요가 별로 없었다. 선계의 일이란 것이 변화무쌍한 탓도 있으려니와 그것을 받아들이는 자신의 마음가짐이 더욱 문제인 것 같아서 가급적 잔잔한 마음가짐을 지니려 노력한 것이 그런 대로 진전을 보고 있는 것 같았다.

저 안에서 또 무슨 조화가 일어나려나 하며 바라보았으나 얼마간 아무런 조화도 보이지 않았다. 다리가 어디에 걸렸는지 보이지 않았다. 다리의 모습이 보여야 얼마나 더 가야 하는 것인가 알 수 있을 것인바 저만치 앞의 다리의 모습이 보이지 않았다. 다리가 있는데 보이지 않는 것인지 다리가 없어서 보이지 않는 것인지 알 수가 없었다.

'나의 눈으로는 알 수 없을 만큼 무디어져 있는 것인가?'

이진사는 가슴 한구석이 답답해져 왔다. 자신의 무능이 한스러운 것이었다.

• 31 •

이진사는 앞으로 걸음을 옮겼다. 다시 다리가 넓어졌다. 그런대로 걸을 만한 정도까지 넓은 길이었다. 다만 흰색의 판일 뿐 아무것도 없었다. 아래로는 구름이 끝없이 펼쳐져 있었다. 구름도 곱디고운 흰색이었다. 이렇게 고운 색깔의 구름이 있다니!

구름의 빛깔이 이렇게 고운 것은 처음 보는 것이었다. 흰색이되 옥처럼 푸른빛이 은은히 도는 흰색이었다. 구름을 내려다보며 이런저런 생각에 잠겼다. 지난날들의 일이 떠올랐다.

지상에 있을 때는 저렇게 구름이 아름답지 않았었다. 그런데 지금 보고 있는 구름은 너무나 아름다운 것이다. 지상에서 있었던 어떠한 일들도 이곳에 오면 저렇게 아름다워질 수 있는 것일까?

"그렇지 않네. 자네의 마음이 그만큼 고와졌다는 뜻이지."

"고와졌다는 것은 마음이 비워졌다는 뜻입니까?"

"그러하네. 우주에서는 인간들의 마음이 비워졌을 때 더욱 많은 것을 채워 주시지. 선인들이 하는 일은 인간들의 마음이 비워졌을 때 우주로 채워 주시는 것이네."

'그렇구나. 그런데 나의 경우 선인이 아니니 어떠한 임무를 받을 것인가?'

"자네는 준선인이므로 보조적인 임무를 부여받을 것이네."

"보조적인 임무라면 어떠한 것을 말씀하시는 것인지요?"

"아직 알 것 없네. 자네는 지금 그 다리를 건너는 것만도 힘겨울 것이네."

'그렇다. 지금은 다리를 건너는 것이 일차 목표인 것이다. 다리를 건넌다면 또 다른 어떠한 목표가 있겠지만 지금은 우선 다리를 건너는 것만이 나의 목표인 것이다. 모든 것은 그 후에 생각하자. 나의 마음 가운데 있던 모든 것들이 상당히 비워졌으나 더욱 비워야 할 것들이 있으며, 이 비워야 할 것들을 비운 후에 주된 것이든 보조적인 것이든 나의 일을 만날 수 있으리라.'

• 32 •

'가자.'

이진사는 훨훨 앞으로 나아갔다. 발걸음이 날아갈 것 같았다. 마치 다리에 발이 닿지 않는 것처럼 걸어갈 수 있었다. 이렇게 가벼운 기분은 선계에 온 이후 처음이었다.

'아마도 마음을 비운 탓에 이렇게 가벼운 걸음을 걸을 수 있는 것이리라. 내가 이럴진대 선인들의 발걸음은 얼마나 가볍고 빠를 것인가?'

"날아가는 것보다 훨씬 빠르지."

그럴 것 같았다. 아마도 이 세상에서 가장 빠른 속도보다 더욱 빠를 것이었다. 이진사는 자신이 공부를 마치고 다시 올 때쯤은 그러한 걸음걸이를 가질 수 있을 것이라고 생각하며 걸음을 훠이훠이 옮기고 있었다.

모든 것은 시간의 흐름에 따라 흘러가고 있었다. 이진사의 경우도 이러한 시간의 흐름에 맞추어 서서히 선계의 한 부분으로 변화해 나가고 있었다.

인간은 죽어서 어디로 가는가

인간이 죽어서 가는 곳은 한두 곳이 아니다. 인간이라고 해서 다 인간이 아니며 인간다운 인간이 있고 인간보다 나은 인간이 있으며 인간보다 못한 인간이 있다. 이들끼리도 수많은 등급이 있어 각자 그들의 위치에 맞는 곳으로 가게 된다.

수련으로 영급이 높아진 사람들은 바로 우주 본체에 도달할 수 있으나 수련 수준이 흡족치 못하여 우주 본체에 도달하기 어려운 수준의 사람들은 그보다 훨씬 못한 경지에 도달하게 된다.

우주공간은 광의의 개념으로 보면 전체가 우주공간이나 협의로 보면 완전 기氣적인 공간과 불완전 기적인 공간으로 구성되어 있다고 볼 수 있다.

완전 기적공간(완기공간)이 선계이며, 이곳은 곧 조물주의 공간이기도 하다. 모든 것은 전혀 질량이 없으며 속도, 이동량 등이 거의 무제한이라고 할 수 있다. 허나 원칙적인 부분이 반드시 지켜지며, 이 범위를 벗어나는 일이 없다.

불완전 기적공간(불완기공간)은 선계 이외의 공간으로서 이곳에서는 지속적인 진화를 통해 선계를 지향하는 수많은 영체들이 윤회를 거듭하는 곳이다.

이진사가 간 누하단, 천응각은 우주 본체의 한참 아래에 있으며 지상이 우주공간이라면 지하 3층 정도라고 할 수 있다. 진이가 갔던 천상각 역시 이곳에 있다.

이곳에서도 할 수 있는 일들이 많이 있으나 주로 훈련과정이다. 이곳에는 나름대로 깨이기는 하였으나 수련 부족으로 기적으로는 완전한 탈바꿈이 되지 않은 상태의 인류들이 간다. 이곳에 누하단, 천응각 등 수천 개의 건물들이 있으며 이곳에서 선계(우주)로 바로 가는 비율은 1% 이하이다.

이곳의 건물들은 모두 기적으로 구성되어 있으나 이 기적인 건물의 강도는 지상의 가장 강한 고체 이상의 강도가 나오는 정도이다. 허나 공간에서 무게가 없으며 따라서 그 무게를 지탱할 필요가 없으므로 어느 공간에나 설치가 가능하다. 허나 이동이나 설치에는 능력에 의한 제한이 따르며 그 제한의 범위를 능가할 수 없다.

이곳의 건물의 이름은 사람마다 들어가는 입구가 거의 다를 정도로 다양하므로 기억한다고 해서 자신과 연결이 될 것이라고 볼 수는 없다. 자신만이 들어갈 수 있는 문이 따로 있으며 이 문은 수련 수준으로 결정된다.

호흡수련으로 정기를 받아들여 자신의 기적인 부분을 증가시켜 놓는다면 선계 입적이 가능할 수 있으나 그렇지 않다면 완기공간으로 들어가는 것이 불가하다고 할 수 있다.

인간이 사용할 수 있는 완기공간으로 들어갈 수 있는 방법 중 가장 적중률이 높은 것이 호흡이며, 호흡으로 인해서만이 인간은 선인이 될 수 있다. 의식은 보조수법이며, 의식만으로는 불완기공간으로 들어갈 수밖에 없다.

–『천서0.0001』 2권에서

2부
죽음을 준비하는 법

1장
사후세계는 어떤 곳인가?

사후세계의 구조

종교도 역할이 있지만……

저는 남의 글이나 종교에 대해 비판하는 것을 좋아하지 않습니다. 어떤 글을 보면 다른 글쓴이에 대해 신랄하게 비판하기도 하는데, 어떤 이유에서이건 바람직하지 못하다고 여깁니다. 타인의 글에 대해 함부로 언급하지 않는 것이 글 쓰는 사람의 기본적인 예의라고 생각하기 때문이지요.

그리고 종교에 대해서는 많이 긍정적으로 봅니다. 나름의 역할이 있다고 보기 때문입니다. 인류의 의식을 일깨우기 위해서 나온 것이 종교이고 많이 와전되고 많이 잘못도 했지만, 종교가 있었기 때문에 오늘날 지구 인류가 이만큼 영적인 성장을 할 수 있었다고 봅니다. 한 예로서 불경佛經에는 죽음에 관한 다음과 같은 아름다운 가르침이 있더군요.

[어느 날 부처님께서 제자들에게 물으셨습니다.

"이 세상에서 가장 놀라운 일이 무엇이냐?"

제자들은 제각기 생각한 대로 부처님께 대답하였습니다. 어떤 제자는 하늘에서 비가 내리는 것이라고 했고, 어떤 제자는 동물들이 태어나 새끼를 낳고 죽어가는 일이라고 했고, 어떤 제자는 하늘에서 태양이 내리쬐어 대지가 뜨거워지는 일이라고 했고, 또 어떤 제자는 인간이 이 짧은 생애에 나쁜 짓을 하여 업을 산처럼 쌓는 일이라고 했습니다.

그런데 부처님께서 가장 사랑하는 제자는 계속 아무 말 없이 빙그레 웃고만 있었답니다. 부처님께서 그 제자에게 다시 물으셨지요.

"너는 아무 대답이 없구나. 너는 이 세상에서 가장 놀라운 일이 무엇이라고 생각하느냐?"

그 제자가 대답했습니다.

"이 세상에서 가장 놀라운 일은 모든 인간이 하나도 예외 없이 언젠가는 죽을 것인데도 모든 인간이 하나도 예외 없이 자기가 죽으리라는 걸 잊고 산다는 것입니다. 이보다 더 놀라운 일이 또 어디 있겠습니까?"

그러자 부처님께서 미소를 지으며 말씀하셨습니다.
"네 말이 옳다. 그보다 더 무서운 일은 이 세상에 없느니라."]

무지에서 비롯되는 공포심

앞서 말씀드린 대로 저는 종교를 비판하는 것을 좋아하지 않고, 또 종교를 비판하는 입장에 서 있지도 않습니다.

헌데 사후세계에 관한 진실을 알려드리자면 일정 부분 종교에 대해 언급하는 것이 불가피하더군요. 그동안 인간들에게 사후세계에 대해 이런저런 인식을 갖게 해온 곳은 다름 아닌 종교이기 때문입니다.

이제부터 제가 말씀드리는 내용에 종교를 비판하려는 의도가 있는 것은 아님을 미리 말씀드립니다. 다만 진실을 알려드리고 싶어서 말씀드리는 것이며 혹 오해가 없으시기를 부탁드립니다.

대다수의 종교가 유인책으로 삼는 것은 공포심입니다. 종교가 인간들의 영, 혼을 다 지배하고 휘두를 수 있는 것은 인간들이 어떤 면에 대해서 무지하기 때문입니다. 사후의 세계에 대해 무지하기 때문에 그 세계를 무기삼아 협박하는 면이 없지 않습니다.

그럼 그 종교들이 사후세계에 대해 명확하게 아는가? 따져 보면 그렇지도 않습니다. 어떤 종교는 '신앙의 여부에 따라 죽으면 천당

혹은 지옥에 간다' 고 말하지만 천당과 지옥이 어떤 곳인지 잘 모릅니다. 천당과 지옥이라는 막연한 개념이 있을 뿐이지 그곳들이 구체적으로 어떤 구조와 제도에 의해 운영되는지 제시하지 못합니다.

그렇기 때문에 그 종교를 따르는 신도들도 알지를 못합니다. 알지 못하니까 창시자를 믿으면 천당 가고, 헌금 많이 하면 천당 가고…… 이런 식으로 호도합니다. 오죽하면 면죄부를 팔았겠습니까? 사후의 세계를 전당잡음으로써 종교가 많은 권력을 휘두를 수 있었던 것이지요.

윤회를 믿는 종교도 마찬가지입니다. '윤회가 있어서 잘못을 저지르면 축생으로 태어나고 굉장히 고생한다' 라고 얘기했지만 사후세계에 대해 구체적인 정보를 주지는 못했습니다. 그래서 사람들이 사후세계에 대해 평가할 수 있는 능력을 갖지는 못했습니다.

판단의 기준을 어디에 두는가?

제가 아는 어느 분이 경찰인데 지방에 경찰서장으로 나가게 되었습니다. 그런데 그분이 학구적인 성격이 있어서 '범죄를 저지른 사람들의 종교는 무엇인가?' 하는 것을 조사해 보았답니다.

100명가량의 범죄인을 조사해 봤더니 70명 정도는 00교 신자였고, 20명 정도는 0교 신자였답니다. 열 명 정도는 무신론자였고요. 그분은 '왜 종교를 가진 분들이 죄를 짓는가?' 하고 굉장히 의아스러웠답니다. 그래서 좀 더 연구를 해봤던 모양입니다.

그렇게 알아낸 것이 OO교 신자들의 사고방식 속에는 엿새 동안 세상에서 세속적으로 살아도 일요일에 사원에 가서 열심히 기도하고, 고하고, 헌금을 하면 죄가 사해진다는 생각이 있었답니다. 그렇기에 '죄를 지어도 된다' 는 판단이 들었다는 것이지요.

그럼 O교 신자는 왜 20명 정도 밖에 안 되는가? O교는 윤회를 얘기합니다. 잘못을 저지르면 동물로도 태어나고 굉장히 고생한다고 얘기합니다. O교 신자들은 거기에 대한 두려움이 있어서 '아, 내가 죄를 저지르면 수십만 년, 수백만 년 동안 내 인생이 고달파지겠구나' 하고 생각하게 된다는 것이지요.

마지막으로 왜 무신론자가 10명 정도로 가장 적은가? 그분 생각에 무신론자들은 그냥 양심에 따라 행동하는 사람들이기 때문이랍니다. 그러면서 양심이 가장 정확한 것 같다고 말씀하시더군요. 종교의 가르침에 판단의 기준을 두지 않더라도 거짓말을 하거나 잘못을 저지르면 양심에 걸리지 않습니까? 그렇게 양심이 가장 큰 덕목인 것 같더라고 말씀하시더군요.

스스로 기준을 세울 수 있도록 •

저도 그 얘기를 듣고 '왜 종교를 가진 사람들이 죄를 짓는가?' 생각해 보았습니다. 알고 보니 사후세계에 대해 정확한 정보를 주지 않았기 때문이더군요. 구체적으로 알지 못하기 때문에, 그냥 막연한 두려움만 있기 때문에, 판단의 기준이 서지 않는 것이지요.

그러므로 저는 여러분께 사후세계에 대한 구체적이고 정확한 정보를 제공함으로써 스스로 판단의 기준을 세우고 결정할 수 있도록 하고자 합니다. 사후세계는 어떤 곳인지, 영계와 선계는 어떤 구조이며 어떤 시스템에 의해 운영이 되는지, 인간의 구십 평생 삶은 어떻게 평가되는지, 어떻게 다음 생을 내보내는지, 하늘의 뜻은 무엇이며 인간의 삶은 어떠해야 하는지……, 이런 것들에 대해 알려드리고자 합니다.

완기完氣공간과 불완기不完氣공간 •

먼저 이 우주에는 '완전기적공간'과 '불완전기적공간'이 있다는 것을 말씀드립니다. 우주공간은 광의의 개념으로 보면 전체가 우주공간이나 협의로 보면 완전 기적인 공간과 불완전 기적인 공간으로 구성되어 있는 것이지요.

완전기적공간(완기공간)은 곧 선계仙界를 말합니다. 이곳은 조물주의 공간이기도 합니다. 모든 것은 전혀 질량이 없으며 속도, 이동량 등이 거의 무제한이라고 할 수 있습니다.

불완전기적공간(불완기공간)은 선계 이외의 공간으로서 이곳에서는 지속적인 진화를 통해 선계를 지향하는 수많은 영체들이 윤회를 거듭하는 곳입니다.

불완기공간에는 기계, 영계, 법계가 있으며, 완기공간에는 심계, 우주계, 00계가 있습니다. 이들을 진화의 순서대로 적으면 기계 – 영계 – 법계 – 심계 – 우주계 – 00계입니다.

〈 사후세계의 구조 〉

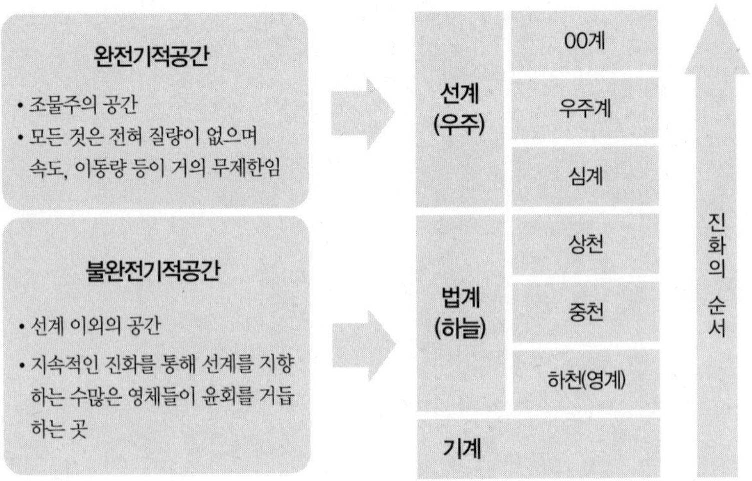

불완기공간, 기계 – 영계 – 법계 •

불완전기적공간에는 기계, 영계, 법계가 있습니다.

기계는 기운으로 움직이는 곳으로서 그 자체에 의사가 없습니다. 존재하는 그 자체입니다.

영계는 의사를 가진 영체들이 기운의 형태로 존재하는 단계입니다. 하지만 그 영향력이 거의 없어 어떠한 일을 하지 못합니다. 영계는 인간이 죽어서 가는 곳이기는 하나 죽어서 가는 것은 타의로 가는 것이며 영계에서는 인간의 영적 성장이 불가능합니다.

영계는 수련하시는 분들이 수련 중 지나다니는 곳이기도 하며, 이곳을 지나서 심계를 통하여 선계로 가게 됩니다. 수련에 들어 기적으로 성숙하면 영계를 벗어날 수 있으나 기적으로 성숙치 못한 상태라면 영계의 유혹을 뿌리치지 못하고 주저앉게 됩니다. 영계의 기운에 중독되면 진화가 어렵습니다. 영계를 벗어나기 위해서는 기적으로 우주와 연결되어야 합니다.

법계는 '하늘'이라고 하며, 옳고 그름이 있고, 따라서 심판과 인과응보가 존재하는 곳입니다. 영계는 법계의 지시를 받아 움직이고 있으며 법계는 우주계의 지시를 받습니다. 법계에서 일어나는 일은 인간의 상상을 초월하는 경우도 있으나 대체로 인간의 상상의 범위에 한정됩니다.

인간이 수련을 통해 선계에 도달하기 전 가는 곳이 하늘이며, 하늘은 상천, 중천, 하천으로 구분됩니다. 인간의 성품이 상급에 이르렀으면 상천으로 가는 것이요, 중급에 이르렀으면 중천으로, 하급에 이르렀으면 하천으로 가는 것입니다.

법계는 이제 진화할 필요가 없는 분들, 더 이상 진화를 안 해도 되고 2~3만 년 후에 한 계단 올라가는 스케줄에 해당하는 분들이 계시는 곳입니다. 이분들은 영계에 관여합니다.

〈 불완기공간의 구조 〉

불완전 기적 공간 →	법계 (하늘)	상천	• 나름대로 확고한 의사를 가지고 있는 하늘
		중천	• 지상의 종교가 지향하는 곳 • 명은 중천 이상의 인간들에게 주어짐
		하천 (영계)	• 주변의 조건에 따라 변화가 무쌍한 하늘 • 인간의 영적 성장이 불가능한 곳
	기계	• 기운으로 움직이는 곳으로서 그 자체에 의사가 없음	

법계, 하천 – 중천 – 상천 •

하늘(법계)은 크게 하천, 중천, 상천으로 나눌 수 있습니다. 하늘에서도 나름대로 확고한 의사를 가지고 있는 하늘이 바로 상천이며, 주변의 조건에 따라 변화무쌍한 하늘이 하천입니다.

어떤 종교는 하천에 존재합니다. 이 경우 질투가 심하고 자신과 다른 사상을 받아들이지 못하며 시기를 하는 경우가 많아 그를 따르던 사람들이 돌아섰을 때 보복을 하기도 합니다. 모든 희로애락이 존재하며 나름대로 어떠한 길을 알고는 있으나 그 실천이 마음대로 되지 않는 경우입니다.

반면에 어떤 종교는 상천에 존재합니다. 이 경우에는 자신을 따르지 않았다고 하여 보복을 하거나 하는 경우는 없으며, 깨우침을 얻으면 바로 자신과 동격을 부여하고 자신의 문하에 우주로 갈 수 있도록 길을 열어놓습니다.

이 같은 종교를 창시하신 분들은 모두 선계의 가족이나 각자 자신이 맡은 역할에 따라 서로 다른 가르침을 내어놓은 것입니다.

힌두교나 불교의 삼천세계는 법계인 하늘을 구분하는 것으로서 상, 중, 하를 세분하여 천 개씩으로 구분하면 이것이 바로 소천(하천), 중천, 대천(상천)이 됩니다. 깨달음의 정도에 의한 구분이며, 깨달음의 단계에 의해 보이는 것들로서 마치 자신을 비추어 보는 거울과 같은 것입니다. 하지만 수련을 하면서 매 순간 달라지는 것이 있으니 이러한 것들에 의해 천 개가 아니라 만 개, 또는 그 이상으로도 변화가 주어집니다.

완기공간, 심계 - 우주계 - 00계 •

완전기적공간에는 심계, 우주계, 00계가 있습니다. 법계 이상인 심계, 우주계, 00계는 지구 역사상 처음으로 거론되는 세계입니다.

심계란 인간의 마음속에 있는 우주로서 이것을 통하여 우주 본체와 직결될 수 있습니다. '스타게이트' 라는 공상과학영화에 나오는 '스타게이트' 가 바로 이러한 역할을 하는 곳이라고 보면 됩니다. 선계의 일부로서 선계의 본체로 통할 수 있는 곳이기도 하면서 때로는 선계를 대신하기도 합니다. 동일한 공간이라도 다양한 이름이 존재하는 것은 역할에 따라서이며 본질이 다른 것은 아닙니다.

심계는 다시 다단계의 구분이 되며 그 맨 아래쪽이 천, 법, 그리고 심1, 심2, 심3 등으로 구분됩니다. 천은 판단을 하고 법은 처리를 하며 그 위로 가면서는 그렇게 된 원인을 제공하는 곳입니다. 상부로 오를수록 점점 더 진폭이 작아져 후에 완전히 미동도 없는 상태가 되면 우주로 들어갈 수 있습니다. 심계는 선계인 우주계로 통하는 문이라고 할 수 있습니다.

우주계는 곧 선계입니다. 우주계에 계시는 분들은 법계에 관여하는데, 직접적으로 인간계나 신의 일에 관여하는 것이 아니라 우주의 운행, 우주의 법칙에 관여합니다. 이분들은 어떤 인격신의 모습을 띠지는 않아서 어떤 기운이나 빛의 모습을 띱니다. 우주가 너무나 크기 때문에 한 분이 몇 개의 은하들을 맡아서 관여하시는데 그런 분들만 계신 곳입니다.

우주계를 지나면 인간의 용어로 이름을 지을 수 없으며 그 기운으로 바로 느껴야 하는 단계가 있습니다. 그곳이 바로 00계입니다. 무명無名계라고 할 수 있으며 명명할 단어가 없는 절대적인 세계입니다. 00계는 조물주님께서 계시는 공간입니다.

〈 완기공간의 구조 〉

완전 기적 공간 →	선계 (우주)	00계	• 무명(無名)계 • 명명할 단어가 없는 절대적인 세계 • 조물주님께서 계시는 공간
		우주계	• 우주계는 곧 선계임 • 법계에 관여함
		심계	• 인간의 마음속에 있는 우주 • 이곳을 통하여 우주 본체와 직결될 수 있음 • 선계의 일부로서 선계의 본체로 통할 수 있는 곳

선계란 어떤 곳인가?

선계는 별이 아니라 공간인데, 그 크기가 지구의 1.5배인 기적 공간입니다. 우주를 다스리는 곳으로서 우리나라로 말하면 청와대와 같은 곳을 선계라고 얘기하는 것입니다. 집행하고 다스리는 이들이 있는 곳이며, 의사 결정체 즉 조물주님이 계신 곳입니다.

그곳에 계신 선인들은 70~80만 정도입니다. 선계에 등극했던 선인들은 참으로 많지만, 자신의 연고지 별이나 우주 전역에 파견 나가 있기 때문이지요. 청와대에서 국방부나 외국으로 파견 보내는 것과 같습니다.

광범위하게 보면 우주가 다 선계라고 말할 수 있는데, 여기에서의 우주란 하늘 단계를 넘어야 갈 수 있는 곳입니다. 일정한 수준을 넘어선 것을 우주라고 하는 것이지요.(편집자 주 – 넓은 의미로 보면 '심계 – 우주계 – OO계'가 다 선계이다)

우주에는 선계 레벨의 별들이 많이 있으며, 우리 은하에서는 북극성이 그러한 별입니다. 북두칠성만 해도 아직 오행이 혼재되어 있는 천기에 가까운 별입니다. 허나 북극성이라 하면 그때부터는 우주의 기운으로 들어가는 것입니다.

종교마다 하늘이 다르다 •

신神도 급이 있고 하늘도 동서남북이 다 있습니다. 예를 들어 A 종교를 믿다가 향천하면 A종교를 내보낸 그 하늘로 가는 것이고, B 종교를 믿다가 향천하면 B종교를 내보낸 그 하늘로 가는 것입니다. 어떤 종교를 믿었느냐에 따라 가는 하늘이 다른 것이지요. 또 '서방정토西方淨土'라는 말이 있듯이 어떤 종교는 서방의 하늘에 있고, 어떤 종교는 동방의 하늘에 있습니다.

선계는 중앙 하늘에 있습니다. 맨 꼭대기라고 말씀드릴 수 있습니다. 동서남북을 다 초월하여 정점에 있는 것이지요. 그렇기 때문에 선계에서는 모든 것을 두루 볼 수 있습니다. 이쪽저쪽을 다 볼 수 있고 어떤 차원이든 볼 수 있습니다.

반면 낮은 곳에서는 높은 곳을 볼 수 없고, 또 옆도 볼 수가 없습니다. 한쪽 구석에 있다 보면 그곳이 전부인 줄 알게 되지요. 높이 올라가서 더 높고 더 넓은 하늘에 이를수록 더 많이 보게 되는 것이고요.

〈 사후세계에서 종교의 영역 〉

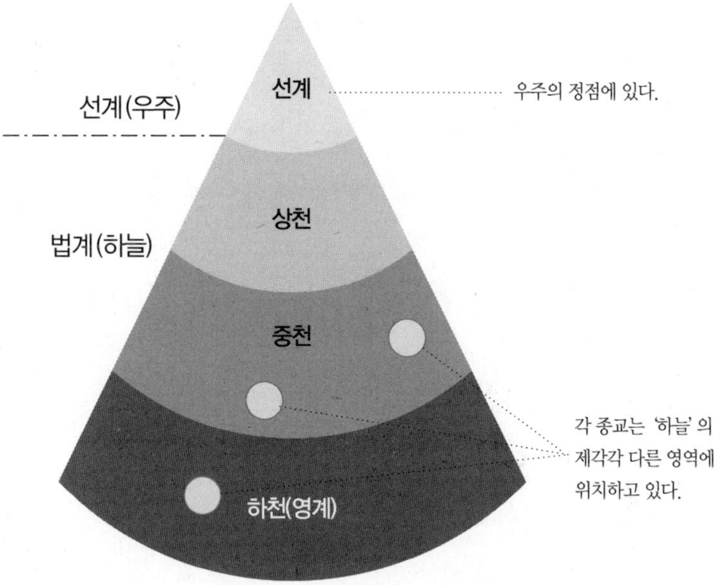

종교를 내보낸 하늘이 다 다르다고 하셨는데, '이진사의 향천'에서 묘사하는 사후세계와 타 종교가 묘사하는 사후세계는 많이 다를까요?

사후세계에 관한 책들이 많은데, 자신과 인연이 있어서 가는 곳의 현상을 그린 것입니다. 그곳이 전부인 줄 알고, 자신이 접한 것이 전부인 줄 아는데, 극히 일부분일 뿐입니다.

우리는 우주가 굉장히 크다는 것을 모릅니다. 우주가 얼마나 큰지 모르는데 하여튼 상상할 수 없을 만큼 우주가 큽니다. 공간적으로도 여러 하늘이 있고, 의식 수준으로도 여러 하늘이 있습니다. 하늘이라고 해서 다 같은 하늘이 아닌 것이지요.

동, 서, 남, 북 하늘이 따로 있는데 그동안 지구에 나타나셨던 성인聖人들은 어느 한쪽 하늘에서 오신 분들입니다.

동, 서, 남, 북 하늘만 있는 게 아니라 상, 중, 하 하늘이 또 있는데, 그 하늘들은 또 상상, 상중, 상하, 중상, 중중, 중하, 하상, 하중, 하하, 이렇게 구분됩니다. 이렇게 나눈 것도 크게 나눈 것이고 훨씬 세분할 수도 있습니다. 그러니 얼마나 큰지 알 수 있을 것입니다.

하늘은 서로 닫혀 있다 •

그런데 어떤 수준에 이르지 않으면 바로 옆 하늘의 정보조차 금지됩니다. 서쪽 하늘에서 어떤 일이 벌어지는지에 대한 정보가 동, 남, 북 하늘에서는 공개되지 않는 것입니다.

자기네가 끝인 줄 아는 하늘도 굉장히 많습니다. 그런 하늘에서 나온 종교는 자기네 종파를 굉장히 강조합니다. 한쪽 구석에 있다 보면 그곳이 전부인 줄 아는 것입니다. 다른 세계가 있다는 것을 모르는 것이지요. 선계가 있다는 것조차 모릅니다.

그리고 우주인들도 아무 하늘에나 갈 수 있는 게 아니라 자기네에게 개방되어 있는 하늘에만 갈 수 있습니다. 하늘도 다 경계선이 있어서 통과하려면 비자 같은 것이 필요한 것이지요. 서로 닫혀 있습니다.

이 우주에는 보이지 않는 기인들이 99%를 차지하고 있으며 1%만이 생명을 가진 인간들입니다. 그런데 99%의 기인들도 인간들과 마찬가지로 많은 것이 가려져 있고, 통과하려면 허락을 맡아야 합니다. 허락도 즉시 맡을 수 있을 수 있는 곳이 있는가 하면 상부의 지시를 기다려서 맡아야 하는 곳이 있습니다.

선계는 맨 꼭대기라고 말씀드렸습니다. 정점에 있기 때문에 그런 한계를 초월해서 모든 것을 두루 볼 수가 있습니다. 이쪽이든 저쪽이든 어떤 차원이든 다 볼 수 있습니다.

천당과 지옥의 의미 •

천당과 지옥은 무엇을 말하는 것인지요?

천당은 곧 선계를 얘기하는 것입니다. 인간들이 지금까지 말하던 유토피아나 천당, 극락 등을 모두 합한 개념이 선계인 것이지요.

지옥은 종교에서 얘기하듯이 피골이 상접한 채 햇볕도 안 드는 동굴에서 채찍 맞고 하는 그런 세계는 아닙니다. 지옥이란 한마디로 무지한 상태를 말합니다. 주변 사람들을 보면 사실은 하나도 고통스럽지 않은 여건인데 괜히 고통스러워하는 사람들이 있지 않습니까? 무지해서 그러는 것입니다.

또 진화하지 않는 상태, 진화하려는 욕구도 없는 상태, 멍하게 있는 상태를 지옥이라고 합니다. 올라가지 못하는 상태입니다. '이진사의 향천' 을 보면 수많은 영체들이 드문드문 떠있는 공간이 나오지요? 아무런 욕구도 없고 일도 안 합니다. 그렇게 낮은 상태에서 세월을 보내는 것을 지옥이라고 하지, 따로 지옥이 있지는 않습니다.

지구도 우주에서 보면 지옥일 수 있습니다. 지구처럼 재교육을 위해서 만들어 놓은 공간이 지옥일 수 있는 것입니다.

그래도 따로 지옥으로서의 공간이 있지 않나요?

'여기는 지옥, 여기는 선계' 이렇게 따로따로 공간이 있는 게 아니라 같은 공간에 다 있습니다. 같은 공간에 선계 같은 곳이 있는가 하면, 지옥같이 아수라장인 곳도 있는 것이지요. 각각의 공간마다 그런 곳이 있습니다.

지옥은 여러 곳일 수 있습니다. 지금 지구에서도 아프리카에 가면 지옥이 있습니다. 기아에 시달리고 에이즈에 걸려서 고통 받는 지역이 곧 지옥일 수 있는 것이지요.

선계에 가고 싶다는 말의 의미 •

'선계' 라는 곳이 있다는 것을 알려주셨고, 또 『선계에 가고 싶다』라는

책도 내셨는데, 그렇다면 수련의 궁극적인 목표는 '선계에 가는 것' 인지요?
외람된 말씀이지만 제 생각에 수련의 궁극적인 목표는 깨달음에 있는 것이지, 선계 같은 곳에 가서 잘 먹고 잘 살자는 것은 아닐 것 같습니다. 오히려 그런 것을 버리자는 것이 수련이 아닌지요? 또 새로이 종교를 하나 창시하시려는 것은 아닌가 하는 의문도 듭니다.

'선계에 가고 싶다' 는 말이 죽어서 선계에 가자거나 선계에 보내달라는 뜻은 아닙니다. 일종의 문학적인 표현으로서 '알고 싶다, 깨닫고 싶다, 본성을 만나고 싶다' 는 열망을 표현한 것이지요.

그리고 '수선재는 종교가 아닌가?' 라고 묻는 분이 간혹 계시는데, 그렇게 묻는 이면에는 '종교는 나쁘다' 라는 생각이 깔려 있는 것 같더군요. '종교는 나쁜 것인데 수선재가 종교가 아닌가?' 하고 묻는 것이지요. 그런데 종교가 무조건 나쁜 것은 아닙니다. '왜 종교는 무조건 나쁘다고 생각하는가?' 하는 원초적인 질문부터 해봐야 합니다.

그렇다고 수선재가 종교를 지향한다는 얘기는 아닙니다. 혹 종교적인 모임과 같은 오해가 있을 수 있으나 실상 그렇지는 않다는 것이지요. 종교라는 것은 숭배하는 대상이 있습니다. 불교는 부처님을 모시고 기독교는 예수님을 모시지 않습니까? 그런데 수선재는 그런 것이 없습니다.

수련 시 의념으로 팔문원을 그리는데 팔문원이 기독교에서의 십자가와 같은 것은 아닙니다. 팔문원은 우주 본체를 상징하는 문양인데, 우주 본체가 머리에 잘 그려지지 않기 때문에 쉽게 의념하라고 형상화해 놓은 것이지 모심이나 숭배의 대상은 아닙니다. 나중에는 팔문원도 버리고 넘어가야 하는 것이 우리 수련입니다. 팔문원이 없어도 스스로 팔문원 자체가 될 수 있어야 합니다.

조물주님을 언급하는 것도 우리가 가고자 하는 곳은 본성인데, 본성이 곧 조물주님 자체이기 때문에 그것을 좀 더 가까이 느끼기 위해서입니다. '조물주님 도와주세요' 하고 숭배하려는 것은 아니라는 것이지요.

하천, 중천, 상천에서의 삶

'이진사의 향천'을 보면 인간으로 있을 때의 공부 결과에 따라 사후의 위치가 정해진다는 얘기가 나옵니다. 그렇다면 사후의 위치에 따라 영들은 어떻게 살고 있는 것일까요?

첫 번째로 하천 수준의 영들은 영인靈人이라고 부릅니다. 영인들은 몸이 없이 영만 있는 분들입니다. 영인들은 그저 어두운 창고에 보관되어 차후 어딘가에서 태어나거나 갈 곳이 정해지지 않은 상태에 있지요. 몸체를 지니지 않은 영의 상태로 보관되어 있기 때문에 생전의 모습을 띠고 있습니다.

두 번째로 중천 수준의 영들은 기인氣人이라고 부릅니다. 기인들은 기적인 생명체로서 기적인 몸을 가지고 있습니다. 명(命, 본래의 자리 즉 돌아가야 할 곳, 죽음 이후의 영생의 상태)은 중천 이상의 인간들에게 주어지는 것으로서 지상의 종교가 지향하는 곳은 중천이며, 지상에서 특별히 역할을 잘한 분들은 상천까지 갈 수 있습니다. 원래는 선인이었으나 사명으로 인하여 종교지도자의 역할을 잘하셨던 분들은 선계로 복귀하는 것이고요. 기인들은 사후세계에서 역할을 하거나 공부하면서 살아가게 됩니다.

세 번째로 상천 수준의 영들은 영체靈體라고 부릅니다. 영체는 상천에서 역할을 부여받거나 쉬거나 공부하면서 비교적 자유롭게 살아갑니다.

[편집자 주]

영인, 기인, 영체

영인, 기인, 영체는 그 영의 수준이 어느 정도인가, 상 · 중 · 하천 중 어느 하늘에 존재하는가를 표현하는 용어들이다. 그런데 이들 용어가 특별히 영격의 높낮이를 가리키지 않은 채 사후세계의 육체를 지니지 않은 존재들을 가리키는 광범위한 뜻으로 쓰일 때도 많다.

선계에서의 삶 •

선계 수준의 아주 높은 영들은 선인仙人이라고 부릅니다. 영계는 자신의 의사가 있어도 실행할 힘이 없지만, 선계는 자신의 의사를 실행할 힘이 주어지는 곳입니다. 영계는 역할이 주어지지 않아 발전을 위하여 많은 노력을 할 수도 없거니와 노력을 하여도 그 대가가 주어지기가 힘든 곳입니다. 하지만 선계는 자신의 역할이 주어지고 그 역할에 따라 노력을 할 수 있으며 그 노력의 대가를 자신이 누릴 수 있는 곳입니다.

선인에게 지상에서의 삶은 잠깐 동안 옷을 바꿔 입은 정도에 지나지 않으며 복귀하자마자 본래의 역할을 하게 됩니다. 그러나 선인의 사후의 위치도 인간으로 있을 때의 공부 결과에 따라 바뀌거나 정해집니다.

이율곡 선인 같은 분은 고난도 과정을 거치면서 3등급이 뛰었다고 하셨습니다. 몇몇 성공적인 케이스가 있는데 자신도 상당히 성공적인 케이스라고 말씀하셨지요. 반대로 공부를 잘 못 해내어 선인으로서의 격이 떨어지는 경우도 있습니다. 심한 경우에는 등급이 현저히 하강하여 다시 선계로 복귀하지 못하기도 합니다.

〈 사후세계에서의 삶 〉

선계 (우주)		• 선계 수준의 아주 높은 영들은 선인(仙人)라고 부른다. • 최고 등급인 10등급과 최저 등급인 1등급이 있다. • 선인에게 지상에서의 삶은 잠깐 동안 옷을 바꿔 입은 정도에 지나지 않으며 복귀하자마자 본래의 역할을 하게 된다.
법계 (하늘)	상천	• 상천 수준의 영들은 영체(靈體)라고 부른다. • 영체는 상천에서 역할을 부여받거나 쉬거나 공부하면서 자유롭게 살아간다.
	중천	• 중천 수준의 영들은 기인(氣人)이라고 부른다. • 기적인 생명체로서 기적인 몸을 가지고 있다. • 명은 중천 이상의 인간들에게 주어진다. • 사후세계에서 역할을 하거나 공부하면서 살아가게 된다.
	하천 (영계)	• 하천 수준의 영들은 영인(靈人)이라고 부른다. • 어두운 창고에 보관되어 차후 어딘가에서 태어나거나 갈 곳이 정해지지 않은 상태에 있다. • 몸체를 지니지 않은 영의 상태로 보관되어 있기 때문에 생전의 모습을 띠고 있다.

선계의 등급 •

선계에는 10등급이 있습니다. 이 10등급 중에는 최고 등급인 10등급과 최저 등급인 1등급이 있습니다. 이러한 외부적인 등급 구분은 선계가 끝이며, 조물주의 반열 즉 우주 본체가 되면 사라집니다. 우주의 등급은 그 자체가 질서이며 반드시 지켜져야 할 규칙입니다. 규칙의 제정은 조물주가 하므로 선계에서는 규칙을 지키지 않을 수 없습니다.

1등급 : 선계 진입 신참자입니다. 아직 오리엔테이션 중이므로 담당 업무는 없습니다. 영성을 다시 한 번 검증받으며 부족한 부분을 연마합니다. 선계 진입은 이미 본성을 검증 받은 일이기는 하나 부족한 부분은 여기에서 다시 한 번 닦아낼 수 있는 기회를 줍니다.

선계에 들어가도 악심이 발아하면 탈락하는 경우도 생기는바 1등급 시기에서 있는 일입니다. 여기에서 말하는 선계는 선계 중의 선계로서 법계를 말합니다. 영계는 발전이 없으나 법계는 자신의 노력에 따라 발전이 가능합니다.

2등급 : 조장급. 하는 일은 3등급과 같으나 3등급이 주가 되고 2등급이 종이 되는 입장만 다릅니다. 3등급이 없는 곳에서는 2등급이 주가 됩니다.

3등급 : 선계에 들어가면 가장 많이 만나는 선인들이 3등급과 2등급입니다. 대부분 나름대로 중요한 일을 담당하고 있으며 선계에서 나서는 일은 모두 이들이 담당합니다. 군대로 말하면 상병과 고참 일등병입니다. 이들을 중심으로 선계의 실무가 운영되어 나가며 행동이 필요한 부분은 이들이 직접 챙겨 나갑니다. 선인善人 중의 선인善人으로 본성이 선善으로만 구성되어 절대 남에게 불필요한 부담을 주지 않으며 자신의 일을 완벽하게 챙겨 나갑니다.

4등급 : 굳이 비유하자면 계장급 정도. 하지만 뚜렷한 등급이 정해진 것은 아닙니다. 하는 업무에 비교해 보면 그렇다는 것입니다. 선계에서는 대체로 직책의 중요성과 자신의 영성은 정비례하므로 상승을 원한다거나 원치 않는 것과 무관하게 자리가 정해집니다. 선계의 법칙은 절대적이므로 하늘 단계와 같이 선과 악이 엎치락뒤치락하는 일은 없습니다.

5등급 : 실무에 능하면서 실제로 선계의 업무를 하는 부서 책임자들입니다. 일반 회사와 비교하면 과장급입니다. 10등급은 고문, 8,9등급은 이사 정도에 비교할 수 있으며, 대표 이사는 조물주입니다. 6,7등급은 부장급이라고 할 수 있습니다. 별로 중요하지 않은 일, 즉 일상적인 업무에 대한 결정권(행정 부서의 전결권과 같은 정도)을 갖습니다. 선계의 1,2등급 인사에 대한 건의권도 갖습니다.

6등급 : 실무에 관하여 가장 많은 지식을 가지고 있는 선인들입니다. 선계의 허리 역할을 하며 매사의 절반 정도가 이들의 결정으로 가능합니다.

7등급 : 중요 사안에 대한 집행 결정권을 가지고 있습니다. 실무 국장급 정도이며 각종 인간사와 선계, 영계의 일에 대하여 가장 많이 알고 있는 선인들입니다. 지구에 대한 것만이 아닌 은하계와 그 이상의 별들에서 일어나는 일들도 모두 관장합니다.

지구를 관장하는 7등급 선인은 별을 관장하는 분야의 2위로서 60여 개의 별을 관장합니다. 하부 조직의 선인이 40여 분 계십니다. 1위가 관장하는 별은 상당히 진화가 진행된 헤로도토스 등이며, 2위 선인은 영적인 발전을 할 수 있는 별들을 관장합니다.

8등급 : 선계의 일을 관장합니다. 지상의 영의정, 국무총리와 같으며 7등급은 좌 · 우의정, 감사원장 등과 같습니다. 선계 이하의 중요 사안에 대한 결정은 8등급에 와서 끝나는바, 국무회의와 같은 기능을 가지고 있는 조직도 있습니다. 때로는 9등급 이상의 선인들이 업무상 8등급의 일을 맡는 경우도 있습니다.

9등급 : 10등급이 되기 위한 준비를 하는 등급입니다. 8등급이 모여서 결정한 일에 대한 최후의 추인을 담당합니다.

10등급 : 선인으로서 최고의 경지로서 곧 조물주의 반열에 들어갈 수 있음을 말합니다. 이 등급에서는 모든 것을 초월하여 100% 순도 높은 선체仙體를 만들어 조물주의 반열에 들어갈 준비를 합니다. 상시 무아의 경지에 들어가 있습니다.

점수대로 가게 된다

사람이 죽고 나서 어디로 갈지는 어떻게 결정되는 것일까요? 하천이나 중천 혹은 상천으로 가게 되는 기준은 무엇일까요?

어떤 사람이 죽으면 죽는 순간 점수가 나옵니다. 죽는 순간 살아생전의 공부 점수가 나와서 이 사람은 어디까지 가서, 얼마를 대기했다가, 그다음엔 어떻게 되어야 하는지 스케줄이 나옵니다. 사람마다 달라서 바로 다음 스케줄까지만 나오는 사람도 있고요.

이런 스케줄을 신神들이 다 관리하시는데 대충 다 압니다. 어디까지 가는 사람이고 그다음에 어떻게 될 것인지 알아서 그것에 따라 인도를 해주십니다.

갈 때는 점수별로 갑니다. 점수에 따라 중학생 수준의 영들이 가는 별, 고등학생 수준의 영들이 가는 별, 대학생 수준의 영들이 가는 별이 다릅니다. 지구는 천차만별의 사람들이 섞여 있지만, 다른 별들은 같은 부류의 사람들이 모여 있습니다.

예컨대 기독교 신자는 기독교 신자끼리, 불교 신자는 불교 신자끼리 모여 있습니다. 기독교 신자가 돌아가시면 기독교가 인도할 수 있는 지점까지 가고, 불교 신자가 돌아가시면 불교가 인도해 갈 수 있는 지점까지 가기 때문입니다. 각 종교마다 영을 인도해 가는 수준이 어느 특정 지점에 몰리기 때문에 끼리끼리 모이게 되는 것입니다.

죽은 후에는 점수를 못 올린다 •

'이진사의 향천'을 보면 이진사가 사후에 하늘로 쭉 올라갑니다. 올라가서 평가를 받는데, 이분이 돌아가시기 전에 마음을 비우고 하늘을 알려고 상당히 노력했기 때문에 선인의 안내를 받습니다. 또 앞으로 무슨 일을 해야 하는지 선인으로부터 사전 교육도 받더군요.

그래서 저는 '이분이 선인은 못 되더라도 준선인은 되겠구나' 생각을 했습니다. 왜 선인은 못 되는가 하면 마음공부를 많이 하여 마음은 한없이 가벼워졌지만, 호흡을 통한 수련을 하지 않아서 몸이 무겁기 때문입니다.

그런데 점수가 10점이 모자라서 결국 준선인도 못 되시더군요. 40~60% 정도 우주의 본체가 되면 준선인이 될 수 있는데 이진사는 10%가 모자라서 준선인이 되기도 어렵게 됩니다. 이진사가 자신의 조부로부터 호흡법을 배웠지만 하다가 말았기 때문입니다. 그

때 끝까지 했어야 했는데, 하다가 말았기 때문에 점수가 모자라게 된 것이지요.

'그럼 그분이 선계 입구에서 다른 일을 맡고 공부를 해서 그 10점을 올릴 수 있지 않는가?' 생각할 수도 있는데 그것은 불가능합니다. 왜냐하면 죽고 나면 단전이 없어지기 때문입니다.

인간으로 있을 때는 단전이 있기 때문에 기운을 가둘 수가 있어서 그 기운으로 뭔가 해볼 수가 있습니다. 단전에 기운을 비축하여 그 힘으로 자신이 하고자 하는 일을 할 수 있는 것입니다.

그런데 몸을 벗고 영체가 되면 기운이 없기 때문에 뭘 해볼 수가 없습니다. 간신히 생각할 정도의 기운이 들고 날고 할 뿐이지 그 이상의 기운은 없습니다. 그런 상태에서는 뭘 해볼 수가 없기 때문에 10점의 점수를 죽은 이후에 올리는 것이 불가능하다는 결론이 났습니다.

인간의 몸을 쓰고 있는 동안은 10점 올리는 것이 쉬운 일입니다. 수련하시는 분들은 한 달 만에 10점이 오르락내리락하기도 하시지요. 그런데 일단 죽으면 기운이 없기 때문에 1점 올리는 것도 어렵다는 얘기입니다.

그러니 여러분이 수련할 수 있는 인간의 몸을 받아 태어나고 또 수련할 수 있는 인연을 만나 이 자리에 오게 된 것이 얼마나 소중한 일인가요? 그 과정을 스스로 존중하면서 기회를 잘 살리시기를 간절히 바랍니다.

제자리를 찾지 못한 영들 •

우리는 대개 사람이 죽으면 어딘가에 배치가 되는 줄 압니다. 돌아가시면 자동적으로 영계 어딘가로 배치 받아서 가는 줄 아는 것이지요. 그런데 선계로 가지 못하고 또 인연이 안 되어 기운을 만나지 못한 영들은 그냥 지구의 대기권에 떠 있다고 생각하시면 됩니다.

이진사가 향천할 때 영들이 계속 어딘가에 떠 있는 것을 보지 않았습니까? 자리를 찾지 못하고 허공에 떠 있는 상태입니다. 낮은 곳에 떠 있을수록 낮은 차원이고, 높은 곳으로 올라갈수록 높은 차원입니다.

그런데 아직까지 지구를 벗어나는 영들은 없습니다. 지구의 영들이 죽은 후 제자리를 찾아가는 일은 굉장히 드문 것이지요. 거의 지구의 대기권을 벗어나지 못하는데 기적인 훈련이 되어있지 않기 때문입니다. 우리가 살아서 화성이나 다른 별에 가지 못하듯이 그분들도 기적인 준비가 되어 있지 않아서 못 가는 것입니다. 그럼 지구 내에서라도 제자리를 찾아야 할 텐데 대개의 영들이 그런 수준에 있지 않습니다. 그래서 아주 오랜 시간을 허공에 떠 있습니다.

이런 영들은 또 대개 자신이 죽었는지 살았는지도 모릅니다. 그래서 아프다고도 하고 배고프다고도 합니다. 살아생전의 기억을 그대로 가지고 있는 것이지요.

암으로 죽었다 하면 죽을 때 고통 받았던 기억이 남아서 수십 년이 지나도 아프다고 합니다. 생전에 신경통이 있었던 분들은 몸이 여기저기 쑤신다고 하고, 생전에 잘 못 먹었던 분들은 배고프다고 합니다. 또 생전에 잘 못 입고 살았던 분들은 춥다고 합니다. 몸이 없는데도 불구하고 굉장히 추워합니다. 본인들이 살아 있고 몸이 있는 줄 압니다. 대개의 영들이 이런 상태에 있다고 생각하시면 됩니다.

환생의 법칙 •

영이 태어나는 주기는 일률적으로 말할 수 없습니다. 주관하는 부서가 있어서 이 사람이 얼마 만에 생명을 받을지 심사합니다. 죽으면 어디로 가는지, 어디로 갔다가 어느 정도 기간이 지나면 생명을 받아 나오는지……, 이런 것들을 그 사람이 살아온 과정을 보고서 판단합니다.

'이 사람은 만 년 정도 영체로 있어야 한다' 하면 오래 묵는 곳으로 보내지고, '빨리 태어나야 한다' 하면 빨리 순환하는 곳으로 보내집니다. 대체적으로 진화를 빨리 해야 하면 많이 태어나게 됩니다. 영계의 하층부에 있을수록 빨리 태어나서 자꾸 공부해야 하는 것이지요.

그런데 천 년 만에 태어났다 해서 반드시 진화된 영이라고 말할 수는 없습니다. 매 경우가 다르기 때문입니다. 본인이 빨리 나오고 싶어 했는데도 허락이 떨어지지 않는 경우가 있습니다. 또 어디로 가고 싶다고 해서 반드시 그곳으로 보내주지는 않습니다. 본인의 희망사항은 듣되 참고만 하는 것이지요.

항상 '그 사람의 공부에 어떤 것이 더 좋은가?' 하는 것이 우선순위를 두는 법칙입니다. 빨리 태어나고 싶다고 요청하는 영이 있고, 태어나고 싶지 않고 그냥 영계에 남아 있겠다는 영이 있는데, 그 사람의 공부에 도움이 되는 쪽으로 결정을 해줍니다.

선인의 경우 사명을 받거나 재수련의 필요가 있을 때 타 별에 태어나 인간으로서 한 생을 살아가게 됩니다. 이때 선인은 자신의 스케줄을 자기 마음대로 조절할 수 있습니다. 다음 생에 지구에서 태어나 공부를 할 것인가 아니면 다른 별에서 공부를 할 것인가부터, 누구를 부모로 할 것인가, 시기를 언제로 할 것인가, 장소를 어디로 할 것인가 등등 모든 스케줄을 자기 의사대로 선택할 권한이 주어지는 것입니다.

그런데 선인이 아니더라도, 수련과 인연이 되는 우리 수련생들의 인생 역정은 모두 자신들이 원한 바에 의해 또는 동의한 바에 의해 정해집니다. 진화된 정도에 따라 자유의지가 몇 퍼센트냐 하는 것만 다른 것인데 큰 줄기는 모두 본인들이 동의한 스케줄이라는 뜻입니다. 이것을 우리는 사주팔자, 운명, 소명, 사명이라고 하지요. 그것을 찾아내어 이루어가는 과정을 인생이라고 하고요.

내생에서 죗값을 치르는가?

다른 사람을 착취하거나, 살인하거나, 성폭행을 저지르는 등 악업을 짓고도 금생에 처벌받지 않는 사람이 많습니다. 오히려 더 잘 사는 것처럼 보이는 경우도 있습니다. 이런 사람들은 내생에서 죗값을 치르는지요?

보통 사람들이 악을 행하고도 잘 사는 것처럼 보이는 이유는 보상이 빨리빨리 되지 않기 때문입니다. 당장 벌을 받지 않기 때문에 잘 사는 것처럼 보이는 것이지요.

그분들의 악업에 대한 대가는 다음 생에 올 수도 있고, 자식에게 올 수도 있습니다. 또 큰 죄를 진 것 같아도 피치 못할 사정이 있었을 경우에는 하늘에서 정상참작을 하기도 합니다.

그런데 수련하시는 분들은 일단 입학을 했기 때문에 세상 사람들보다 강도 높게 공부합니다. 세상 사람들은 오랜 기간을 두고 겪기 때문에 수련생들처럼 공부가 강하게 오지 않지만, 수련생들은 금생에 다 겪고 다음 단계로 진입해야 하니까 강도가 높은 것이지요.

인간과 신의 상호작용

사랑이 죽으면 다 신이다 •

우리가 사는 이 세상은 물질계物質界와 기계氣界가 동전의 앞뒷면과 같이 동시에 존재하고 있습니다. 이 두 세계가 우주의 진화라는 공동 목적을 위해 상호 협력하면서 같이 움직이고 있는 것이지요.

우리는 보이지 않는 것을 믿지 않기 때문에, 다급할 때는 하느님을 찾으면서도, 신과 밀접한 교류를 했다거나 채널링을 했다거나 하면 이상하게 생각하는 경향이 있습니다.

허나 이상하게 생각할 필요가 없는 것이 신神이라는 것은 사람이 죽으면 다 신입니다. 귀신인가, 산신인가, 지신인가, 선인인가, 이렇게 급의 차이는 있지만 다 신입니다. 급에 따라 상신, 중신, 하신이 있으며, 선인은 상신 위에 있습니다.

항상 어디나 신이 더 많다 •

신들도 인연에 따라 산을 좋아하는 분들은 산에 남고, 바다를 좋아하는 분들은 바다에 남고, 정치를 좋아했던 분들은 권력기관에 남기를 원합니다. 남의 일에 콩 놔라 배 놔라 잘난 체하는 분들은 자기 능력을 써먹고 싶어서 빙의(憑依, 한 사람의 영혼에 다른 영혼이 영향을 끼치는 것)를 하고 싶어 하고요.

그리고 인간 세상에서도 청와대에 근무하는 분, 국회에 근무하는 분이 따로 있듯이 신들의 세계에서도 다 역할이 있습니다. 우주의 운행에 대해 관여하는 신들이 있고, 인간계의 길흉화복에 관여하는 신들이 있고, 동식물계에 관여하는 신들이 있습니다. 신의 격에 따라서 역할이 다른 것이지요. 또 다 관할이 있습니다. 청와대에 외곽을 지키는 보초병이 있고, 정문을 지키는 수위가 있고, 본관을 지키는 수위가 있는 것과 같습니다.

항상 어디나 인간들보다 신들이 더 많다고 생각하면 됩니다. 이렇게 인간들이 많아 보이지만 목숨을 받아 나오는 게 오히려 희귀한 일이라는 것이지요. 다들 영체로 많이 있습니다. 수천 년을 영체로 존재합니다. 특히 지신(地神, 산이나 바다 등 자연을 지키는 신)들의 경우는 오래 있습니다.

산에서 사고가 많이 나는 것도 그런 신들과 관계가 있는 것인가요?

사고가 나는 것은 대개 보호를 받지 못해서입니다. 일단 산에 가면 그 산에서 일어나는 모든 일이 그 산신山神의 소관이지요. 그분의 보호를 받지 못하면 사고를 당하게 되는 것입니다. 보호를 받으면 사고를 당할 일이 있어도 어떡하든 그것을 막아줍니다. 텔레파시를 보내든지, 누군가를 보내어 위험한 곳으로 못 가게 방해를 하든지…….

우리 집 아이가 아직 꼬맹이인데 누가 보는 것 같고 자꾸 무섭다고 합니다. 자다가 무섭다고 오고, 혼자서는 부엌도 못 갑니다.

못 봐서 그렇지 사람들은 다 귀신과 같이 사는 것입니다. 집집마다 귀신들이 득실득실하다고 생각하시면 됩니다. 그런데 귀신들도 호기심에서 사람들을 들여다봅니다. 우리가 문 열듯이 문도 열어보고요.

우리 아이는 창밖에 사람이 지나가는 것을 봤대요. 우리 집이 아파트 16층인데…….

보호령을 보는 것일 수도 있습니다. 그런데 애들은 그런 것을 모르지요. 뭘 모르니까 무조건 무서워하는데 그분이 좋은 영일 수가 있습니다. 다 나쁜 영만 있는 것은 아니니까요. 애들은 익숙하지가 않아서 공포를 느낍니다. 부모 이외에는 아무리 좋은 것에도 공포를 느낍니다.

신은 한 단계가 높다 •

신은 몸을 쓴 인간보다는 한 단계가 높습니다. 돌아가신 분에게 왜 2배를 하는가 하면 신이 되어 한 단계가 승격했기 때문입니다. 일단 볼 줄 아니까 한 단계가 위이고 또 재주들이 있습니다. '어디를 어떻게 해라' 하고 코치할 수 있는 능력들이 있습니다.

제 아버지와 오빠가 굉장히 일찍 돌아가셨는데, 아버지는 제가 태어나기도 전에 돌아가셨고, 오빠는 9살 나이에 돌아가셨습니다. 학교 갔다 와서 옆집에서 개떡을 먹었는데 그날 굉장히 열이 나고 아프다가 그 이튿날 죽었다고 하더군요.

6.25 피난하느라고 다들 경황이 없을 때였습니다. 또 어머니가 학교 선생님이셨는데 교사 월급으로는 여섯 식구가 먹고 살기 힘들어서 교복 주문을 많이 맡았다고 하시더군요. 그래서 밤새 재봉틀을 돌리셨는데 오빠가 아프다고 해서 머리를 만져보니까 열이 좀 났답니다. '체했나 보다' 하고 손가락 끝을 따주었고, 그 이튿날은 출근해야 하니까 오빠를 두고 학교에 가셨습니다. 그런데 퇴근해 보니까 죽었더랍니다.

어머니는 오빠가 왜 죽었는지 몰랐습니다. 체해서 죽었는지 바이러스 때문에 죽었는지 사인死因을 몰랐지요. 나중에 영통한 분이 오셔서 그런 것을 물으니까 오빠의 영이 나오더군요. 제가 아주 어렸을 때였죠.

어머니가 오빠의 영에게 어떻게 죽었느냐고 물으니까 "개떡을 먹고 체해서 죽었다. 소화제 두 알만 있었어도 나는 안 죽었다"라고 대답하더군요. 그러면서 "소화제를 달라"고 했습니다. 그래서 제 언니가 대신 소화제를 먹었지요. 그렇게 해원解怨을 하는 것이더군요. 어떻게 아팠느냐고 물었더니 오빠의 영靈이 언니의 몸속으로 들어갔습니다. 그러자 언니가 굉장히 아프다면서 떼굴떼굴 구르더군요.

그렇게 하는 것입니다. 아프게 하거나 치료해 주거나 하는 정도의 능력은 다 있는 것이지요. 그러니까 수준이 높고 낮고를 떠나서 영은 다 신이라고 하는 것입니다.

초능력과 신앙 체험에 대하여 •

제가 예전에 기공사 한 분이 초능력 시연을 하는 것을 볼 기회가 있었습니다. 약통 속에 알약을 넣더니 공간 이동을 시켜서 밑으로 뚝뚝 떨어뜨리시더군요. 그다음에는 나뭇잎을 갈기갈기 찢어서 입 안에 넣고 한참 있다가 꺼냈는데 새 나뭇잎이 되어 있었고요. 눈앞에서 그걸 보여주니까 사람들이 너무너무 열광을 하더군요.

그런데 제가 보니까 신들이 입 안으로 들어가서 찢어진 나뭇잎을 다 잇더군요. 자신이 직접 하는 양 땀도 흘리고 공력을 들이는 몸짓도 하는데 알고 보면 다 신들이 하는 일이었습니다. 나중에 제가 그 분께 "직접 하시지 왜 신들에게 시키십니까?"라고 물었더니 "그렇게 하면 10년 쓸 에너지가 다 빠져 나갑니다"라고 대답하더군요.

기공으로 기 치료를 하시는 분들도 마찬가지여서 직접 병을 고치면 엄청난 공력이 소모됩니다. 예를 들어 암을 한번 고쳤다 하면 그 기공사가 10년 공부한 공력이 다 달아나는 것이지요. 그러니까 그렇게는 안 하고 신들의 도움을 받습니다. 기공도 다 뿌리가 있으니까 그 뿌리가 되는 곳에서 온 신들이 병 고치는 것을 도와줍니다. 본인의 능력으로 하지 않고 신들의 도움을 많이 받는 것이지요.

신앙 체험을 하시는 분들은 실제로 신의 도움을 받는 것인가요?

보이지 않는 세계의 공부는 반드시 보이지 않는 분들의 주관 하에 진행이 됩니다. 그래서 종교인들이 신앙 체험을 할 때 보면 반드시 보이지 않는 분들의 도움을 받습니다. 득도得道를 할 때도 기적인 눈이 열리지 않아서 과정을 모른다 뿐이지 끊임없이 관여하고 도움을 줍니다. 헌데 그분들이 자발적으로 먼저 도와주지는 않더군요.

낮은 차원의 신, 높은 차원의 신

신도 그 격에 따라 상중하로 구분되는데, 상신上神들은 자발적으로 먼저 도와주는 분들은 아닙니다. 인간이 어떻게 행동하는가, 어떤 마음으로 하는가……. 이런 것에 따라 도와주는데 정성이 하늘에 닿으면 반드시 반응을 해줍니다. 이래라 저래라 미리 주관하지는 않고요.

높은 차원의 신들일수록 어떤 인연이나 섭리는 만들어 주어도 직접적으로 관여하지는 않습니다. 인간의 노력 여하에 따라 반응해주고, 길을 열어주고, 인연을 만들어 줌으로써 도와주는 것이지요.

반면에 하신下神들은 인간세계에 직접적으로 관여합니다. 빙의가 되거나 텔레파시나 음성으로 '이래라 저래라' 지시하면서 많이 관여하는 것이지요. 낮은 차원의 신들일수록 '10년 안에 부자 된다'

라든가 하는 인간생활에 밀접한 이야기를 많이 하더군요. 사주팔자부터 시작하여 인간의 길흉화복에 관한 것을 잘 봅니다.

높은 차원의 신들은 그런 것에는 관심이 없고, 큰 것, 우주에 관한 것에만 관심이 있습니다. 낮은 차원의 것들은 아예 안 보고 또 모릅니다. 모른다 해서 능력이 없는 것은 아닙니다. 그런 것들은 아예 관심사항에 들지도 않는 것이지요.

통제를 받지 않는 신들 •

하천下天에라도 올라가서 배치를 받거나 통제를 받는 영들은 격이 높은 것입니다. 어딘가에 입적이 되었다면 하늘의 대접을 받는 것이지요.

그런데 하늘의 통제를 받지 않는 영들이 있습니다. 우리가 흔히 귀신이라고 부르는 이들입니다. 제가 예전에 잠시 발리로 여행 갔을 때 보니까, 집집마다 제단이 있어서 신주단지 모시듯 하면서 밥을 올리고 돈을 올리고 하더군요. 산책을 하다가 강한 탁기를 만나서 '이상하다' 하고 살펴보면 꼭 제단이 있었습니다.

우리나라에도 서낭당이나 탑 같은 곳이 있지요. 사람들이 무조건 절하고 먹을 것 갖다 놓고 기도하는 곳인데, 이런 곳에는 꼭 터 잡고 있는 신들이 있습니다. 빌어먹는 영들인데 그 숫자가 상당합니다. 심지어는 탑 하나에 수백 명의 영이 몰려 있기도 합니다.

매일 먹을 것을 가져다 놓지, 절 받는 재미도 있지……. 그러니까 어딘가로 올라가려는 욕구가 없습니다. 진화의 욕구가 없는 것이지요. 여기보다 더 나은 곳이 있는지 찾아보지도 않습니다. 또 심심하니까 사람들을 상대로 장난치거나 해코지하기도 합니다. 『선계에 가고 싶다』에 나오는 지박령(地泊靈, 천도되지 못한 영으로서 땅 속에서 누더기 같은 옷을 입고 기거하는데 가끔 땅 위로 올라와 사람들의 기를 섭취한다)이 그러한 종류입니다.

소위 길거리의 신들인데 하늘이 볼 때 이들은 잡초와 같은 존재입니다. 잡초처럼 관여하지도 가꾸지도 않는 것이지요. 다음에 태어나는 스케줄에도 올라가 있지 않습니다. '중음신中陰神' 이라고 하며 땅에 속해 있는 영들입니다.

빙의를 이겨내는 법 •

아는 회원님 중에 빙의가 된 지 1년이나 된 분이 계십니다. 어떻게 하면 치료가 될 수 있을까요?

수련한 지 1년이 넘었는데 아직 빙의가 되어 있다 하면, 수련을 제대로 안 했다는 얘기입니다. 단전이 자리 잡으면 빙의가 될 리 없습니다.

단전을 제대로 잡고 기초 호흡을 제대로 하는 것이 제일 중요합니다. 호흡을 제대로 하면 영이 발을 못 붙이는데 아무렇게나 하니까 터를 굳히는 것이지요.

제가 아는 어느 분은 입회한 지 1개월 정도 되셨는데 꿈속에서 뭔가가 계속 나타난다고 하십니다. 그런 증상이 나타난 지 3년 정도 됐다고 하시고요.

그분도 심한 것은 아닙니다. 지금 30% 정도 들락날락 합니다. 터를 잡고 있는 것은 아니고요. 하여튼 호흡을 제대로 하고 수련장에 계속 나오면 그 영들이 못 견뎌서 떨어집니다. 그러니까 수련하는 길밖에는 없습니다. 깊이 호흡을 하도록 지도해 드리십시오. 단전을 잡는 데만 노력을 하면 다 떨어지거든요.

또 팔문원을 집에 두게 하십시오. 몸에도 항상 지니고 다니게 하시고요. 그 영들이 팔문원을 알면 못 견딥니다.

빙의된 영이 다른 일상생활에는 긍정적으로 관여하는데, 단전호흡을 하려고만 하면 방해한다고 하십니다.

본인이 자꾸 핑계를 대는 것입니다. 진짜로 떨쳐버리려고 하면 떨쳐지는데 일견 그렇지 않은 면이 있는 것이지요. '당신은 이렇고, 당신은 저렇고……' 하며 아는 척하는 것을 즐깁니다. 그렇게 좋아하는 면이 있기 때문에 본인이 붙들고 있는 것입니다.

제가 아는 어느 분은 이제 막 입회하셨는데, 머리 쪽으로 기운이 엉겨 붙어서 수련하기가 너무 힘들다고 하십니다. 수련을 하려고 하면 더욱 그렇다고 하고요.

그분은 빙의가 된 경우는 아닙니다. 본인의 탁기가 엉겨 붙어서 그런 것이지 빙의는 아닙니다.

대신명 접합 •

큰 기운을 가진 분들은 그게 자신의 능력에 의한 것일 수도 있고, 접합에 의한 것일 수도 있습니다. 그런데 대개 보면 자신의 능력이라기보다는 접합된 상태가 많더군요. 필요에 의해서 대신명大神明이 접합을 한 것이지요. 신명이라는 것이 높은 차원이 아닙니다. 선인이 되지 못한 그 전 단계를 신명이라고 말합니다.

대신명이 접합된 분들은 에너지가 특히 강한 분들로서 종교 지도자, 정치 지도자, 대기업 총수 등 사회에서 큰일을 하는 분들이 많습니다. 기운이 넘치는 분들이지요. 대신명이 접합된 상태에서 막 강한 파워가 나오니까 자기도 모르게 일을 저지르는 것입니다. 지구라는 수련별에 태어난 우리에게 여러 가지 귀감 혹은 볼거리를 제공하는 것이고요.

물론 우리가 지향해야 할 것은 수련입니다. 자신의 능력으로 그런 상태로 가야 합니다. 예전에 수련으로 기운이 장해져서 그릇이 없어지면 그때 그릇이 바뀐다는 말씀을 드렸습니다. 그렇게 되는 것이 가장 바람직합니다.

그러니까 두 가지 경우가 있다고 생각하시면 됩니다. 무한하게 그릇과 기운이 커서 큰일을 하는 사람은, 수련을 통해 자신의 능력을 개발한 사람이거나 아니면 신명 접합이 된 사람입니다. 그 두 가지가 아니라면 대부분 거기서 거기입니다. 기운이 커봤자 그 수준이 그 수준이라는 것이지요.

선인의 임무 •

선인의 입장에서는 대중적으로 그렇게 큰일을 할 필요는 없기 때문에 기운을 많이 발휘하지는 않습니다. 한 사람을 수련시키고 변화시킬 정도의 에너지만 있으면 되는 것입니다. 그때그때 적정 수준의 파워만 가동되면 되는 것이지요. 지금 수련하시는 분이 천 명 정도 있다 하면 그 정도를 수련시킬 수 있는 파워만 가동하면 됩니다. 숫자가 늘어나면 무한대로 기운이 지원될 수도 있는 것이고요.

정치나 경제에서 대혁명을 일으키는 일에는 엄청난 에너지가 듭니다. 그런데 혁명이라는 것은 제도나 겉모양만 바꾸는 것이지 사람을 바꾸는 것은 아닙니다.

진정 절실하게 필요한 것은 개개인의 마음을 바꾸는 것이지요. 물질적으로 잘살게 되는 것은 표면적일 뿐입니다. 물질적으로 잘살게 된다 해서 편안해지고 행복해질까요? 오히려 그것 때문에 더 불행해지고 상대적인 빈곤감, 박탈감, 상실감을 느끼게 되지는 않을까요?

선인들은 한 사람 한 사람을 변화시키는 것에만 의미를 둡니다. 한 사람을 변화시키면 우주를 변화시킬 수 있다고 생각하며 일합니다. 선인의 입장에서는 한 사람을 제대로 변화시키면 임무를 다했다고까지 생각하는 것이지요.

전혀 일체의 소리가 들리지 않는 산중의 고요한 곳에서 수련에 들어 자연의 파장을 느끼던 중, 갑자기 주변의 모든 것이 바뀌기 시작하였습니다.
산이, 바람이, 풀이, 나무가, 내가 모두 하나로 바뀌어 저를 둘러싸기 시작하였습니다. 둘러싼 기운이 점차 빠르게 돌더니 저를 감싸고 하늘로 오르기 시작하였습니다. 정신을 차릴 수 없을 정도로 엄청나게 빠른 속도로 한없이 올라가던 중 어느 즈음에서 속도가 늦추어지기 시작하였습니다.

주변을 둘러보자 기운이 달라져 있었습니다. 어느덧 우주 본류의 기운에 합류되었던 것입니다. 우주의 본류에 합류하여 가만히 바라보니 허공에 떠 있는 상태에서 눈에 들어온 것은 대규모 궁전이었습니다.
아주 멀리 한 채의 궁전이 있었습니다. 하지만 너무 멀어서 크기를 가늠할 수 없었습니다. 궁전이지만 그 규모가 상상을 초월하는 정도로서 지상의 어느 건축물도 그 정도의 규모는 없었을 것입니다.

높이가 약 35여km, 바닥 면적이 2~3km 정도의 초대형 건물이었습니다. 허나 우주의 바닥에서 솟아 올라간 건물은 입구가 보이지 않았으며 그러한 건물이 있음을 알 수 있도록 보이기만 하였습니다. 구름 위로 솟아오른 건물의 위용은 단순하면서도 첩탑으로 장식된 면모가 단아하였습니다. 들어갈 생각을 않고 구름 위로 솟아오른 궁전을 바라보다가 들어가려고 문을 찾아보았으나 없었습니다.

당시 이미 어떠한 난관에 부딪치면 명상에 잠겨 우주의 파장을 읽어보는 버릇이 들었던 저는 가만히 눈을 감고 건물의 전체를 둘러보기 시작하였습니다. 외부에는 사람이 보이지 않았으나 내부에는 많은 사람들이 거주하고 있었습니다.
육체를 가진 저희와는 다른 기적氣的인 인간들이었으며 모두 건강한 기운을 유지하고 있었습니다.

어느 곳으로 들어가야 하는지 기운으로 레이더를 만들어 앞에 있는 궁전을 이리저리 돌리며 바라보자, 궁전이 저의 뜻에 따라 움직이는 것이었습니다. 제가 이리 보려 하면 이리 돌고, 저리 보려 하면 저리 도는 것이었습니다.

마음먹는 것만으로도 조물주의 반열에 들 수 있는 곳, 천지창조도 마음만 먹으면 할 수 있는 것이었습니다. 마음을 올바로 먹지 않으면 안 되는 곳이었습니다. 마음먹은 것이 즉시 외부에 표현되고 다른 선인들이 알 수 있는 상태로 변하는 것이었습니다.

선인이 아닌 객체, 즉 피조물의 위치에 있는 영체는 기운의 변화를 감지하지 못하고, 그 기운에 따라 피동적으로 움직일 수밖에 없는 상태에서 그대로 살고, 지내야 하는 것이었습니다. 궁전 안에 있는 많은 영체들은 자신들이 어떠한 힘에 의해 움직인다는 인식이 없이 그저 움직이고 있을 뿐이었습니다.

– 『다큐멘터리 한국의 선인들』 1권에서

2장

사람은 어떻게 죽는가?

어머니의 향천을 지켜보며

죽음에 대한 공부

저는 어머니 상喪을 치루면서 죽음에 대한 공부를 어지간히 했습니다. 그전에는 미처 그 공부를 못했는데 어머니의 향천을 계기로 '죽는다는 것이 이런 것이구나!' 하고 깨달을 수 있었습니다.

선인의 경우 죽음에 대한 공부는 1%에 지나지 않습니다. 그런데 보통 사람의 경우는 10%, 20%, 30%, 크게는 50%까지 죽는 공부를 해야만 하는 것이더군요. 죽음이라는 것이 그렇게 큰 변수가 되는 공부라는 것을 알게 되었습니다.

또 한 사람의 죽음이라는 것이 주변 사람들에게 얼마나 엄청난 파문과 스트레스를 주는 일인가, 주변 사람들에게 부담주지 않고 조용히 죽는 것이 얼마나 어렵고 큰 공부인가, 살아있는 분들에게 부담주지 않고 최소한의 사건으로서 가는 것이 도道의 길이구나……, 하는 것을 알게 되었습니다.

이제 여러분께 제 어머니가 돌아가신 과정을 설명해 드리려고 합니다. 제가 공부한 내용을 전달받음으로써 여러분도 간접적으로 공부할 수 있게 될 것입니다.

한 사람의 마음의 무게 •

어머니가 돌아가시기 전에 저와 석 달을 같이 지내셨는데, 처음 한 달 동안은 제가 열심히 살려드리는 일을 했습니다. 여든일곱 살이셨는데 삶에 대한 애착이 상당히 많아서 제가 살려드리려고 애를 썼지요.

한 달이 지나자 증상이 거의 없어지고 탁기도 많이 빠지면서 좋아지셨는데, 이상하게 기력이 쇠하면서 매일같이 시들시들하셨습니다. 그래서 '이상하다' 생각하면서 살펴보니까 이미 기운이 다하셔서 어쩔 수 없이 돌아가셔야 하는 시점에 계시더군요.

그래서 그때부터는 돌아가시는 공부를 시켜드렸습니다. 그런데 어머니가 평생 몸담아 왔던 종교에서는 버리는 공부를 하지 못하셨더군요. 통일, 승리 등의 전투적인 용어를 많이 사용하는 종교였습니다. 충성을 해야 하고, 승리하지 않으면 패배이고, 이런 식의 개념을 평생 주입받다 보니까 어머니에게 비운다는 개념이 없었던 것이지요. '비우면 실패하는 것이다', '비우면 지는 것이다' 이렇게 생각하셔서 잔뜩 쥚어진 상태로 계셨습니다.

같이 계시는 동안 굉장히 무거웠습니다. 그 무거움이 수선대의 기운을 다 덮어서 한 달 동안은 제가 탁기(濁氣, 탁하게 오염된 기운)를 제거하는 데 엄청난 기운을 썼습니다. 다른 분들에게 누가 되지 않아야 하니까요. 한 사람의 마음의 무게가 얼마나 무거운지, 얼마나 천근만근일 수 있는지 제가 알게 되었습니다.

죽음을 거부하시다 •

하여튼 마음을 비우고 감사하는 마음을 가지시도록 계속 공부를 시켜드렸습니다. 그런데 어머니는 상당히 까다로운 분이셨습니다. 어딜 가면 좋은 점 아홉 가지는 다 잊어버리고 한 가지 불편한 점을 자꾸 문제 삼는 성격이셨지요. 너무 깔끔하다 보니까 좋은 것은 기본으로 여기고 불편한 것을 문제 삼아 계속 힘들게 하셨죠. 그래서 감사와 비움에 대해 계속 말씀을 드렸습니다.

마침 제가 '이진사의 향천'을 쓰고 있었기 때문에 죽고 나면 어떻게 된다는 것, 사후의 세계가 어떻다는 것을 읽어 드렸습니다. 그런데 그걸 거부하시더군요.

듣기 싫어하시면서 "왜 나와 상관없는 얘기를 자꾸 하느냐?", "왜 살고 싶은 사람한테 죽는 얘기를 자꾸 하느냐?" 하고 역정을 내셨습니다. 그래도 억지로 끝까지 다 읽어드렸는데 죽은 후에는 아는 만큼 가기 때문이며, 그 내용이 의식 속에 남아 있는 것과 그렇지 못한 것은 아주 큰 차이가 있기 때문입니다.

어머니가 믿은 종교는 영계가 끝이라고 말합니다. 죽으면 영계에 가고, 가면 제일 먼저 조상들이 마중 나오고, 그 종교의 교우들과 같이 살게 된다고 말합니다.

제 어머니도 그런 줄 알고 계셨지요. 그래서 제가 "그런 것이 아닙니다. 가족들도 죽는다고 해서 다 만나는 것이 아니라 살아생전의 업적과 영급에 따라 가는 곳이 다르다"라고 말씀드리면서 한두 달 동안 계속 공부를 시켜드렸습니다.

그러다가 점점 상태가 악화되시고, 제 언니와 정리할 것도 많으시고, 또 공적인 일을 하는 저에게 신세지는 것을 싫어하셔서 석 달 만에 서울로 다시 올라가셨습니다. 그 후 자꾸 열이 나고 폐렴이 악화되어 병원에 입원을 하셨습니다.

헌데 그때부터 기분이 굉장히 안 좋으시더군요. 느낌이라는 게 있으셨던 거죠. '내가 이 병원을 영영 못 나갈 수도 있겠구나' 하는 느낌이 드시니까, 거의 2주 동안 치료를 거부하셨습니다. "빨리 이 소굴에서 나가게 해달라"는 말씀만 하셨고요.

입원과 퇴원을 반복하셨습니다. 폐렴인데 백혈구 수치가 너무 떨어지고 저항력이 약해져서 자꾸 다른 균들이 발견되는 것입니다. 그래서 병원에 계시도록 하면서 죽음에 대한 공부를 계속 시켜드렸습니다.

그렇게 일주일이 지났는데 의식이 있으면 너무 고통스러우니까 병원에서 의식을 없게 하는 약을 투여하더군요. 그러면서 중환자실로 옮겼습니다. 중환자실로 가신 후에도 하루 정도는 굉장히 싫어하시면서 "빨리 일반 병실로 가게 해 달라"고 하셨습니다. 죽음을 거부하신 것이지요. 어떻게든 끝까지 살아 보겠다…….

그리고 불만이 아주 많으셨습니다. 자식들이 어머니의 뜻을 받아주지 않는 것에 대한 불만, 병원에 대한 여러 가지 불만, 그런 것들이 한꺼번에 엄습하면서 아주 무거운 상태가 되셨습니다. 저는 사람의 마음이 그렇게 천근만근 무겁다는 것을 어머니를 통해서 처음으로 알았습니다. 그렇게 무거우시더군요. 87세까지 지고 온 마음의 무게가 엄청났던 것이지요.

아, 역시 어머니다!

마지막 순간이셨습니다. 그런데 그동안 제가 해드린 말씀들을 떠올리시면서 천근만근 무거웠던 마음을…… 한순간에 탁 버리시더군요.

'아, 역시 어머니다!' 하고 감탄했습니다. 평생 신앙생활을 하면서 버리는 일은 하실 줄 몰랐지만, 자신을 다스릴 줄 아는 훈련은 계속 하셨던 것이지요. 무거운 마음을 탁 버리니까 갑자기 텅 빈 상태가 되시더군요. 팔문원의 가운데 원처럼 아무것도 없는 상태가 되셨습니다.

그전에는 몸에 마구 멍이 든 좋지 않은 상태이셨는데, 마음을 탁 버린 다음에는 기운이 바뀌면서 몸이 얼마나 편안해지셨는지 그것들이 깨끗이 없어졌습니다. 또 마치 어린아이와 같은 표정이 되셨습니다. 그전에는 일그러지고 고통스러운 표정이셨는데 버린 다음부터는 기운이 바뀌면서 눈에 띄게 편안한 모습이 되셨습니다. 죽음에 대한 공부가 다 끝나신 것입니다.

자식들의 공부

본인의 공부는 다 끝났는데 계속 그 상태로 계시더군요. 왜 그런가 살펴보니까 자식들의 공부가 남아 있었습니다. 저의 언니 세 분이 어머니로 인하여 해야 할 공부가 안 된 것이었지요. 저는 어머니와의 공부가 끝났었습니다.

그래서 식물인간의 상태로 오랫동안 누워 계시는 분들이 왜 그런지를 제가 확실히 알았습니다. 본인이 죽을 준비가 안 되어서 그런 경우가 많고, 또 본인은 죽을 준비가 되어 있는데 자식들이 공부가 안 되어서 그런 경우도 있습니다. 죽을 때는 반드시 본인의 공부,

옆 사람들의 공부가 같이 있는데 그게 안 되어서 그렇게 오랫동안 계신다는 것을 알았습니다.

그렇게 계시는 동안 두 언니는 정리가 되었습니다. 미국에 살던 큰 언니는 오느라고 왔는데 어머니는 이미 의식이 없는 상태로 중환자실에 계셨습니다. 휴가철이라서 비행기 표를 구하기가 어려워서 늦었다고 하더군요. 또 서울에서 어머니를 모시던 둘째 언니는 그 와중에 갑자기 미국에 가야 했습니다. 그리고 미처 돌아오기 전에 어머니가 돌아가셨습니다.

자식들이 그러거나 말거나 다 놓으시고 의식이 없는 상태에서 가셨기 때문에 유언이라도 받아 두어야겠기에 제가 어머니와 몇 마디를 나누었습니다.(편집자 주 – 어머니의 영과 대화를 나눈 것임) 몇 가지를 말씀하시더군요. 본인이 마지막으로 다 버린 마음을 표현하는 유언을 하셨습니다. 또 자식이 오기를 기다리지 않고 가실 뜻을 표하셨습니다. 그래서 보내드렸습니다.

사자들이 오다 •

임종을 앞두고 사자使者들이 미리 오더군요. 어머니가 임종을 앞두고 그분들이 오는 것을 보셨습니다. 집에 누가 들어왔으니 어서 가보라고, 굉장히 무서웠다고 말씀하시더군요. 제가 나중에 보니까 영인靈人이 온 걸 보고 그렇게 말씀하신 것이었습니다. 검은 옷을 입은, 어머니가 믿는 종교의 사자들이 몇 명 와 있었습니다.

영이 실타래처럼 빠져나오다

제가 임종을 해드리면서 어머니의 영을 어느 분께 부탁드릴까 생각을 했습니다. 사후는 선인의 영역이기 때문에 제 전생의 아버님를 떠올리고 또 제 스승님이신 00 선인님도 떠올리는데, 스승님께서 자청을 하셨습니다. '주재를 하시겠다' 말씀하셨고 그분의 주재하에 다섯 분의 선인이 어머니를 모시러 왔습니다.

대개 보면 죽고 나서 영이 쭉 올라가지 않고 다른 곳으로 새는 경우가 많습니다. 그래서 선인의 역할은 바르게 인도되도록, 일직선으로 쭉 올라가도록 하는 것이지요.

수련을 하지 않은 분의 경우 임종할 때 백회를 열어드려야만 영이 빨리 빠져나갈 수 있습니다. 백회를 열어드리니까 생체활동을 돕는 기계가 있어서 심장은 계속 뛰는데 백회가 꿈틀꿈틀 하면서 영이 빠져나오더군요. 저도 그런 장면을 처음 봤는데 영이 실타래처럼 생겼더군요. 온몸에 들어 있던 영이 실타래처럼 빠져나오는데 약간 붉은색을 띠고 있었습니다.

로켓이 올라가듯이 •

빠져나온 영을 우주기운으로 싸서 00 선인께 인도를 해드렸더니 그걸 받으셔서 올라가셨습니다. 그런데 한 100미터, 300미터 올라가더니 다시 내려오시더군요.

'장례 첫날이라서 빨리 가고 싶지 않으신가 보다, 두 언니를 보고 싶어서……' 라고 생각했습니다. 300미터까지 오르락내리락 하셨지요. 그러니까 선인께서 또 그걸 기다려 주시더군요. 그러다가 언니들이 돌아오기 전에 올라갈 뜻을 표하시기에 기운으로 밀어드렸습니다. 그랬더니 로켓을 쏘듯이 순식간에 쫙 올라가셨습니다. 기운을 지원해 드리니까 로켓 올라가듯이 올라가고, 또 선인이 인도하니까 일직선으로 쭉 올라가는데 일순간에 누하단 바로 위 지점까지 가시더군요.

자식들이 49일 동안 재를 드리고 기원해 드리는 것은 기운을 지원하기 위해서입니다. 잘 올라갈 수 있도록 기운을 보충해 주려는 것이지요. 대개 올라가는 데 49일 정도 걸립니다. 그렇게 오래 걸리는 이유는 뭔가 미련이 많아서 한걸음 떼고 머뭇거리고, 한걸음 떼고 머뭇거리고…… 하기 때문입니다. 영들은 뭘 모르니까요. 49일 정도를 지원해 드려도 그렇게 올라가기가 힘듭니다.

그런데 제 어머니는 다 버리셨지, 기운을 지원해 드리지, 선인들이 인도하시지, 조물주의 반열에 오르신 00 선인님께서 주재를 해주시지, 하니까 여러 가지가 맞아 떨어져서 순식간에 가셔야 할 곳의 90%까지 올라가셨습니다.

그곳에서 본인이 하셔야 할 공부를 하시고 시험을 치르고 나면 다음 임지가 정해집니다. 제 어머니가 오신 곳은 지구에서 서북방으로 약 800억 광년 떨어진 곳에 위치한 아루성이라는 별인데, 선계는 아니고 선계의 전단계입니다. 그러나 딸이 공부를 했고 또 본인이 공부를 잘한 것을 봐서 선계에서 선계의 입구까지는 지원을 해주셨습니다.

또 어머니가 속하셨던 교단이 행사 치르는 데는 아주 능수능란하여 외적으로 거의 완벽하고 경건하게 모셨습니다. 내적으로는 또 가족이 지원을 해서 최대한의 예우를 갖춰서 잘 보내드렸고요. 아마 지구상에 나왔던 어떤 분도 그런 임종은 못 하셨을 것 같습니다. 거의 완벽하게 죽음을 맞이하셨습니다.

종교도 버리고, 가족도 버리고……

어머니가 막판에 모든 것을 다 버리셨다고 했는데 '무엇을 어떻게 버리셨는가?' 하는 점을 말씀드리겠습니다.

첫 번째로 살아생전의 습을 버리셨습니다. 어머니가 올라가실 때 300미터까지는 무슨 가방을 들고 계셨습니다. 그래서 '왜 가방을 들고 계신가?' 하고 들여다보니까 별게 아니더군요. 옷가지나 소지품 등이었습니다. 올라가면서 탁 버리시기에 받아서 열어보니까 거울, 수첩, 속옷 같은 것들이 들어 있었습니다.

어머니는 성격이 워낙 깔끔하셔서 여행이라도 가시면 꼭 소지품을 들고 가셔야 했습니다. 자신의 것이 아니면 안 되는 것이었지요. 보통 사람들은 하룻밤 자러 가면 물건 없이도 가지 않습니까? 그런데 하룻밤을 주무셔도 꼭 소지품을 챙겨가는 분이셨습니다. 죽어서도 그런 게 필요할 줄 알고 가지고 가셨던 것이지요. 그렇게 깔끔한 성격이셨는데 막판에 탁 버리고 가신 것입니다.

두 번째로 종교를 버리셨습니다. 어머니가 믿으신 종교의 장지葬地가 파주에 있습니다. 그 종교에서는 국립묘지와 마찬가지인 곳입니다. 그곳에 묻히도록 예정되어 있었는데 그걸 거절하시고 "그냥 가족들이 만들어 놓은 묘지에 묻히겠다"는 뜻을 밝히시더군요. 결국 그토록 오매불망하던 종교도 버리신 것이지요.

세 번째로 언니들이 없는데 가실 뜻을 표한 것은 가족도 버리신 것입니다. 또한 여러 사람에게 부담을 주지 않으시려고 부조금을 받지 않았으면 좋겠다는 말씀도 하셨습니다.

마지막으로 조금이라도 더 생명을 연장하려면 혈액 투석을 해야 했는데, "나는 다 버렸다. 하지만 만일 너희들이 너무 한이 맺힌다면 한두 번 정도는 해도 좋다"고 말씀하시더군요. 생명에 대한 애착도 버렸다는 뜻입니다.

그렇게 무거우셨는데 제 어머니답게 한순간에 탁 버리신 것입니다. 그래서 '아! 어머님 정말 최고다, 멋지다' 했습니다. 버리지 못하실까봐 제가 그렇게 노심초사하면서 공부를 시켜드렸는데 일순간에 다 놓으시더군요.

너무 무거웠기 때문에 한순간에 버리지 못하면 버리지 못하시는 상황이기도 했습니다. 하나하나 버리기에는 너무나 버릴 게 많아서 한순간에 버리지 않으면 안 되셨던 것이지요. 그런데 한순간에 탁 버리셔서 100점짜리 임종을 맞으셨습니다.

공부의 끝에 그렇게 할 수만 있다면 대단한 일입니다. 수련을 하지도 않은 분이셨지요. 막판에 제가 공부시켜 드린 것 외에는 없었습니다. 종교라는 것이 자꾸 욕심을 갖게 하기도 하고, 버리는 일에 오히려 역행하게 하기도 하는데, 일순간에 다 버리셨습니다.

어머니의 경우, 죽음에 대한 공부가 약 10%의 공부였는데 완벽하게 해내셨습니다. 자식들의 경우도 제가 있었기 때문에 정리가 빨리빨리 되었고요. 두 언니는 거의 정리가 되었는데, 어머니를 모시던 한 언니만 미처 공부를 하기 전에 어머니가 돌아가셔서 정리할 것이 남았더군요. 그 언니는 공부를 좀 해야 하기 때문에 제가 아무 말도 하지 않고 스스로 알아서 정리하도록 했습니다.

49재, 무변대에 계신 어머니

2000년 10월 11일, 어머니의 49재여서 묘소에 다녀왔습니다.

그날 새벽 선계 하단 무변대에 계신 어머니를 먼저 찾아뵈었지요. 어머니는 사방이 끝이 보이지 않을 만큼 넓은 무변대의 한가운데에 개량 한복 비슷한 흰 옷을 입으시고 편안하게 앉아 계시었습니다. 저는 어머니를 만나자마자 너무 반가워서 활짝 웃었는데 어머니는 그저 빙그레 웃어 보이셨습니다. 병원에 입원하신 때부터 어머니께서는 가족들을 반기지 않으셨지요. 그 모습이 가족들의 마음을 영영 아프게 합니다. 몇 마디 대화를 나누고 돌아왔는데 돌아와서 생각해 보니 또 사랑한단 말을 못 했습니다…….

어머니의 유품 중에서 저는 지팡이를 골라 들었습니다. 마지막에 수선대에서 사용하시던 추억이 서린 물건이기도 하려니와 앞으로 어머니의 생애에 지팡이가 되어 드려야겠다는 생각에서였습니다. 비록 살아생전에는 어머니의 고통을 헤아리지 못해 썩은 지팡이 노릇도 못 했지만 앞으로는 자신이 좀 섭니다. 단 한 가지 위안이 있다면 선계로 향하시는 어머니의 지팡이가 되어 드렸다는 것인데 그런 정도의 노력은 제가 어머니를 사랑하는 마음에 비한다면 시작에 불과한 것입니다.

한 때 모녀였던 인연에 감사드리며, 고난 많았던 어머니의 영생永生을 책임지고자 합니다. 어머니를 추모하며 금년 제 생일에 주셨던 카드의 문구를 유언으로 가슴에 새깁니다.

"축 생일 화영! 새 천년에 처음 맞는 사랑하는 딸의 생일을 진심으로 축하한다. 전쟁의 불안과 고통 속에서 축복 받지 못하고 태어난 딸……. 그때를 생각하면 아직도 내 마음속에 멍든 상처가 그대로 지워지지 않는다. 부디 정성을 다해서 존경받는 희망의 등불이 되어 주기를 빌며……. 노모가."

다시 뵈올 때까지 부디 편안히 계십시오.

향천 1주기, 입정에 드신 어머니

2001년 8월 24일, 어머니께서 향천하신 지 1주기가 되는 날입니다. 그간의 어머니의 행적이 궁금하여 찾아보았습니다.

선계 하단 무변대에서 입정에 들어 계심. 사방에 구름 같은 안개가 군데군데 끼어있는 상태에서 홀로 앉아 계시며, 멀리 4~5명 내외의 다른 분들이 드문드문 앉아있는 것이 보임. 이들 역시 수련에 들고자 준비 중인 분도 있으며 수련에 든 분도 있음.
어머니께서는 완벽한 입정 상태로서 움직임이 없어진 지 7~8개월 이상 된 것으로 보임. 옷에 검정색의 먼지 같은 것이 여기저기 묻어 있어 가만히 살펴보니 장기 수련 시 옷에 내려앉는 우주기의 결정체로서 수련생이 평정 수련에 들어 장기간을 보낼 경우 내려앉는 우주 이끼임.
이끼처럼 보이는 이것은 우주기가 농축된 것으로서 수련과정을 증명해주는 것이며 선인들이 이것으로 수련 실적을 평가함.

어머니께서는 몸에 우주 이끼가 낄 정도로 조금의 움직임도 없이 앉아서 마음의 평정을 유지하고 계시며 우주 이끼의 흡착상태 역시 양호함. 이러한 상태는 상당히 어려운 단계로서 이러한 평정상태가 속세의 시간으로 100여 년 이상 깨지지 않을 경우 그 이후에는 수백 년에서 수천 년까지 이러한 상태의 유지가 가능하며 우주의 중심부로 바로 깨고 들어가는 방법임.
현재까지 평정이 깨지지 않은 상태로 잘 유지되고 있음. 약간만 움직이거나 평온이 깨지면 우주 이끼가 순식간에 공간으로 사라지므로 옆에서 보기만 하여도 그 시작점과 현재까지의 상태, 그리고 수련의 진전 상태를 확인할 수 있음.

우주의 중심에는 우주의 모든 진화에 기준이 되는 기준점이 있어 모든 선인들이 이 기준점을 행동의 기준으로 삼고 있는바 이 기준점은 절대로 흔들리지 않음. 따라서 0.0000000001 마이크론의 움직임도 상당히 크게 느껴지는 곳인바 이곳을 한 번 거치는 것은 선인들의 기본 과정임.
이곳에 접근하는 방법은 어머니께서 지금 하고 계시는 입정을 통한 평정 수련을 수천 년간 지속함으로써 본인 자신이 그 기준점과 일치되는 것인바 어머니께서는 누군가(아마도 00 선인?)가 그 방법을 파장으로 알려드린 것 같음.
이 상태에서는 누가 무슨 말을 해도 들어서도 안 되고 들리지도 않으며, 에너지를 섭취하지도 않고 쉬지도 않는 상태로 상당 기간을 가게 됨. 이 기간이 끝나면 선계로 등극하실 것으로 보임.
이러한 방법은 인간의 기준으로는 시간이 많이 걸리는 것 같으나 영체가 선인이 되는 가장 빠른 길임. 단순히 영체로 있을 때는 의식이 없으므로 생각 없이 행동하는 아이들과 같아 움직이면서도 진화가 되지 않으나 의식이 있을 경우 생각하면서 몸을 가벼이 움직이지 않는 것과 같아 진화가 가능함. 진화의 가장 바람직스러운 결과는 선인화임.
이 수련 상태에 들었을 경우 옆에 가는 것조차 삼가는 것이 주변 사람들의 도리임. 따라서 대화를 시도하는 것은 본인의 수련에 결정적인 방해가 되는 것이며 우주 최악의 결례가 됨.

사방 10여km를 방파막으로 둘러 파장의 접근을 금지토록 하였음. 방파막은 가로 세로 10km에 높이 8km 정도의 엷은 천으로 되어 있는 막으로서 어떠한 파장도 통과할 수 없는 절대 고요의 상태를 만들어 드리는 막임.
이 막으로 전후좌우와 아래의 5면을 두르고 윗부분만 남겨놓아 천기를 받을 수 있도록 하며 바닥에는 어머니의 바로 아래 2km 정도에 직경 2cm 크기의 통기구만 남기고 봉쇄하여 타 파장이 어머니에게 영향을 미치지 않도록 하여 드림.
이 방파막은 어머니께서 앉아 계시는 무변대에 중첩 설치되며 좌우로 5km, 아래로 2km 정도 위치에 설치하여 어머니의 주변을 둘러쌈.

둘러싸는 과정에서도 절대 파장이 일어나면 안 되므로 높은 수준의 선인(00 선인 정도)이 파장을 발생치 않기 위해 미동도 하지 않고 설치하여야 함. 방파막은 평정 수련에 든 영체에게 온 우주를 통틀어 가장 큰 선물임.

*2001년 8월 22일 오전 8시 26분, 이상 없이 설치 완료함.

선인이 되는 길은 수련을 통하여서만 가능하나, 살아생전의 업적이 뛰어나거나 수준 높은 선인의 마음을 일으켰을 경우 이 같은 방법으로도 가능합니다. 허나 이런 기회를 얻는 것은 수만 년에 한 번 있을까 말까 한 매우 드문 일이므로 수련을 통한 일반적인 방법을 권장하는 것입니다.

사후의 세계에서 선인이 될 수 있는 가장 빠른 방법을 알려드린 것이며, 이번 기회에 다 같이 향천하신 가족의 진화를 생각하는 계기가 되었으면 하는 바람에서 공개한 것입니다. 수선재 가족의 향천하신 조상 분들에 대한 천도는 수선재의 기반이 잡히면 그때 한꺼번에 생각해 보고자 합니다.

죽음의 다양한 경우들

비행기 폭파 사고를 바라보며 •

예전에 괌에서 비행기 사고가 나서 탑승객 전원이 사망한 사건을 기억하십니까? 제가 그때 괌에 갔었는데 하마터면 죽을 뻔 했습니다. 드라마 작가로 활동할 때였는데, 마침 드라마 한 편의 집필이 끝나서 남편의 퇴직한 직장 동료 두 사람과 더불어 부부 동반으로 가기로 했었지요.

비행기 예약 등 모든 것을 그분들에게 맡겼는데 KAL기를 타기로 했다더군요. 그런데 사정이 생겨서 그 전날 다른 항공편을 타고 가게 되었습니다. 밤에 괌에 도착을 해서 잠깐 눈을 붙였고 새벽에 남자들은 골프를 치러 나갔는데, 골프를 치다 보니까 연기가 치솟더랍니다. 그 이튿날 오는 비행기가 폭발한 것이었지요. 우리가 예약했다가 취소한 바로 그 비행기였습니다.

그렇게 간발의 차이로 사고를 피하게 되었는데, 매일 본국에서 유족들이 오고 내내 비통한 분위기였습니다. '어떻게 이런 일이 있을 수 있는가! 왜 내게 이런 일이 생기는가?' 의아했는데, 나중에 제 스승님 말씀이 제가 그런 사고사를 너무 남의 일로 생각하고 무심하니까 관심을 가지라고 그렇게 타이밍을 잡았다고 하셨습니다.

그 전에 소련 영공에서 KAL기가 폭파된 사건도 있었잖아요? 그 비행기에도 아는 사람이 타고 있었는데 그때만 해도 별로 슬픈 줄을 몰랐습니다. 그런데 공항에서 직접 보니까 굉장히 슬픈 일이었습니다. 보통 일이 아니었지요. 너무나 많은 생각을 하게 했습니다. 죽음이란 무엇인가…….

생사는 하늘에서 주관한다 •

참 중요한 것이 타이밍입니다. 간발의 차이로 죽고 사는 것입니다. 죽는 사람은 딱 그 시간에 거기 있었단 말이지요. 그게 우연인 것 같지만 절묘한 타이밍입니다.

그 당시의 신문을 뒤져보니까 이런 사람 저런 사람이 다 있더군요. 구사일생으로 산 사람, 너무나 불운하게 죽은 사람……. 그 스토리를 보니까 그냥 인간의 스토리가 아니었습니다. 신들이 이렇게까지 깊이 관여를 하시는구나……. 대개는 내버려 두는데, 관여해야 할 사람이 있으면 아주 기술적으로 관여를 하시더군요.

비행기 사고가 날 때 영계의 움직임을 보면 우연히 그 비행기에 타거나 타지 않는 것이 아니었습니다. 영계는 시공을 초월하는 곳이기 때문에 비행기 사고가 있을 거라는 것을 사전에 알고 있습니다.

사고까지 선계에서 주관하지는 않습니다. 선계에서 인간 세상의 일에 직접 관여하지는 않으며 인간 세상의 일들은 주로 영계에서 주관합니다. 선계에서 관여하는 경우는 선계에서 신경 쓰는 사람이 그곳에 있을 때입니다.

그렇지 않으면 거의 영계 수준에서 움직이는데, 사고를 안 당할 사람이 불운하게 당하고 또 그 비행기를 타게 되어 있었는데 갑자기 일이 생겨 못 타는 일들이 우연인 것 같지만 다 섭리입니다.

만일 보호를 받아야 할 사람이 그 비행기를 타게 되어 있다 하면 스케줄을 다르게 만듭니다. 갑자기 된통 부인과 부부싸움을 하게 해서 취소를 시켰다가 다른 비행기를 타게 한다거나 하는 방법으로 구해줍니다. 우연이 없는 것이지요.

지하철 사고가 나서 그 지하철에 탄 사람은 전부 죽는다 하면, 그 시간에 그 지하철에 타게 되어 있는 사람인데 못 타게 하는 것입니다. 지하철은 30초만 놓쳐도 못 타잖아요? 가다가 누구와 부딪쳐서 시비가 붙어서 놓치게 하기도 하고, 휴대폰으로 온 전화를 받다가 늦어지게 하기도 하고……, 이런저런 방법으로 그 시간을 놓치게 합니다.

확률 상으로 보면 그 시간에 거기 있을 가능성은 굉장히 적습니다. 백만분의 일이라고 볼 수 있습니다. 2003년에 대구에서 지하철 사고가 났을 때도 그 시간에 거기 있을 확률이 굉장히 적은데도 죽는 사람은 죽더군요. 지진이나 해일 같은 천재지변이 일어날 때도 생사를 다 하늘에서 주관하는 것을 보았습니다.

보호받는 사람들 •

9.11 테러 때 죽은 분들은 그런 죽음이 스케줄로 예정되어 있었나요?

사고에 의해 죽기로 예정된 사람은 없습니다. '이 사람은 사고로 죽는다' 하고 예정되어서 태어난 사람은 없다는 것입니다. 변수에 의한 죽음입니다. 후천적인 변수인데 보호를 못 받은 것이지요.

수련으로 기감을 터득한 사람은 이상한 느낌을 받아서 그 건물에서 나올 수도 있습니다. 또 우리같이 수련하는 사람들은 선인들이 미리 고지를 하거나 일을 만들어서 그 현장에 못 있게 합니다. 보호받아야 할 사람들은 어떤 방식으로든 보호를 받습니다.

우리가 수련을 함으로써 얻는 가장 큰 혜택은 보호를 받는다는 것입니다. 수시로 사고가 닥칩니다. 불특정 다수가 당하는 일인데 우리같이 수련하는 사람은 다 보호를 받습니다. 예를 들어 여행을 간다 하면 보이지 않는 분들이 동원되어 차량, 항공기, 여행 스케줄 등의 안전 여부를 미리 챙깁니다.

그리고 사고를 당해도 보호를 받습니다. 어느 정도 경고하는 선에서, 그분의 업 해소 차원에서 약간의 충격을 주는 정도이지 수련을 못할 정도로 망가지게 하지는 않습니다. 우리는 그렇게 보호를 받는 것에 대해 제일 먼저 감사를 드려야 됩니다. 우리뿐 아니라 우리 가족들까지 그런 혜택을 받습니다.

사고 현장에 있었다 하더라도 보호받아야 할 사람은 어떤 방식으로든 보호를 받습니다. 9.11 테러 때도 그런 사례가 많이 나오죠?

무슨 일이 있어서 평소보다 30분 늦게 출근했다가 보호받은 사람도 있고, 괜히 누가 와서 만나자고 해서 밑으로 내려왔다가 보호받은 사람도 있고……, 이런저런 이유로 보호를 받습니다.

삼풍백화점 붕괴 사고 때도 그런 사례가 굉장히 많습니다. 삼풍백화점에 가려고 길을 나섰는데 가다가 경미한 차 사고가 나서 실랑이를 벌이고 경찰서까지 가는 바람에 못 가게 되고, 딸과 쇼핑을 하기로 했는데 가다가 괜히 말다툼을 해서 헤어지게 되고……. 보호령이나 지도 선인 같은 신들이 하는 일입니다. 어떡하든 그 자리에 없게 만드는 것입니다.

보호받는 기준은 무엇인가?

목숨이라는 것은 우리가 결정권을 갖고 있는 게 아닙니다. 그걸 알아야 하고 또 하늘을 알아야 합니다. 하늘을 모르니까 내가 죽고 사는 것을 결정하는 것 같지만, 하늘을 알면 우리가 할 수 있는 일은 숨 쉬는 일밖에는 없다는 것을 알게 됩니다. 생사여탈의 결정권을 전부 하늘이 가지고 있습니다.

'인간은 피조물'이라고 합니다. 내가 결정권을 가지고 있으면, 내가 내 마음대로 할 수 있으면 이미 선인의 반열에 올라가 있는 것입니다. 그 이전에는 생사를 전부 그분들이 관여하는데 기준은 점수입니다. 증권시장에서 전광판이 돌아가듯이 순식간에 점수가 나와서, 죽이는가 살리는가의 순간에 그 점수로 결정을 합니다.

예를 들어 전쟁 중에 어떤 사람이 폭탄이 마구 떨어지는 곳을 뛰어갑니다. 그 사람을 살리는가 내버려두는가에 관여하는 직계 선인이 있어서 순간순간 점수가 돌아가는 것을 봅니다.

보통 사람들은 그리 점수가 높지 않습니다. 수련으로 자신을 잘 갈고 닦은 사람은 구십 몇 점이 나오기도 하지만, 보통 사람들은 오십 점만 넘으면 합격점입니다. 49점이면 그 1점 때문에 구해주지 않습니다. 50점이 넘어야 '이 사람은 가능성이 있다' 해서 구해줍니다. 50점을 넘는 것이 굉장히 중요합니다.

50.1점만 되어도 가능성이 있습니다. 그런 미세한 차이에 의해 생사가 결정 나는 것입니다. 주먹구구식이 아니라 점수로 판단하니까 상당히 과학적인 방법입니다.

살려달라고 기도하는 경우 •

하늘이 보실 때, 누가 죽을 처지에 놓여서 '살려 주십시오' 라고 열심히 기도한다 해서 그대로 해주지는 않습니다. 참고는 하되 인간이 태어난 목적은 진화이기 때문에 어떻게 하는 것이 진화에 도움이 되는가를 따져서 결정합니다. 살리는 게 도움이 되는가? 죽이는 게 도움이 되는가? 주변 사람들에게는 어떤 영향을 미치는가? 이런 것들을 모두 고려해서 공정하게 점수를 내어 결정합니다.

또 누가 '대신 책임지겠다' 하면 실제로 책임을 져야 합니다. '제 아들을 살려주시면 제가 대신 죽어도 좋습니다' 라든가 '신장을 내놓겠습니다' 라든가 '전 재산을 어디에 기증하겠습니다' 라고 기도하면 그것이 약속이 되는 것입니다. 그렇게 어마어마한 세계입니다. 말도 함부로 하면 안 되는 것이지요. 약속해 놓고 지키지 못하면 엄청난 업이 됩니다.

그래서 생사는 인간이 관여하는 세계가 아니라는 것입니다. 생로병사生老病死에서 '로' 와 '병' 은 그래도 조정이 좀 가능한 세계이지만 '생' 과 '사' 는 아주 지엄한 세계이기 때문입니다. 인간은 그저 최선을 다할 뿐입니다. 진인사盡人事한 후 대천명待天命할 뿐입니다. 사실 '어떻게 해 달라' 하는 것도 월권입니다. 인간의 소관이 전혀 아니기 때문입니다.

예전에 제가 타인의 생사에 한두 번 관여한 적이 있었는데 나중에 '엄청난 일이구나, 내가 끝까지 책임져야 하는 일이구나' 하는 것을 알았습니다. 공부삼아 명이 다한 분의 명에 제명에 죽지 못한 분의 명을 이어준 적이 두 번 있었는데 잘못 판단했다가는 엄청난 업이 되는 일이더군요.

그래서 그 이후로는 관여를 하지 않습니다. 그 두 건에 대해서는 제가 끝까지 책임을 지고 있는 사항이고요. 지금까지 그랬고 사후까지도 그렇습니다.

낙태로 죽는 경우 •

낙태를 하는 것이 꼭 한 생명을 죽이는 것이라고 볼 수는 없습니다. 생명이 시작되는 시기는 태아가 체외로 배출된 때로 보아야 하며 영혼은 체외로 나오는 순간에 들어가기 때문입니다. 태아일 때는 들어갈 영의 예비적인 루트route만 조성되어 있을 뿐이며, 들어가는 것은 체외로 나오는 순간입니다.

체내에 있는 기간은 생명의 준비기간입니다. 사실상 생명이 아닌 것은 아니나 확정된 생명과는 영계에서도 취급이 다릅니다. 영혼은 독자적인 활동이나 의사표시가 가능할 때 들어가는 것이며, 그 이전은 모체에 종속적인 의미만 있을 뿐입니다.

그럼에도 낙태는 신중하게 결정해야 하는바, 스케줄을 모두 어그러뜨리기 때문입니다. 임신을 하면 예비 서열이 있어서 어떤 영이 대기하고 있는데 낙태나 유산을 하면 그 영은 다음 순서로 돌려집니다. 기회를 놓쳤기 때문입니다. 또 원래 예정되었던 부모와 비슷한 속성을 가진 부모가 나타나기를 기다려야 합니다.

그런데 바로 다음 차례가 되지는 않습니다. 1번이었다가 미뤄지면 2번이 되는 것이 아니고, 그 영은 자기 기회를 놓쳤기 때문에 굉장히 뒤로 쳐집니다. 대기자 명단에 올라가고, 어떤 부모를 만나야 할지 다시 고려를 해야 합니다.

유산시키는 것이 왜 죄인가 하면 그런 수고를 끼치기 때문입니다. '이 영을 어떻게 세상에 내보낼 것인가' 에 대해 미리 작정을 다

해 놓았습니다. 나오는 시간이 언제인지, 나오는 장소가 어디인지, 부모가 누구인지, 컴퓨터처럼 미리 다 계산이 되어 있습니다. 그런데 예기치 않는 사고가 나서 어그러지면 또 한 번 검토를 해야 합니다.

어린 나이에 죽는 경우

태어난 지 얼마 안 되어 죽는 아이들이 있습니다. 부모 입장에서는 너무나 가슴 아픈 일이고, 이유를 모르는 경우도 많지요. 그런 경우 그 아이에게는 태어나는 경험 하나만 필요했을 수가 있는 것입니다. 그 과정에 인간의 과오가 있기도 하지만 다 스케줄입니다.

태어나는 경험은 아주 짧은 순간이지만 그 사람에게는 엄청난 경험입니다. 엄마 뱃속에서 나와서 '으앙' 하고 울잖습니까? 공포의 울음입니다. 암흑 속에서 갑자기 나와서 어딘가에 뚝 떨어지는 것이지요. 기후, 냄새, 소리, 기압 같은 것들이 다 다릅니다. 그런 대단히 충격적인 경험을 하기 위해서 태어났다가 죽는 것입니다.

허준 선인이 자신의 셋째 형이 여덟 살의 이른 나이로 죽은 사연을 말씀하셨지요. 똑똑하고 착했던 형이 그렇게 죽자 어른들은 모두 서운해 했지만 그 형은 나름대로 사정이 있었다고 했습니다. 나와서는 안 될 시기에 서둘러서 수년간 경험을 얻어 보려 했다는 것이지요. 나중에 이런 사정을 알고 나서 서운함이 가셨다고 했습니다.(편집자 주 – 『허준과의 만남』 참고)

타인의 명을 이어주고 죽는 경우 •

어느 회원님이 외손자를 잃고 비통해하는 심정을 전해왔습니다. 백일이 조금 지난 첫손자를 잃었는데, 사고나 병이 아닌 자연사로서 정확한 원인은 잘 모르겠다고 하시는군요.

그런데 외손자인 00 님의 경우 원래 명을 짧게 가지고 태어났던 것은 아닙니다. 이분은 진화의 열망이 큰 영혼으로서 본인의 요청으로 금번 그 회원님의 외손자로 태어났습니다. 그러나 태어나 보니 자신이 생각하던 '수련을 할 수 있는 여건'이 아님을 알게 되어 죽어가던 한 영혼에게 자신의 명을 이어주는 선업善業을 지어 다시 태어나고자 청원했고, 그 청원이 선계에 받아들여진 경우입니다.

중환자 상태로 있던 큰 사람을 한 분 살리고 자신이 그 업을 담은 것입니다. 상대방의 집안에서는 아직 모르고 있으나 금번 명을 이어받은 본인은 시간이 지나면서 누군가의 도움으로 명이 연장되었음을 알게 될 것입니다.

또 그 사실을 알게 되는 시점에 00 님의 영혼은 우리 회원님 중 부부 회원님의 자녀로 다시 태어나게 될 것입니다. 그 나름의 큰일을 한 것이므로 다시 좋은 인연으로 태어나게 되는 것이지요.

명복을 빌되 너무 마음에 담지 마십시오. 이런 경우 너무 마음에 담아 놓으면 오히려 결과가 좋지 않을 수 있으니 만큼 정성으로 빌어주고 오래 마음에 두지 않을 것을 권합니다.

안락사는 옳은가?

병이 들거나 다쳐서, 고통이 너무 심해서 사는 게 죽느니만 못한 상황이 있습니다. 그럴 때 안락사를 선택하는 것에 대해 하늘에서는 어떻게 생각하시는지요?

사람마다 상황이 다르기 때문에 일률적으로 말씀드릴 수는 없습니다. 어떤 분은 자살을 해도 되고 어떤 분은 안 된다고 말씀드렸지 않습니까? 만인에게 통용되는 개념은 없다는 것이지요. 우선 그분에 대해 알아야 합니다. 그분이 안락사를 해도 되는지 따져봐야 하는 것이지요.

안락사를 함으로써 그분이 계산해야 할 것을 끝내고 깨끗하게 죽을 수 있는 분이 계십니다. 이런 분의 경우 더 삶으로 인해서 오히려 주변 사람들에게 더 업을 짓고, 더 빚을 질 수가 있습니다.

그런데 안락사를 하지 않고 아파 누워 있으면서 가족들에게 공부를 시켜야 하는 프로그램을 타고난 분이 또 있습니다. 누군가에게 공부를 시켜야 하는데 그 방법이 그렇게 앓아누운 채 시중을 들게 하는 것입니다. 그런 분들은 서로 반대이거나 비슷한 공부를 해야 하는 분들과 만나도록 하늘에서 배정합니다.

병석에 누워서 주변 사람들을 굉장히 고생시키는 분들이 있습니다. 본인들은 다 죽고 싶어 합니다. 누워서 그렇게 남을 고생시키고 싶은 사람이 어디 있겠습니까? 그런데 자세히 따져 보면 그렇게 누워 있어야 하는 이유가 있습니다.

본인이 병상에서 인간 이하의 대접을 받으면서 구박을 받아야 하는 이유도 있고, 또 주변 사람들에게 시중들게 하면서 공부를 시켜야 하는 프로그램도 있습니다. 일률적으로 얘기할 수는 없어서 꼭 이런 것이 아닐 수도 있지만요.

우리 수련이 개인 지도가 까다롭고 손이 많이 가는 것은 매번 이렇게 상황이 다르기 때문입니다. 어떤 분은 명이 다했는데도 본인이 삶에 대한 집착을 놓지 않음으로써 10년, 20년 사시기도 하고, 어떤 분은 명이 다 하지 않았는데도 본인이 살고자 하는 의지가 없어서 일찍 돌아가시기도 합니다. 그런 것들에 대한 부채 관계를 다 따져보고 결정을 내려야 합니다. 물어봐야 하고, 따져봐야 하고……, 그렇게 하늘에 수고를 끼치는 공부입니다.

의사 분들이 의술을 베풂으로써 덕을 입힐 수도 있고 업을 지을 수도 있는 것은 그래서입니다. 순간의 판단으로 죽일 수도 살릴 수도 있는 것이지 않습니까?

그러므로 생명을 다루는 직업을 가진 분일수록 수련을 많이 하셔서 본성에 닿아 있어야 합니다. 그때그때 답을 얻을 수 있어야만 진정한 의술을 펼 수가 있는 것이지요. 그 전 단계에서는 도움을 주고자 했는데 오히려 해를 끼칠 수가 있습니다. 허준 선인의 말씀 중에 '의사 본인의 업을 전부 해소하는 것이 선행되어야 정확한 처방이 가능하다' 라는 구절이 있었지요.

'하늘의 뜻에는 어떠한 사람을 왜 아프도록 하였는가도 실려 있는 것이다' 라는 말씀도 있었습니다. 의사의 윤리로 보면 무조건 고

쳐주는 게 당연한 것이지만, 도의 입장, 수련하는 사람의 입장에서는 그게 아닐 수도 있다는 것이지요. 하늘의 뜻을 모르고서 생명을 함부로 다룰 수는 없기 때문입니다.

자살은 죄인가?

인간의 창조 목적은 경험을 통한 진화입니다. 인간의 목표는 대자유이며, 그것에 이르는 과정이 경험이지요. 그래서 인간은 태어나면서 공부할 양과 역할에 따라 수명을 부여받고 나오며, 정해진 기간 안에 자신이 해야 할 공부나 경험을 쌓아야 합니다.

자살이 죄인 이유는 자신에게 해야 할 공부나 경험이 남아 있을 수 있기 때문입니다. 자신의 힘으로 할 수 있는 일이 끝나면 남에게 일을 시키는 것이 남아 있으며, 남에게 일을 시키는 것까지도 끝나야 돌아가게 되는데, 그 시점이 바로 자연 수명이 끝나는 시점입니다. 자연 수명이 끝나기 전에 미리 당겨 죽는 것은 아직 일이 남아 있을 때 죽는 것입니다. 죄입니다. 결코 다음 생이 보장되지 못합니다.

그런데 선인들의 경우는 자신들의 명을 조절할 수 있는 권한이 있습니다. 선인이 되어서 자신의 운명을 자기 스스로 관리할 수 있을 때가 되면 목숨을 조절할 수가 있습니다.

『다큐멘터리 한국의 선인들』에 보면 이순신 선인이 마지막 결전으로 전쟁이 끝날 것을 알고 스스로 이승을 떴다고 하셨습니다. 지상에서 하여야 할 일이 완수되었을 뿐더러 더 이상 존재하는 것이 의미가 없다고 생각했기 때문이라고 하셨지요. 이승을 뜨는 방법은 여러 가지가 있으나 가장 번잡스럽지 않은 방법을 택했다고도 하셨습니다.

그런데 피동적인 관계인 채로 '몇 살까지 살아라, 십 년 동안은 병석에서 본인도 죽을 고생을 하고 주변 사람도 고생시켜라' 하는 프로그램을 가지고 나온 경우에는 자기가 죽고 싶어 해도 마음대로 죽어지지도 않더군요.

벌레를 죽이는 경우 •

인간들이 파리나 개미 같은 벌레들을 많이 죽이는데 그건 어떻게 봐야 합니까?

살생에 관한 문제인데, 옛날에 어떤 스님은 지팡이 하나를 가지고 다니면서 '내가 가니까 밟혀 죽기 싫으면 다 비켜라' 하고 툭툭 두드렸다고 합니다. 그것이 사랑이지요. 그만큼 사랑이 있으면 그 스님처럼 하십시오.

항상 있어야 할 자리가 있습니다. 파리도 왜 죽게 되는가 하면 있어야 할 자리에 있지 않고 뛰쳐나와 엉뚱한 곳에 있기 때문입니다. 죽이기 싫으면 "넌 네 자리로 가라" 하고 말을 건네 보십시오. 그래도 못 알아들으면 할 수 없지요. 방해가 되니까요.

사람도 마찬가지입니다. 불의의 사고를 당하는 사람들은 있어야 할 자리에 있지 않아서 그런 것입니다. 기감이 늘 살아 있으면 항상 본인이 있어야 할 자리를 압니다. '여기는 내가 있어야 할 자리가 아니구나' 알아채고 제자리로 돌아옵니다.

생과 사가 늘 반반이지요. 이쪽에서는 죽고 저쪽에서는 태어나는 것이 지구입니다. 태어날 자리에 있는가, 죽어야 할 자리에 있는가는 본인의 선택입니다.

죽었다가 깨어나는 경우 •

한번 죽었다가 다시 깨어나는 분들은 스케줄이 잘못돼서 그러는 건가요?

공부에 의해서 그러는 것입니다. 사후세계를 한번 보고 와야 할 필요가 있으면 인도를 받으면서 그런 일을 겪습니다. 그러고 나면 그 일이 큰 계기가 됩니다. 변화하는 계기가 되는 것이지요.

죽은 후 바로 환생하는 경우 •

죽고 나서 바로 환생하는 것은 어떤 경우인가요?

극히 이례적인 경우이고 착오가 있는 경우입니다. 죽지 않아야 할 사람이 죽었다든가, 보호령이 잘못 보호해서 죽었다든가 하는 경우입니다. 착오로 죽었을 때는 정상 참작이 있어서 바로 내보냅니다.

환생하고 나서도 같은 분이 보호령으로 계시나요?

일률적이지 않고 경우에 따라 다릅니다. 보호령이 있어 보호를 받는 인간에 관한 모든 상황은 마치 컴퓨터에 입력되어 있는 것과 같아서, 누가 죽으면 그것이 착오에 의한 것인지 순리에 의한 것인지 순식간에 판단이 됩니다. 뭐가 잘못되었는지 금방 결과가 나오는 것이죠.

보호령이 잘못했다 하면 '한 번 더 기회를 줄 테니 잘 해봐라' 하고 다시 붙여 나올 수도 있고, 또 아닐 수도 있습니다. 공식이 있는 것은 아닙니다.

그런데 모든 인간에게 보호령이 전부 배치되어 있는 것은 아닙니다. 하늘이 판단하시기에 보호받을 만한 가치가 있는 수준의 인간에게만 보호령이 있는 것이지요.

티베트의 달라이라마가 죽었다가 금방 다시 태어나는 것은 어떤 경우입니까?

어떤 민족이나 종족을 주관하는 기운줄이 다 있어서 특별히 그분의 경우에만 그렇게 금방 환생하게 하는 것입니다. 티베트 민족을 영적으로 인도해야 할 사람이니까요. 일반적으로는 그런 경우가 매우 드물지요.

영이 영원히 소멸될 수 있는가?

어느 분이 '영이 영원히 소멸될 수 있는가?' 라는 질문을 하셨습니다. 인간에게서 가장 중요한 것이 바로 영입니다. 영 때문에 인간이 개성을 발휘하는 것이며, 인간이 서로 다 다른 것입니다. 얼굴 생김새가 다 다른 것은 영이 다르기 때문입니다.

흔히 '영혼' 이라고 말하는데 사람이 죽으면 영은 하늘로 올라가고, 혼은 땅에서 온 것이기 때문에 땅으로 흩어집니다.

그런데 영이 소멸될 수도 있습니다. '이 영은 도저히 가망이 없다. 몇 번의 기회를 줬는데도 계속 인간의 기본적인 역할을 하지 못한다' 하면 폐기처분을 합니다. 너무나 재생 불가능한 경우이기 때문입니다.

당장 폐기하는 것은 아니어서 창고에 넣어둡니다. 보관소가 따로 있어서 오랜 시간 넣어둡니다. 그런데 그곳에서도 어떤 계기가 주어집니다. 그냥 가만히 어둠속에 넣어두는 것이 아니라, 영들을 계도하는 분들이 계셔서 나름의 메시지를 주기도 하고 기회를 줍니다. 그래도 개선의 정이 보이지 않으면 폐기처분을 시키는 것이고요.

*알고 지내는 사람의 아내가 말없이 가출하였다. 집안 어른들의 걱정이 태산이므로 가출인의 행방을 알아보기 위해 영체를 불렀다. 이런 경우 보호령을 부르는 것이 상례이나 보호령이 없는 경우에는 직접 영체를 부를 수밖에 없다.
선계를 향해 인사하자 소복을 입은 청백색 기운의 여자가 나타난다. 이런 기운은 이미 사망한 사람의 것이지만 아직 사망까지는 아닌 것 같다. 마음이 이미 저승에 가 있는 것이 이런 식으로 표현된 것이다.

누군가?
본인이옵니다.
자네의 인생이 그러한 줄 몰랐던가?
몰랐습니다.

그래. 이제 어찌할 텐가?
따를 뿐이옵니다.
어떻게 따르겠는가?
시키시는 대로 하겠습니다.
자네의 기운이 그렇게 움직이니 억지로 돌리고자 하는 것은 아니네만, 혹시 다른 생각을 하는 것은 아니겠지?
생각을 해본 것은 맞습니다만, 실천을 하는 것이 쉬운 일은 아니옵니다.

그렇다네. 생각을 돌려봄이 어떤가?

이미 이승을 떠났는데 어찌 생각을 돌릴 수 있겠습니까?

확실한가?

그렇습니다.

언제인가?

2,3일 되었습니다.

꼭 그렇게 해야 되었나?

저도 모르게 그렇게 되었습니다.

어찌 하려고 그랬는가?

모두 제가 부족한 탓입니다.

잘 알면서 그렇게 할 수밖에 없었는가?

인간으로 있을 때는 그런 것을 잘 모르고 있었사옵니다.

이제 알았으니 어쩔 텐가?

돌아가고 싶습니다.

어찌 돌아갈 텐가?

몸만 있으면 가고 싶습니다.

몸을 구해 주면 돌아가겠는가?

예. 돌아가고 싶습니다.

돌아가서 어찌할 텐가?

받아들이고 살겠습니다.

무엇을 받아들이고 살겠는가?

운명을 받아들이고 살겠습니다.

운명이란 무엇인가?

자신이 걸어가야 할 길입니다.

자네는 어떻게 걸어가야 하는가?

정해진 대로 갈 뿐입니다.

정해진 대로 가면 어떻게 되겠는가?

*대화가 되기 시작한다.

(한숨) ... 아닙니다. 노력하며 살겠습니다.

어떻게 노력할 것인가?

영격 상승을 위해 노력하겠습니다.

자네의 영이 어떤가?

너무도 부족한 상태였습니다.

그러한 자네를 밝히려면 어떻게 해야 하겠는가?

공부를 해야 할 것 같습니다.

공부를 어떻게 하겠는가?

선생님을 따라서 하겠습니다.

* 안색이 붉어진다.

자. 이제 살아날 기반은 조성되었네. 중요한 것은 의욕이네. 살아날 텐가?

네.

살아서 어떻게 할 것인가?

열심히 살겠습니다.

앞으로의 일은 내 소관 밖이네. (못을 박는다)

알겠습니다.

*마음이 돌아선다. 추이를 본 다음에 몇 번 더 만나기로 한다.

– 『다큐멘터리 한국의 선인들』 3권에서

3장
죽음을 준비하는 법

사형선고를 받았다면

사형선고를 받았다면 •

만약 여러분이 사형신고를 받았다면 어떻게 하시겠습니까? 의사로부터 불치병에 걸렸다는 선고를 받았다면, 6개월 안에 죽는다는 선고를 받았다면, 남은 기간 동안 무엇을 하시겠습니까?

사형선고를 받고 나서 살아나기를 바라는 것은 기적을 바라는 것입니다. 헌데 기적을 바라려면 하늘을 감동시켜야 합니다. 왜 하늘을 감동시켜야 하는가? 나의 생사여탈권을 쥔 것은 하늘이기 때문입니다.

사형선고를 받고 나서 살아난 분도 있습니다. 특이한 사람입니다. 암 선고를 받고 살아났다 하면 보통 사람은 아닌 것이지요.

왜 살아났는가 살펴보면 굉장히 정성을 들였기 때문입니다. 사형선고를 받으면 못 믿는 과정, 긴가민가 하는 과정 등 여러 과정을 거칩니다. 그런 과정을 거쳐 일단 받아들이고 나면 본인이 아주 치열하게 노력을 합니다. 그렇지 않으면 가족이나 주변 사람들이 굉장히 정성을 들입니다. 본인의 정성 아니면 가족의 정성으로 살아나는 것이지요.

투병을 하면 안 된다 •

보통 사람은 불치병을 선고받았다 하면 투병을 합니다. '의사가 알아서 해주겠지', '하느님이 알아서 해주겠지' 하면서 하루하루 투병생활을 합니다.

그런데 그것은 보통 사람들이 하는 일입니다. 수련을 하시는 분들은 투병을 해서는 안 되는 것이지요. '하늘에 달렸다'는 생각을 하면서 나머지 인생을 수련생으로서 어떻게 마무리하고 가야 할지 생각하셔야 합니다. 그동안 내가 수련생으로서 부족했다 하면 죽기 살기로 수련을 해본다든가……, 아니면 하늘을 위해서 일을 한다든가……. 그 과정에서 하늘을 감동시키면 살아납니다. 기적이 일어나는 것이지요.

'이진사의 향천' 에도 그런 얘기가 나오지요. "선한 자가 가는 곳이 있고 악한 자가 가는 곳이 있는데 어디로 가겠는가?"라고 물으니까 "나는 하늘을 위해 무엇도 제대로 한 것이 없으니 아무래도 악한 자가 가는 곳으로 가야겠다"라고 대답합니다.

내가 하늘을 위해서 마지막으로 내 남은 인생을 바치겠다……, 이런 마음을 가져야 하는 것입니다. 죽어가는 몸을 이끌고라도 조금이라도 기여하기 위해서 불사르는 것입니다. 투병을 하면 안 되는 것이지요.

살아야 할 이유가 있는가?

하늘에서 보실 때는 '이 사람을 살리는 게 좋다, 아니면 죽게 놔두는 게 낫다' 하는 나름의 기준이 있습니다. 무슨 기준인가 하면 '그 사람이 살아야 할 이유가 있는가?' 하는 것입니다.

우선 내가 살아서 수련을 해야겠다 하는 열망을 가지고 있으면 그게 살아야 할 이유가 됩니다. 인간이 태어난 목적은 진화이기 때문에 수련을 통해서 진화해야겠다 하면 살아야 할 이유가 되는 것입니다.

나는 지금 죽으면 안 된다. 왜? 나는 수련해야 하기 때문에……. 수련해서 끝을 보고 싶다, 본성을 만나고 싶다, 내 마음을 내 마음대로 하고 싶고, 내 몸을 내 마음대로 관리하고 싶다……. 이런 열망을 가지면 그것이 이유가 됩니다.

또 하늘이 그것만 원하시는 게 아닙니다. 모델로서 주변에 보여주기를 원하십니다. 내가 수련으로 보여주겠다. 수련하는 분들에게 희망을 보여주고 또 하루하루 이겨내고 달라지는 내 모습을 보여주겠다. 그래서 수련이라는 것이 생사를 오가는 차이를 만들어낸다는 것을 보여주겠다……. 구차하게 '내 수련만 하겠다' 하는 게 아니라 이런 마음을 가져야 하는 것이지요.

하루하루가 과정이기 때문에 내가 어떤 마음을 먹느냐에 따라 하늘의 판단이 달라집니다.

무조건 오래 사는 것이 좋은가? •

한편으로 '생명이라는 것이 무조건 오래 산다고 좋은가?' 하는 점도 생각해 보아야 합니다. 오래 사는 것보다 더 중요한 일은 '명命을 받은 다음에 그 영혼이 얼마나 진화했는가?' 하는 것입니다.

생명의 전성기에는 영이 상당히 진화했는데 시간이 흐르면서 그것이 오히려 퇴화할 수도 있습니다. 영성을 키우고 발전시키는 쪽으로 산 것이 아니라 오히려 퇴화시키는 쪽으로 살고 또 주변 사람들에게 좋지 않은 영향을 끼친 경우입니다. 이렇게 살았다면 그 한 번의 생은 마이너스라고 할 수 있습니다.

어떻게 마무리하고 갈 것인가? •

그러므로 '벌써 기운이 쇠했다', '아무래도 얼마 안 남은 것 같다' 하는 느낌이 오신다면, 인생을 어떻게 마무리할지 생각하셔야 합니다.

대개 보면 차마 그런 생각은 못하시더군요. 내가 죽는다는 생각은 못하시는 것이지요. 아무리 병원에서 얘기를 해도 믿지를 않습니다. 설마 설마 하다가 결국은 죽음을 연습하지 못하고 허겁지겁 헐레벌떡 가게 됩니다.

공자님 말씀에 무지한 것 이상 범죄가 없다고 하셨습니다. 그런데 생명에 대해서 무지하고, 죽음에 대해서 무지하고, 또 자신이 그렇게 죽음을 맞이하게 된 상황에 대해서 무지합니다. 막연하게 '어떻게 되겠지', '하느님이 알아서 해주시겠지' 하는 무지입니다. 그러면 그냥 죽음으로 직행하게 됩니다.

잘 살아오지 못했다면 마무리라도 잘해야 합니다. 마무리를 잘하는 쪽으로 비우고 정리할 줄 알아야 합니다.

만약 제가 '석 달 혹은 여섯 달이 남았다' 하는 사형선고를 받았다면, 저는 원 없이 수련을 했고 또 원 없이 하늘을 위해서 일했기 때문에, 남은 기간 동안은 정리를 하고 가고 싶어 할 것입니다. 벌여놓은 일을 정리하고, 흔적을 지우는 일을 할 것이지요.

삶과 죽음을 이해하기

나는 누구인가를 알아야 •

죽음을 준비하여 잘 죽기 위해서는, 영생으로 잘 태어나기 위해서는 우선 '나는 누구인가'를 알아야 합니다.

나는 왜 태어났으며, 누구로부터, 어디로부터 왔는가를 아는 것은 나를 알기 위한 가장 근원적인 해답입니다.

부모로부터 태어났다고 하여도 내가 부모님의 소유물이 아님을 알 수 있는 것은 내가 부모님 마음대로 되지 않는다는 것이지요. 나로부터 태어난 자식도 결코 내 마음대로 되지 않습니다. 내가 부모님의 것이 아니고 내 자식이 나의 것이 아님은 그 사실만으로 간단히 알 수 있습니다.

생명을 주고받은 부모자식간의 관계도 이러할진대 부부끼리 서로의 소유물로 착각하여 지나친 간섭을 하는 것은 미숙한 인간들의 횡포입니다.

하물며 나 자신조차도 나의 인생을 내 마음대로 이끌 수 없습니다. 내가 태어나고 싶어 태어난 것이 아니며, 늙고 싶어 늙는 것이 아니고, 병들고 싶어 병드는 것이 아니며, 죽고 싶어 죽는 것이 아닙니다.

내가 내 것이고 부모의 것이라면 내 마음대로이거나 부모의 마음대로 될 수 있어야 하는데 나도, 부모도 알 수 없는 어떤 섭리에 의하여 내 인생이 전개되고 있는 것입니다.

또한 내가 내 것이라면 오늘 일과 내일 일 정도는 알아야 하는데 오늘 저녁이나 내일 아침에 어떤 일이 일어날 지를 전혀 모르고 살고 있습니다. 내가 내 것이 아님은 분명한 것입니다.

인간은 어떤 존재인가? •

나뿐 아니라 인간은 어디로부터, 누구로부터, 왜 왔을까 하는 것을 알아야 합니다.

인간은 하늘 어딘가에 영혼이 씨앗으로 존재하고 있다가, 조물주님으로부터, 조물주님을 도와 우주의 창조 목적인 우주 전체의 진화를 주도하기 위해, 우주의 법칙에 따라 창조된 피조물입니다.

그러므로 인간은 조물주님이 정해 놓은 우주의 법칙 중 인간 창조의 법칙과, 각 인간의 진화의 사이클에 따라 그 인간의 금생의 스케줄이 프로그램된 룰을 벗어날 수 없습니다.

각 개인의 스케줄이 프로그램된 장부를 명부命簿라고 하며, 스케줄은 그 인간의 인과응보에 따라 정해지는 것이지요.

인간은 지구에 태어날 때는 자신의 의지가 5% 정도, 하늘의 뜻이

95% 정도 주어지다가 진화가 진행되면서 점차 비율이 바뀌어서 끝내는 95%의 자유의지대로 자신의 명을 이끌 수 있게 됩니다. 이것이 인간 진화의 법칙입니다.

100%는 조물주님만이 가능하다고 하나 조물주님조차도 자신이 정해 놓은 우주의 법칙, 조물주님의 책임에서 벗어날 수 없는 것이고 자신이 창조해 놓은 만물의 뜻도 살펴야 하므로 어느 누구도 완전 100%는 불가능한 것입니다.

삶은 꽃, 죽음은 씨앗

인간은 진화의 정도에 따라 단순한 명命 또는 사명이나 소명, 역할을 부여받아 학교인 지구에 나옵니다. 즉 태어나면서 공부할 양과 역할에 따라 수명을 부여받고 나오지요.

정해진 기간 안에 자신이 해야 할 공부나 경험을 쌓아야 합니다. 수련에 드는 인간들은 모든 것이 수련 안에서 진행되므로 변수가 많지 않으나 수련할 기회를 얻지 못하는 인간들은 보호나 인도를 받지 못하여 뒤죽박죽 살다가 허둥지둥 가게 됩니다.

삶은 영생을 위한 준비기간으로서 필요한 것입니다. 꽃이 지면 열매가 남듯이 삶은 꽃이고, 죽음은 씨앗으로 남아 하늘 어딘가에 보관되는 것이지요. 보관되는 곳은 삶 동안의 결과를 보아 정해집니다. 진화의 수준에 따라 선인이나 영체, 기인, 영인이 되는 것입니다.

잠깐의 인생이 영생을 가름한다 •

그러므로 '잘 죽기 위해서 산다'는 말이 맞는 것입니다. 인생은 잠깐인데, 그 잠깐의 인생을 어떻게 보내는가에 따라 영생이 달라지는 것이지요. 70~80평생이 영생을 판가름합니다.

사법고시를 본다 했을 때 그 시험 결과에 따라 평생 그 사람이 판사가 되느냐 못 되느냐가 결정되지만, 시험 보는 기간은 하루 이틀이지 않습니까? 마찬가지로 지구에 태어난 우리들이 10년을 살든, 20년을 살든, 60년을 살든, 그것은 시험장에서의 순간에 지나지 않습니다. 특히 수련하러 오신 분들은 여기 입학해서부터가 시험시간이라고 할 수 있습니다.

비움과 나눔을 실천하기

비워야 높이 갈 수 있다 •

죽고 나면 진화의 수준에 따라 선인이나 영체, 기인, 영인이 된다고 말씀드렸는데, 그러한 진화의 수준은 어떻게 알 수 있는 것일까요? 진화의 수준을 가름하는 잣대는 무엇일까요?

인간의 진화의 수준을 결정하는 잣대는 기운입니다. 선인이나 영체, 기인, 영인들 모두가 기운으로 둘러싸여 있기 때문에 우주에서 한 인간의 수준을 평가할 때는 기운의 모습을 보아 결정하지요.

숨길 수도 감출 수도 없이 있는 그대로 표현되는 것이 기운입니다. 기운의 맑음, 밝음, 따뜻함으로 한 인간의 격이 정해집니다. 기운이 맑고, 밝고, 따뜻하려면 몸이 그래야 하고, 생각이 그래야 하며, 마음이 그래야 하고, 마음이 그렇게 되려면 우주 원래의 상태인 공空의 상태로 되어야 합니다. 진공眞空상태인 본성本性은 허공虛空 속에서만 빛을 발할 수 있기 때문이지요.

또한 마음이 비워져야만 기운이 가벼워져서 영이 가장 높은 곳까지 올라갈 수 있습니다. 짐이 없을수록 높이, 멀리 갈 수 있으니까요.

물질, 감정, 생각을 비우기

마음을 비우는 순서는 물질을 비우고, 감정을 비우며, 생각을 비우는 것입니다. 인간이 만들어 놓은 물질이 몸을 지배하고, 몸이 감정을 지배하며, 감정이 생각을 지배하고, 생각이 마음을 지배하기 때문입니다.

가장 이상적인 물질의 비움은 본래 왔던 상태대로 씨앗인 영靈 하나만 가지고 돌아가는 것이며, 감정은 희로애락애오욕을 죽는 순간까지 몽땅 버리고 가는 것이고, 생각의 비움은 본성本性으로 회귀한다는 근본 하나만 잊지 않고 돌아가는 것입니다. 목적지는 알아야 여행이 즐거울 수 있으니까요.

물질을 비우는 방법은 지상의 환경에 자신의 것을 하나도 남기지 않는 것입니다. 시신조차도 남기지 말고 화장하여 자연으로 곧바로 돌아가는 것이며, 무덤이나 비석이라고 표현되는 세상에서 가장 흉측한 모양인 죽은 자의 집을 자연과 후손에게 남기지 않는 것입니다.

감정을 비우는 방법은 무지에서 벗어나는 것입니다. 아무리 공부가 잘된 인간일지라도 죽을 때까지 놓지 못하는 감정은 두려움과 허무라는 두 가지입니다.

두려움은 사후세계나 우주의 법칙에 대한 무지에서 나오는 것이고, 허무 또한 한 번의 삶이 끝이라고 알고 있으므로 유한하고 변화하는 삶에 대한 애착에서 나오는 것이므로 이 또한 무지가 가장 큰 원인이지요.

변한다는 것은 낡은 것을 버리고 새것을 만날 수 있는 기회를 얻는 것이므로 오히려 반가운 일입니다. 죽음 또한 낡고 병든 몸을 버리고 새로운 생을 받는 일이므로 더없이 반가운 일입니다.

인간은 공부를 위해 태어나는 것이고, 지구는 학교라는 것을 인식한다면 자신에게 다가온 모든 것들이 경험을 통하여 자신을 풍부하게 만드는 교재였다는 것을 알고 오히려 기뻐할 것입니다.

'생' 은 태어남이 즐겁고, '로' 는 자신의 연륜이 쌓여가므로 즐거우며, '병' 은 자체의 건강치 못한 부분을 알려줘 고맙고, '사' 는 살아있는 동안의 결실을 마감할 수 있게 해주니 고마운 것이 아닐는지요. 세상은 온통 즐겁고, 고마운 것들로 가득 차 있는 것입니다.

생각을 비우는 방법은 본성의 표현인 선서(仙書, 무파장 대역에서 나오는, 본성 즉 조물주님의 메시지)의 상태로 자신을 일체화시키는 것이지요. 매 사안에 대하여 자신의 생각이 따로 없다는 것처럼 가볍고 편한 것은 없더군요.

비우는 연습이 놀이가 되어 죽는 순간에는 남김없이 비울 수 있게 되기를 바랍니다. 빈손으로 왔다가 경험이 축적된 알찬 영이 되어 돌아가니 남는 장사가 아닐는지요.

나누면 더 큰 축복이 온다 •

비우는 방법에는 버리는 방법과 나누는 방법이 있습니다. 남에게

베푸는 것은 자신의 것을 주는 것이 아니라 자신의 비움을 돕는 방편으로 남을 선택하는 것입니다.

자신에게서 비우는 것을 길가에 놓아둔다면 아무 소용이 없을뿐더러 오히려 쓰레기가 되어 자연에게나 타인에게 장애물이 되는 것입니다. 가장 이상적인 비우는 방법은 자신에게서 남아도는 것을 모자라는 분들에게 나누는 것이지요.

그 방법의 하나로 뇌사 시 시신이라도 필요로 하는 분들에게 주고자 하는 것입니다. 살아있는 동안의 장기기증은 수련이라는 절대 절명의 과제가 있는 수련생의 경우에는 권장될 사항은 아닙니다.

기운은 흐르는 것이므로 주고받음이 원활할 때 유통이 원만해지지요. 물질도 기운이므로 물질을 주고받을 때 흐름이 원만해져서 더욱 풍요로워집니다.

버림과 나눔의 장소로서 믿음이 가는 곳이 있다면 그런 곳을 활용하는 것도 좋습니다. 자신이 혼자 해결하는 것보다는 신경이 덜 쓰이는 일입니다. 버리는 일에도 힘이 드니까요.

하늘의 장부에는 대차대조표라는 것이 있어서 그 기록에는 한 치의 오차도 없습니다. 대부분의 인간들의 경우에는 하늘에, 자연에, 인간에, 세상에 빚을 지고 있습니다.

자신에게 남아도는 것뿐 아니라 유용한 것을 아무 거리낌 없이 나누게 될 때 더욱 큰 축복이 내려지더군요. 하늘의 속성은 인간들에게 빚지고는 못 사는 성향이기 때문에 반드시 언젠가는 누구를 통해서든 기하급수로 돌려주시더군요. 좋은 것뿐 아니라 나쁜 것도 그러합니다.

나눔에는 또한 정신적인 것과 물질적인 것이 있습니다. 정신을 나눔에서 명심해야 할 것은 고통을 나눔은 삼가야 하며, 기쁨을 나눔은 많을수록 좋다는 것입니다.

가장 좋은 정신의 나눔은 기쁨의 파장을 배가시키는 것입니다. 물질이나 정신이나 가진 것이 없어 타인과 나눌 것이 없다면 적어도 한숨만은 남과 나누지 않아 죄라도 짓지 않게 되기를 바랍니다.

착한데 어두운 분들이 좋은 곳에 가지 못하는 이유는 그들의 한숨 때문이지요. 한숨은 한 숨이지만 그 무게는 천근만근이랍니다.

기적인 수련이 필요한 이유

영급은 기운의 모습으로 결정된다 •

'이진사의 향천' 을 보면 '인간으로 있었다는 것이 얼마나 도움이 되는 것인지 기적인 수련을 하여 보면 알 수 있다' 라는 얘기가 나옵니다. 이진사가 마음공부를 많이 하여 마음은 한없이 가벼워졌지만, 살아생전에 호흡을 통한 수련을 하지 않아서 몸이 무거웠다는 것이지요.

인간의 진화의 수준을 결정하는 잣대는 기운이라는 말씀도 드렸습니다. 우주에서 한 인간의 수준을 평가할 때는 기운의 모습을 보아 결정한다는 것이지요.

가릴 수 없는 기의 세계이기 때문에 위장할 수도 없습니다. 인간 세상에서는 근본이 이상해도 근사하게 양복을 입거나 하면 그럴듯해 보이는데 영의 세계에서는 그럴 수 없다는 얘기입니다. 영급의 높고 낮음은 기의 맑고 탁함으로 한번에 드러납니다.

살아생전에 호흡으로 단련하여 기량을 증가시켜 놓으면 기운이 수정같이 맑으면서 단단해집니다. 누가 흔들어도 무너지지 않는 상태입니다.

그런데 기가 맑아도 허깨비같이 기운이 없는 분이 계십니다. 기운이 맑기만 하고 비축이 안 되어 있어서 툭 치기만 해도 넘어집니다. 허한 상태인 것이지요. 결국 기운의 맑음과 강함을 두루 갖춘 상태를 '영급이 높다' 라고 표현합니다.

천기와 우주기를 익혀 놓아야 •

영급을 높이기 위해서는 기적인 수련이 필요하며, 그중에서도 천기와 우주기를 운용하는 수련이 필요합니다. 지기地氣는 땅에서만 필요한 기운이어서 지기만 가지고 호흡한 사람들은 하늘로 올라가면 어떻게 해야 할지 몰라서 아무것도 못합니다.

예컨대 천기를 모르고 천당에 갔다 하면 아무것도 할 줄 모르니까 써먹지를 못하는 것이지요. 방법을 모르니까 남의 도움을 받아야 합니다.

결국 살아서 천기와 우주기를 습득하고, 죽어서 그것들을 운용하는 방법까지 다 배우고 가야 그곳에서 활용할 수 있습니다. 살아 있을 때 다 익혀 놓아야 합니다.

선계는 단번에 가야 •

선계는 우주의 맨 꼭대기, 정점에 있다는 말씀을 드렸습니다. 지구에서 우리 은하의 정점인 북극성까지의 거리만 해도 800만 광년이라고 말씀드렸지요? 우리는 8,000년 전의 일도 잘 모르는데 800만 광년이라 하면 상상하기도 어렵습니다. 800만 광년이라는 것이 다녀오는 데 걸리는 시간도 아닙니다. 일방적으로 가는 데 800만 광년이 걸리는 것입니다. 우리 은하의 정점까지 가는 데만도 그렇게 먼데, 우주의 정점이다 하면 얼마나 먼지 감도 안 오실 것입니다.

『다큐멘터리 한국의 선인들』을 보면 서경덕 선인이 파장으로 먼 우주의 성단을 파악하는 얘기가 나옵니다. 서경덕 선인처럼 파장을 쏘아 올려서 가늘고 긴 파장이 멀리 가려면 기운이 강해야 하고 또 지속적으로 유지되어야 합니다. 그런 기운을 가지려면 상태가 굉장히 평온해야 하고요. 흔들리면 안 됩니다.

그렇게 원거리를 가려면 어때야 하는가? 굉장히 가벼워야 합니다. 무거우면 못 갑니다.

그러니 죽어서 선계에 간다 하면 수련을 굉장히 많이 한 것입니다. 죽어서 북극성만 간다 해도 엄청나게 수련을 한 것이지요. 영이 가는데 어떻게 가느냐 하면, 기운의 지원을 받아서 갑니다. 살아생전 축기한 기운의 지원을 받아서 로켓을 쏘아 올리듯이 쫙 가는 것이지요. 마냥 세월아 네월아 하면서 800만 광년 걸려서 가는 게 아니라 일시에 갑니다. 제 어머니도 돌아가실 때 보니까 다 버리시더니 로켓이 쏘아 올려지듯 바로 선계 앞까지 가시더군요.

그렇게 단번에 가야 하는 곳이 선계입니다. 천천히 가다 보면 수백만 년, 수억만 년이 걸리는데, 가다 보면 길을 잃어 미아가 됩니다. 그리고 인도해 주시는 분이 그렇게 몇 백만 년을 기다리지도 않습니다. 인도해 주시는 것은 잠깐입니다.

자신의 기운의 힘으로 단번에 갈 수 있는 거리, 자신이 축기한 기운으로 가는 거리가 죽으면 가는 거리입니다. 올라가다가 기운이 없으면 어느 정도에서 멈추게 됩니다. 예를 들어 죽어서 금성까지 갔다 하면 금성 부근에 있는 것입니다. 더 올라가서 태양계는 벗어날 만큼 기운 지원이 되었다 하면 거기에 가 있는 것이고요.

인도해 주시는 분들은 죽은 사람을 '안내해' 주는 것이지 대신 가주는 것은 아닙니다. 이분들이 기운을 지원해 주시지는 않습니다. 제 어머니처럼 00 선인님께서 기운을 지원해 주신 것은 특별한 경우입니다.

임종할 때의 마음가짐

죽음은 결산하는 공부 •

죽음에 대한 공부는 죽을 때 하는 것입니다. 살아생전에 아무리 열심히 자신을 갈고 닦았고, 아무리 완성을 이뤘다 하더라도 99%입니다. 죽을 때 하는 1% 공부가 남겨져 있습니다.

죽음은 살아 있을 때의 공부를 결산하는 공부입니다. 죽을 때 그 사람이 어떤 마음으로 죽는가 하는 것이 그동안 해 온 공부의 결산입니다. 아무리 잘 살고 수련을 열심히 했다 하더라도 죽을 때 잘못하면 완성이 안 되는 것입니다. 죽을 때 다 놓고 가는가, 비워져서 가벼운 상태로 갈 수 있는가…….

살아 있을 때는 몸을 갖고 있기 때문에 무엇인가 덕지덕지 붙을 수밖에 없습니다. 생활을 해야 하기 때문이지요. 하지만 죽을 때는 한 점 아무것도 없이 가벼워야 합니다.

죽을 때 먹는 한 마음이…… •

결정적일 때 한 마음을 어떻게 먹는가 하는 것이 다음 생을 결정짓는 변수가 됩니다. 1%의 죽는 공부가 왜 남아 있는가 하면, 죽음이 한 사람의 인생을 판가름하는 가장 결정적인 순간이기 때문입니다. 사람이 세상에 태어나서 가장 결정적인 순간은 죽는 때인 것이지요.

죽을 때 그 사람이 어떤 생각을 하고 죽는가? '나를 괴롭힌 사람, 빚을 안 갚은 사람에게 원수를 갚겠다' 하는 마음으로 죽는 것과 '다 내가 잘못했다', '내가 이 세상에 태어나서 신세를 많이 지고, 업을 많이 짓고 가는데 만나진 못해도 용서해 주오' 하는 마음으로 죽는 것은 많이 다릅니다. 이런 마음을 가지면 업이 많이 상쇄가 됩니다. 왜냐하면 결정적인 순간에 먹은 마음이 그 사람의 평생을 집약적으로 표현하는 것이기 때문입니다.

예를 들어 전쟁은 단시일 내에 사람을 많이 공부시키는 교재입니다. 전쟁에 나간다는 것은 목숨 걸고 나가는 것이죠. 적은 눈앞에 있고, 옆의 동료들은 죽어가고, 내가 죽느냐 아니면 내가 죽이느냐 하는 긴박한 상황입니다. 결정적인 타이밍에 그 사람이 어떻게 처신했는가? 자기만 살려고 했는가? 아니면 내가 죽더라도 다른 사람을 살리려 했는가? 다른 사람을 구하기 위해 목숨을 바쳤는가? 같이 죽었는가? 지휘관으로서 판단을 잘못해서 수많은 사람을 죽게 했는가?

이렇게 여러 가지 요소가 단기간에 집약적으로 평가되기 때문에 그 순간의 본인의 행동이 점수의 근거가 됩니다. 결정적일 때 먹었던 마음이 그 사람의 내생을 결정짓는 단서가 되는 것이지요.

염원대로 되어 나온다 •

자유롭게 살지 못했던 분들은 죽어서 새가 되고 싶다느니 물고기가 되고 싶다느니 표현하기도 합니다. 영격에 대한 인식이 없기 때문에 '인간으로 태어나느니 차라리 물고기가 낫다', '차라리 훨훨 날아다니는 새가 낫다' 고 생각하는 것이죠. 좋아하는 사람을 두고 와서 참새가 되어 그 사람 옆에 머물고 싶다는 사람도 있습니다. 이렇게 염원하면 진짜로 그렇게 되어 나올 수 있습니다.

그런데 물고기나 새가 되어 보면 좋지도 않습니다. 별 볼일이 없고 차라리 죽는 게 낫다는 생각이 듭니다. 시행착오를 겪는 것이지요.

그런 영들을 담당하는 부서가 있어서 본인에게 선택의 기회를 주기도 합니다. 새가 되었을 때의 조건을 얘기해 주고 '전생에 그렇게 염원을 했는데 진정 그렇게 되겠는가?' 하고 묻습니다. 이때 생각을 바꾸면 좋은데, 사소한 것 때문에 기분이 나빠서 '차라리 미물이 되는 게 나아!' 하면 그 바람에 미물이 되어 나옵니다.

시신을 어떻게 할 것인가? •

죽고 나서 자기 시신을 어떻게 하는가 하는 것은 자기 마음입니다. 일단 몸을 벗으면 그 몸에 대해서는 가치를 둘 필요가 없습니다. 이미 다 쓴 물건이기 때문입니다. 소기의 목적을 달성하여 몸이 필요하지 않게 된 단계입니다. 그러므로 '내 시신을 땅속까지 가져 가겠다' 하는 것은 부질없는 욕심이라 할 수 있습니다.

자신이 하늘에, 자연에, 인간에, 세상에 빚을 지고 있음을 생각한다면 장기기증을 하는 것도 좋을 것입니다. 살아 있는 동안의 장기기증은 신중히 하여야 합니다. 타인의 장기를 이식받은 사람이 자신의 역할을 잘하지 못할 경우에는 업이 되기 때문이지요. 허나 사후 장기기증은 자연에게나 타인에게 덕을 베풀 수 있는 가장 손쉬운 방법입니다.

유언장

저의 장례식을 대비하여 다음과 같이 유언장을 써둡니다.

첫째는 제가 사용하던 모든 물건들은 열어 보지도 말고 모두 소각하여 저와 함께 한 줌의 재로 돌려보내기를 바랍니다.

둘째는 제가 사용하고 남은 모든 재산은(부동산, 은행 잔고 포함) 불행한 이들을 돕는 일에 사용되기 위하여 관련 기관에 기증되기를 바랍니다.

셋째는 저에 관한 모든 기록들은 삭제되어 소각되기 바랍니다. 출생과 성장과정, 가정생활, 학교생활, 직장생활, 작가생활, 사회활동, 의료기록, 사진 등을 추적하여 관련 자료들을 모두 찾아내어 삭제하기 바랍니다. 단, 수선재 자료에 포함된 내용은 남겨두기 바랍니다.

넷째는 저의 시신은 화장하여 자연으로 돌려보내기를 바라며 사후 장기기증을 약속합니다. 위패나 묘비, 무덤, 기념관 등 어떤 사후 흔적도 필요치 않습니다. 저의 흔적은 오직 선서로서 남아 있게 되기를 바랍니다.

도우인 민閔이 죽어가면서 제게 도움을 청합니다. 어찌해야 합니까?
할 수 없는 일이다. 금생의 인연이 그것뿐임을 탓해야 한다. 이제부터 참된 인연이 닿을 것이다. 하루라도 서두르는 것이 본인에게 이롭다. 불필요한 미련을 버리도록 편하게 해줘라.

어떤 것이 편하게 해주는 것이옵니까?
그대로 놔두는 것이다. 이미 기의 형체가 흩어질 순간에 있으니 다시 모이기가 어려운 고로 다음 생에 본인이 아닌 다른 개체로서의 인연이 있을 것이다. 편안히 해줘라.

가볼 필요는 없겠습니까?
이런 경우는 더욱 가볼 필요가 없다. 가 본다고 도움이 될 일도 없고 오히려 산기散氣에 도움만 될 것이니 더욱 시간만 앞당기게 될 것이다.

당기면 도움이 아니옵니까?
본인에게는 도움이나 가족에게는 애달플 뿐이다.

그대로 두어야 하겠습니까?
다시는 인연이 없으니 그대로 잠시 더 놓아두는 것이다. 그저 가벼운 예의를 표하는 것으로 끝내라.

*선계의 도리는 인간계의 도리와는 다르다는 것을 알게 됐다.

– 『선계에 가고 싶다』에서

4장
장례와 제사를 잘 지내는 법

장례

장례문화 개선이 시급하다 •

몇 년 전부터 우리 수련하는 사람들은 '선仙문화'를 가꾸어야 한다는 말씀을 드려 왔습니다. '선仙'이란 하늘을 알고 하늘과 하나가 되고 하늘을 알리는 일, 자연을 알고 자연과 하나가 되고 자연을 알리는 일, 또 사람을 알고 사람과 하나가 되고 또 사람들을 알리는 일이라 할 수 있습니다. 그래서 선문화의 목적은 하늘을 감동시키고, 자연을 감동시키고, 인간을 감동시키는 것이 아니겠는가 생각합니다.

우선 실천해야 할 사항으로 장례문화 개선, 결혼문화 개선, 노인을 위한 봉사활동을 말씀드렸는데, 그중에서도 참 시급한 것이 장례문화를 시정하는 일입니다. 장례문화가 미흡해서 너무나 불명예스럽게 고인들을 보내드리고 있기 때문이지요. 돈도 적게 들이면서 제대로 예우를 해서 보내드릴 수 있는 장례문화가 필요합니다.

허세가 심한 장례문화?

제가 예전에 태국으로 여행을 간 적이 있었는데, 제가 묵은 호텔이 장례식장 바로 옆이었습니다. 밖을 내다보면 사람들이 검은 옷을 입고 매일 장례식을 했습니다. 그리고 동네가 온통 꽃집인데 장례식에 사용할 꽃들을 팔았습니다.

그런데 우리나라에서는 장례식이라면 하얗고 노란 꽃만 쓰는데 그곳에서는 화려한 꽃을 쓰더군요. 그리고 장례식 때 울지도 않습니다. 장례식이 끝나면 바로 옆에서 뒤돌아선 채로 밥을 먹고요. 제가 '아, 참 사람들이 높다' 라는 생각을 했습니다. 죽음과 삶에 별 차이를 안 두더군요.

우리는 목 놓아서 울고불고 하지 않습니까? 심지어 곡하는 사람을 돈 주고 사서 '아이고, 아이고……' 하고 울게 합니다. 돌아서면 웃고요. 참 허세가 심한 나라입니다.

시신 속에 남아 있는 에너지 •

먼저 알아야 할 것은 사람이 죽어도 시신 속에는 일정한 에너지가 남아 있다는 사실입니다.

인간이 태어날 때 몸을 에너지화化할 수 있는 자원을 무한정 부여받지는 않습니다. 에너지는 유한하기에 인간이라고 해서 마냥 받을 수는 없기 때문입니다.

그래서 받는 것이 72근의 정精입니다. 72근 정도의 정을 만들 수 있는 DNA를 줘서 출생을 시키는 것이지요. '72근 정도의 정을 주어서 내보내면 인간이 60 또는 70평생 동안 지구에 살면서 깨달음에 이를 수 있겠다' 해서 정해진 것입니다. 따라서 인간은 태어날 때 받은 이 72근을 잘 활용하면 살아 있는 동안 깨달음까지 갈 수 있습니다. 잘 활용하지 못하면 그냥 살다가 죽는 것이고요.

그런데 72근 중 7근은 무덤 속에 가지고 갑니다. 인간의 시체는 땅에 묻히고 나서 100년 정도 흐르면 기화氣化하는데, 다 기화할 때까지 7근 정도가 남아 있습니다. 최소한의 에너지가 100년 동안 남아 있는 것입니다.

시신은 빨리 없어지는 것이 좋다 •

일단 몸을 벗으면 시신은 빨리 없어지는 것이 좋습니다. 시신 속에 남아있는 기운이 자연에 흩어져야만 완전히 정리가 되기 때문입니다.

사람이 죽으면 영은 하늘로 올라가고 혼은 땅으로 흩어지는데, 그것이 순식간에 흩어지는 것은 아닙니다. 시신 속에 남아 있는 7근의 정이 다 흩어지기 전에는 혼도 완전히 흩어질 수 없습니다. 정이 남아 있을 때는 혼이 어느 정도 형체를 띠고 있습니다. 영이 하늘로 가버렸으니까 사고나 의식은 없지만 7근의 정으로 인한 에너지는 남아 있는 것이지요.

또 몸이 완전히 흩어지기 전까지는 영이 하늘에 올라가도 완전한 하나의 영체를 형성할 수 없습니다. 여기에 조금 있고, 저기도 조금 있고……, 이렇게 나눠진 불완전한 상태가 됩니다.

결국 시신이 빨리 없어져야만 진화의 사이클이 빨라집니다. 죽은 후 다시 태어나려 해도 자신의 몸이 찌꺼기처럼 어딘가에 남아 있으면, 어딘가에 묻혀서 기운이 남아 있으면 정리가 되지 않습니다. 시체 속에 남아 있는 기운이 다 없어질 때까지 백 년 정도 걸리는데 그동안은 다시 태어나지지가 않는 것이지요. 마음속에 남아 있는 기억, 애증이 다 없어지기 전에는 태어나는 데서 제외됩니다. 빨리 정리가 되어야만 다시 태어날 수 있습니다.

DNA가 같으면 영향을 받는다

죽어서 영이 되신 분들은 일심一心입니다. 살아 있는 사람들은 생활도 해야 하고, 생각도 해야 하고, 책도 봐야 하고……, 이렇게 이것저것 하다 보면 생각이 많이 흩어집니다. 기운이 흩어져서 힘이 모이지 않습니다.

그런데 돌아가신 분들은 생활을 하는 것도 아니고 책을 보는 것도 아니기 때문에 일심입니다. 일심으로 무슨 생각을 하는가 하면 살아생전에 본인에게 가장 각인되어 있던 생각을 합니다. 예를 들어 살아생전에 배가 많이 고팠다 하면 계속 배고픈 생각만 합니다.

그렇게 계속 배고픈 생각을 하면 그 생각이 동기감응(同氣感應, 같은 기운끼리 서로 감응하는 것)을 일으킵니다. 자신과 DNA가 같은 기운에 영향을 주는 것입니다. 조상과 자손은 DNA가 같지 않습니까?

그래서 조상이 배고픈 생각을 계속 하면 자손이 괜히 허기집니다. 무덤 속에서 '물이 차다, 춥다' 라는 생각을 하면 자손이 괜히 추운 것이고요. 그렇게 영향을 주는 것입니다. 같은 기운에게 전달이 되는 것이지요. 조상이 '아파, 고통스러워' 하는 생각이 너무 강렬하면 어떤 식으로든 그 고통이 후손에게 전달이 됩니다. 교통사고가 난다거나 병에 걸린다거나 해서 같은 감정을 갖게끔 전도시키는 것이지요.

영은 하늘로 올라갔는데, 몸에 남아 있는 7근의 정으로 그렇게 영향을 주는 것입니다. 하늘로 올라갔다고 표현은 하지만 땅 어딘가에 남아있는 것이지요. 7근의 정으로 그렇게 많은 영향을 미칠 수 있는 것은 그분들이 일심이기 때문입니다.

편집자 주

영과 혼

영靈은 하늘에서 오고 혼魂은 지상에서 연결되는 것이다. 영은 하늘에서 지정되며 혼은 지상에서 맞는 것이 연결되는바 이 둘이 모여 한 사람의 평생을 지배하게 된다.
영은 하늘의 일을 처리하고 혼은 지상의 일을 처리하게 된다. 영과 혼은 기로 말하면 플러스(+)와 마이너스(-)의 상태라고 보면 된다. 분리될 수 있으나 분리되면 독자적인 능력이 사라지므로 반드시 함께 있어야 한다.(『선계에 가고 싶다』에서 인용)

영靈은 '신神'이라고도 부르는데 남자의 정(精, 생명의 근본이 되는 물질)과 여자의 정이 만나 결합해서 만들어지는 생명력입니다. 음의 정과 양의 정이 결합해서 생성해 내는 생명력을 신 즉 영이라고 하는 것입니다. 영을 주관하는 장부는 심장이며 화火기운에 해당합니다.
혼魂은 영을 따라서 왕래하는 것입니다. 혼을 주관하는 장부는 간장이며 목木기운에 해당합니다.(『건강하게 사는 법』에서 인용)

가장 좋은 방법은 화장

가장 좋은 방법은 화장火葬입니다. 화장을 하면 시체 속에 남아 있는 7근의 기가 없어지기 때문에 빨리 정리가 됩니다. 화장을 해서 뿌리면 금방 기운이 자연에 흩어져서 정리가 되는 것이지요.

화장하여 뿌리는 것이 너무 애석하다면 납골묘를 만들어서 거기 계신다고 위안을 삼는 것도 좋습니다. 화장을 해서 뿌리면 호흡을 통해서 기운이 완전히 없어지지만, 뼈를 단지 안에 모셔놓으면 조금씩은 기운이 남아있습니다. 아주 미세하지만 어느 정도의 기간이 될 때까지는 기운이 남아 있습니다. 그러므로 가장 좋은 방법은 그냥 뿌리는 것입니다.

제 경우에는 돌아가신 조상님을 화장해서 항아리에 모셔놨거든요. 지금이라도 날려 보내는 것이 좋을까요?

고인의 입장에서는 가족과의 연緣도 빨리 끊는 것이 좋습니다. 자기 물건이 어딘가에 남아있으면 정리가 더디게 되지요. 자꾸 그쪽으로 마음이 쓰이고, 자꾸 되돌아보게 되기 때문에 많이 못 올라갑니다.

이집트의 미라처럼 시신에 방부 처리를 한 경우는 어떻습니까?

그렇게 해도 100년 정도 지나면 기가 소멸이 됩니다. 100년 정도면 벌써 기운이 다 빠집니다.

매장이 안 좋은 이유 •

매장埋葬이 안 좋은 이유는 앞서 말씀드린 대로 기운이 흩어지는

데 시간이 많이 걸리기 때문입니다. 땅속에 묻히면 기운이 흩어지는 데 100년은 걸립니다.

우리 조상들이 3대 제사를 지낸 이유가 바로 그것입니다. 본인의 기운이 남아있기 때문에 100년 정도는 환생을 못하기 때문입니다. 땅속의 기운이 완전히 정리되어야만 다시 환생합니다.

영계의 하층부에 있을수록 빨리 태어나서 자꾸 공부해야 하는데 100년은 묶여 있는 것이지요. 세상에 다시 나오고 싶어도 자기 흔적이 있기 때문에 나오지 못합니다. 고인의 진화에 도움이 되지 않는 장례 방법이라 할 수 있습니다.

명당에 묻히는 것이 좋은가?

매장을 하면 시신 속에 남아 있는 7근의 기가 동기감응을 일으킨다는 말씀을 드렸습니다. 기에는 어느 정도 파장이 실려 있어서 자신과 같은 기운을 가진 이들, 즉 자손들에게 영향을 미치는 것이지요.

그래서 풍수지리를 따지고 명당을 찾기도 하는데, 알고 보면 고인을 위한 일은 아닙니다. 좋은 자리에 묻히면 후손에게 전해지는 혜택은 다를 수 있으나 고인에게는 큰 혜택이 없습니다. 돌아가시면 몸은 이미 벗은 상태인데 입다 버린 옷에 무슨 미련이 있겠습니까? 후손들이 조상의 기운을 잘 받자고 하는 일들이지요.

그리고 지금 우리나라에 명당이 거의 없습니다. 지금 기후가 자꾸 변하지 않습니까? 천연 재해가 자꾸 일어나는데, 땅만 보고는 어느 곳에 천재天災가 일어날지 일어나지 않을지 알 수가 없습니다. 하늘의 뜻이 더 중요하기 때문에 땅만 보면 안 된다는 것입니다.

엘니뇨니 라니냐니 하는 것들은 무차별 공격합니다. 언제 어떻게 될지 모릅니다. 소위 명당자리라는 곳들도 다 파헤쳐지고 홍수에 잠기고 하는 수모를 겪습니다. 땅속에 묻혀서 망신당하는 것이지요.

그러니 재로 만들어 자연으로 빨리 돌려보내는 것이 제일 좋습니다. 기존에 매장을 하셨던 분들도 묘지가 잘못되어 이장을 할 상황이라면 그냥 화장을 하시기를 권합니다. 화장을 하면 지상에 남는 것이 없으므로 자손에게 주는 영향도 없습니다.

조장, 풍장, 수목장 •

티베트 등지에서 하는 '조장鳥葬'의 경우 바로바로 윤회가 됩니다. 새에게 먹히면 그 새가 죽어서 어떤 동물한테 먹히고, 그 동물이 다시 사자한테 먹히고……, 이렇게 빨리빨리 윤회를 하면서 사이클이 빨라집니다. 또 시신 속에는 사람의 영성이 어느 정도 들어 있기 때문에 새에게 도움이 됩니다. 새가 살쾡이에게 먹히면 살쾡이한테도 도움이 되고요. 이렇게 조금씩 도움을 줄 수 있습니다.

우리 정서에서는 그렇게 바로바로 먹히게 하는 것이 너무 끔찍하다고 여기지요. 조상님들을 위하는 민족인데 시신을 그렇게 했다

하면 거부감이 대단할 것입니다. 우리나라에서 조장이 받아들여지려면 한 100년은 있어야 할 것 같습니다.

그런데 옛날에는 고인돌 위에 시신을 올려놓고 새가 와서 먹게 하는 것을 괜찮게 생각하지 않았습니까? 아무튼 제일 빠른 방법이 조장입니다. 자기 몸을 보시하면서 장례하는 방법입니다.

또 '풍장風葬'이 있습니다. 풍장은 놔두면 그냥 바람에 흩어지는 것을 말하는데, 이것도 시간은 좀 걸리는 것 같습니다. 또 모실 장소도 마땅치 않고요. 누가 보면 정말 끔찍할 수 있죠.

'수목장樹木葬'은 나무에 거름되라고 주는 것인데 이것도 보시하는 한 방법입니다. 그런데 나무는 제자리에 있기 때문에 동물처럼 순환이 빠르지는 않습니다. 동물은 왔다 갔다 하고 여기 먹히고 저기 먹히고 해서 사이클이 빠른데, 나무는 한 생명이 몇 백 년도 가기 때문에 나무에 뭔가 실리게 하는 것은 좀 오래 걸리는 방법인 것 같습니다. 그냥 재로 만들어 흙에 뿌려서 비 오면 씻겨 내려가게 하는 것이 더 빠른 방법입니다.

고인의 뜻이 제일 중요하다 •

돌아가신 분의 자식들의 종교가 제각각이다 보면, 장례식에서 어떤 자식은 스님을 모셔오고 어떤 자식은 신부님을 모셔오기도 합니다. 그럴 때는 어느 분을 모셔야 하는지요?

그렇게 싸우면 아무 의미가 없는 것이, 돌아가신 분들은 그런 것을 너무나 싫어합니다. 그리고 고인의 뜻이 제일 중요합니다. 살아있는 사람의 뜻이 중요하지가 않은 것이지요. 돌아가시기 전에 '내 장례식에서는 이렇게 해다오' 하고 밝힌 뜻을 받들어야 합니다. 그럴 수 있으려면 돌아가시기 전에 장례 절차에 대한 의사 표시를 꼭 받아 놓아야 하고요.

그런데 죽은 다음에 제대로 묻힐 수 있는 사람은 죽기 전에 의사 표시를 하는데, 아무렇게나 묻혀도 좋은 사람은 그런 의사 표시조차도 못하고 가더군요. 본인이 뭘 원하는지 자식들에게 의사 표시도 못하고 가기 때문에 아무렇게나 될 수밖에 없습니다.

하여튼 자식들에 의해 좌우되지 않으려면 '죽은 후에 나를 어떻게 해달라' 고 사전에 분명히 의사를 표시해 놓아야 합니다.

아름다운 장례를 위하여 •

전 세계에서 숲이 제일 많은 나라가 우리나라와 독일이라고 합니다. 식목일까지 만들어 나무를 많이 심어 숲을 만든 것이 그렇게 된 원인이겠지요.

그런데 우리나라에서 제일 흉물스러운 것이 '무덤' 입니다. 전 세계 어느 곳에서도 볼 수 없는, 지상에서 가장 기이한 건조물이 무덤이라고 할 정도로 아름답지 않은 풍경이 한국의 산하 곳곳에 자리

잡고 있습니다. 동네를 산책하다 보면 수십, 수백 구의 무덤을 쉽게 만날 정도로 이웃입니다.

헌데 그 모양이 아름답지 않으므로 무덤을 바라보는 이들의 마음도 아름다워지지는 않습니다. 못 본 척 피하고 싶을 정도로 우리의 자연과 후손들의 정서를 해치고 있는 구조물이지요.

사실 무덤에 무슨 의미가 있습니까? 빈껍데기입니다. 영들도 거기 없습니다. 생기나 희망을 주지도 않습니다. 산책도 못 하게 합니다. 자연훼손일 뿐 아니라 후손들이 설 자리를 안 만들어 주는 것입니다. 우리가 가장 우선해야 하는 자연보호, 후손보호 대상이라고 생각합니다.

차선책이라고 하는 납골당도 아름답지가 않습니다. 무덤보다 없애기도 더 힘들고요. 수목장도 유골에 인산칼슘이 많이 들어 있어서 나무 밑에 뿌리면 식물이 죽고, 더 이상 나지 않는다고도 하더군요.

보기 흉하다고 해서 무조건 없애자는 것은 아닙니다. 보기 좋게 예쁘게 무덤을 만들자는 얘기입니다. 후손들이 조상에게 고마운 마음을 가질 수 있도록 방법을 강구해야 합니다. 우리 회원님들 중 어느 분이 장례 전문가가 되어서 아름다운 장례의 모델을 보여주시면 좋겠습니다.

또 수선재 내에 장례위원회가 있어 회원들의 장례를 도와줄 수 있었으면 합니다. 제 이모님 장례식 때 보니까 천주교의 경우 하객이 한 천 명쯤 오더군요. 교단에서 장례 절차를 다 알아서 해주고요. 상주는 울기만 하면 됩니다. 일반 장례업자들도 있지만 격이 떨어지고 돈만 우려내려는 경우가 많습니다.

요즘 세계적으로 '슬픈 장례식은 물렀거라' 하면서 '즐거운 장례식'이 추세이더군요. 장례식에 고인이 좋아하던 음악을 틀어주고, 연주회도 하면서 함께 즐기고……. 어차피 화장을 하기 때문에 종이 수의, 종이 관을 사용하기도 하더군요. 유액을 바르지 않은 옹관(甕棺, 점토를 구워 만든 항아리 모양의 관)이 좋다고도 하고요.

수의는 어떻게 할 것인가? 관은 어떻게 할 것인가? 묘지는 어떻게 할 것인가? 연구를 해주십시오. 목적은 하나입니다. '인간답게 잘 죽는 법, 품위 있게 죽는 법' 그것 한 가지입니다.

제사

제사, 생사를 초월하는 의식 •

돌아가신 분들에게 제사를 지내는 것이 도움이 됩니까?

제사는 필요합니다. 생사를 초월하는 의식이며 꼭 누구를 위해서 하는 것은 아닙니다. 영계와의 교류는 항상 되고 있다고 볼 수 있으나 일정한 날을 정해서 어떤 형식을 갖추어 조상들을 모시는 것은 서로에게 필요한 것입니다.

완전히 벗어난 분에게는 그 필요성이 별로 없으나, 속에서 완전한 해탈이 이루어지지 않은 분들께는 제사의 형식으로 지원을 해드릴 수 있습니다. 후손들의 기의 지원은 영계에서 별로 대단치 못한 위치에 있는 조상들에게는 유일한 낙일 수도 있는 것이지요.

제사는 정성으로 모심이 가장 중요합니다. 형식으로 하는 것은 하지 않는 것보다는 나아도 정성으로 한 것보다는 훨씬 못합니다. 음식의 양도 중요하지만 정성으로 할 필요가 있습니다.

기적으로 배가 고프신 분들 •

제사를 지내면 기적으로 배가 고프신 분들이 오십니다. 기운이 보충이 안 되어 음식을 통해서 기운을 섭취하려는 분들이시지요.

제사 지낼 때 보면, 조상님들이 오실 때 친구 분들을 많이 데리고 오시더군요. 같은 하늘, 같은 수준에 있는 친구들한테 '나는 이렇게 꼬박꼬박 제삿밥 얻어먹는다' 하고 자랑하고 싶어서 데리고 오기도 하고, 또 친구들이 불쌍해서 음식을 먹여 주려고 데리고 오기도 합니다.

낮은 하늘에 계시는 분들은 선인들의 통솔을 받는 처지인데, 그래도 하늘의 권한을 벗어나 자기들끼리 몰려다녀도 되는 영역이 있습니다. 천도가 되지 않은 분들이 오시는데, 그 수준의 분들에게는 낙이 없기 때문에 일 년에 한두 번 제삿밥 먹는 것이 유일한 낙입니다.

일 년에 한두 번만 오셔도 되나 보지요?

제사 음식은 자기를 위해서 차려 놓은 밥상이니까 당당하게 와서 주인 행사를 하는 것이고 오다가다 훔쳐 먹기도 많이 합니다. 남의 음식을 먹기도 하고 과수원에 가서 따먹기도 합니다. 지기로 살아가는 분들은 그렇게라도 지기를 섭취해야 하는 것이지요. 기운으로 섭취하는 것이므로 직접 따거나 하지는 않습니다.

제사가 필요 없는 분들 •

천기나 우주기의 소관에 계신 분들은 제사에 올 필요가 없습니다. 어느 정도의 수준에 올라가면 기운이 다 보충이 되는 상태입니다. 영적으로도 미련을 가지고 제사 때마다 와서 얼굴 들여다볼 수준이 아니어서 안 오시게 됩니다.

'이진사의 향천'을 보면 이진사가 선계 입구까지 올라가지 않습니까? 그 정도면 거의 선계나 마찬가지입니다. 기운으로 다 보충이 되는 곳이기 때문에 제사에 올 필요가 없습니다.

제 어머니가 계신 무변대도 다 끊고 수련만 하는 곳입니다. 수련만 함으로써 선계에 갈 수 있는 곳이지요. 사람마다 가는 곳이 각양각색인데 그렇게 수련만 할 수 있는 곳에 가신 것은 대단한 영광입니다.

좋았던 날로 기억해 달라 •

제 아버지의 기일忌日이 12월 8일입니다. 그날 돌아가신 것은 아니지만, 12월 9일에 집을 나갔다가 실종되셨기 때문에 그 전날인 12월 8일을 기일로 삼아 제사를 모셔 왔습니다.

당시 6.25 전쟁 중이었는데, 살고 계시던 원산에 폭격이 너무 심하니까 배를 타고 그 앞의 모도라는 섬에 피난을 가셨다고 합니다. 가보니까 경주에 있는 왕릉 몇 개를 합친 정도의 작은 섬이었다고 합니다. 아홉 가구 정도가 사는 곳이었는데 밤중에 도착해서 보니까 수백 명이 거기에 피난을 와 있었다고 하고요.

그래서 아버지께서는 '오래 있을 만하지 않다. 배를 구해서 남쪽으로 피난을 가야겠다.' 라고 판단을 하셨답니다. 가족과 함께 얼마간 지내시다가 어느 날 배를 구하러 나가셨는데 행방불명이 되셨습니다. 한겨울에 나갔다가 안 들어오신 것이지요.

그래서 해마다 12월 8일에 모여서 제사를 지내왔는데, 제 형부 중 한 분이 아버님의 정확한 기일을 알고 싶다고 말씀하시더군요. 그래서 '어렵지 않으니 한번 알아보겠다' 라고 말씀드렸습니다.

사실 제 입장에서는 기일을 아는 것이 별 의미는 없습니다. 이미 아버지가 천도가 되셨고, 제사에 오시지도 않고, 또 잘 계시기 때문에 '기일이 9일이면 어떻고 다른 날이면 어떤가?' 하고 생각해 왔습니다.

그래도 정확한 날을 알기 위해서 아버지를 청해서 기일을 여쭈었더니 '음력 10월 16일, 오후 3시경' 이라고 말씀하시더군요. 그래서 저는 따져보지도 않고 그대로 전했는데, 형부가 계산을 해보니까 그날이 양력으로는 11월 25일이더랍니다. 식구들과 12월 8일까지는 함께 계셨는데 말씀해 주신 돌아가신 날은 그날보다 보름쯤 더 빠르더라는 것입니다. 이상하다는 것이지요.

저도 이상해서 다시 청해서 여쭈어 봤습니다. 사실 돌아가신 분을 자꾸 청하는 것이 좋은 일은 아닙니다. 살아생전의 기억을 자꾸 불러 일으켜서 좋을 게 없기 때문입니다. 진화에 걸림돌이 되기 때문에 기운은 보내드려도 자꾸 불러내서 여쭙는 것은 피하는 것이 좋습니다. 그래서 죄송하다고 하면서 다시 여쭈어 보았습니다.

날짜가 맞지 않는데 어떻게 된 일인지 궁금하다고 여쭈었더니, '향천 날짜를 하늘이 다 정해 놓으셨었는데 제 날짜에 향천하지 못했다'고 말씀하시더군요. 또 하늘이 준비해 놓으신 방법으로 향천하지도 못했다고 하시고요. 인재人災에 의해 돌아가신 것이지요. 원하지 않는 날짜에, 원하지 않는 장소에서, 원하지 않는 방법으로 향천하셨기 때문에 본인이 생각하시기에 가장 좋았던 시절, 가족들과 함께 좋았던 시절을 향천일로 잡으셨다고 말씀하셨습니다.

그때까지는 자신이 가족들과 갈 길이 달라서 일찍 향천하게 된다는 생각을 안 하셨고, 가족들과 굉장히 좋은 시간을 보냈다고 말씀하셨습니다. 그런 화목한 장소를 떠나는 날을 기일로 잡으셨다는 것이지요. 그 말씀을 듣고 제가 상당히 슬펐습니다.

돌아가신 날짜, 돌아가신 방법, 돌아가신 장소……, 이런 것들이 후손들에게 파장의 동조를 일으켜서 좋지 않은 영향을 미칠 수 있기 때문에 가장 좋았던 날을 임의로 선정해서 기일로 잡으셨다는 것입니다. 그렇게 선계의 허락을 얻으셨다고 말씀하시더군요.

돌아가신 날을 임의로 정한다는 것은 제가 상상도 못했던 일이었습니다. 그런데 역시 아버지는 한 수 위이시더군요. '과연 제 아버님답다'라는 생각을 했습니다.

여기 계신 분들도 그렇게 '돌아가신 분이 가장 좋았던 날을 기억해 주십사' 하는 부탁 말씀을 드립니다. 그것이 고인의 뜻이라는 것을 제가 아버지를 통해서 배웠습니다. 조상님들 중에서 좋지 않은 방법으로, 좋지 않은 장소에서, 하늘이 정하지 않은 날짜에 향천한 분이 계시다면, 기일을 좀 앞당겨서 좋은 파장을 지닌 순간을 향천일로 삼아도 된다는 배움을 얻었습니다. 그런 의도로 향천일을 바꾼다면 선계에서도 기꺼이 허락을 하시리라 생각합니다.

미련을 끊도록 도와드려야 •

돌아가신 분들의 처지에서는 살아 계신 분들에 대한 미련을 끊는 것이 가장 좋습니다. 자꾸 연연해하고 생각하면 십중팔구 좋지 않은 쪽으로 영향을 미칩니다.

아무리 자식을 사랑한다 하더라도 영적으로 진화하지 않은 분들의 자식사랑은 다분히 집착이고 내 자식 잘되길 바라는 욕심이지 대단한 차원의 사랑이라고 보기는 어렵습니다. 잘되면 다 잘되어야지 어떻게 자기 자식만 잘되기를 바라나요? 나라가 잘되고, 지구 인류가 다 잘되어야 하는 것이지요. 내 새끼만 잘되기를 바라는 것은 사랑이 아닙니다.

그분들의 입장에서는 하루빨리 미련을 끊고 가야할 곳으로 가서 맡은 일이나 공부를 하는 것이 좋습니다. 미련을 가질수록 살아 계신 분들에게도 좋지 않고, 그분들의 진화도 늦어집니다.

그러므로 고인이 생각날 때는 '하루빨리 미련을 끊고 갈 곳으로 가서 할 일을 하십시오' 라고 기도하십시오. 보통 사람들 제사 지내듯이 '누가 올해 대학에 들어갔는데 잘 좀 부탁드립니다' 이런 기도를 드리면 계속 그 수준에서 머물게 됩니다. 관여해 달라고 요청하면 계속 그렇게 해야 하거든요. '미련 끊고 훨훨 날아가시라' 고 기도하는 것이 제일 잘 도와드리는 방법입니다.

감사하는 마음으로 음식을 먹는다면 •

제사는 음식이 중요한 게 아니고 마음 한 조각입니다. 매번 음식을 드실 때 그 누군가에게 감사하면서 음식을 드시면 다 전달이 됩니다. 이런 방법으로라면 하루에도 몇 차례 제사를 지내는 것이 될 것이니 그보다 더 훌륭한 것이 어디 있겠습니까?

인간의 생명을 좌우하는 땅, 물, 햇빛, 바람, 공기, 음식물 등은 모두 자연으로부터 대가 없이 오는 것입니다. 이 모든 축복의 결과물인 음식을 대할 때마다 감사한다면 보이지 않는 세계에 대한 인식이 생길 것입니다. 자신을 낳아주고 길러준 큰 부모님은 하늘과 땅임을 알게 될 것이지요.

*한 수련생이 수련 이후 천식이 점차 악화된다고 호소하다. 알아보기 위해 선계를 향해 인사하자 젊은 할머니가 앞에 온다.

뉘신지요?
할미입니다.

누구의 할머니인지요?
00이의 할미입니다.

무슨 이유인지요?
제 탓입니다. 수련을 시킨 것도 저이며, 선생님께 보낸 것도 저입니다. 제가 냉토에 묻힌 탓에 아이들이 찬 몸으로 태어났습니다. 이 아이 역시 원래 몸이 찬 아이이므로 몸을 따뜻하게 하여야 하나, 스스로 몸을 돌보지 아니하여 이렇게 되었습니다.

천식 악화의 원인은 자신의 건강이 스스로 뒷받침되지 않는 것이 첫째요, 서울의 공기가 나쁜 것이 둘째입니다. 인삼 등 몸을 따뜻이 하는 약초를 다려 먹고 공기가 좋은 곳에서 요양을 하여야 하나, 서울의 공기를 마시다 보니 이렇게 된 것 같습니다. 본인에게 알려주고 싶으나 아직 대화가 불가합니다. 육류 등 먹을 것을 잘 챙겨 먹고, 적당히 운동을 하면서 수련을 하면 효과를 볼 수 있습니다.

저를 통해 냉기가 흐르는 것을 막기 위해 당분간 인연을 끊겠습니다. 몸을 따뜻이 하고 맑은 물을 많이 마시며 조리를 하도록 하여 주십시오.

제가 자손에 대한 집착을 하지 않으면 차도가 좀 있을 것 같습니다.

늙은이가 생각한다고 하는 것이 이렇게 되었습니다.

잘 생각해 주는 방법도 있지 않겠습니까?

아닙니다. 제가 생각하는 한 냉기가 흐르도록 되어 있습니다. 조상을 잘못 만난 탓입니다.

그럴 수가 있겠습니까? 본인의 탓도 있을 테지요.

본인의 업보도 있으나, 이 경우는 거의 조상 탓입니다.

내가 천도하여 드리면 도움이 되겠습니까?

(생각지 않았던 말 같다) 감히 그러한 것을 바라겠습니까?

아닙니다. 제가 할머니를 천도해 드리겠습니다.

정말 너무나 감사드리옵니다.

*고마워서 어쩔 줄 모른다

그렇게까지 고마워할 필요는 없습니다. 자, 제 손을 잘 보십시오.

*손을 들여다본다.

어떻습니까?

네. 밝은 빛이 나옵니다.

지금은 어떻습니까?

빛이 점점 커지며 움직이고 있습니다.

그 빛을 따라가 보십시오.

그냥 가면 되는지요?

그렇습니다. 빛이 끝나는 지점까지 마음 놓고 가십시오. 잘 가십시오……. 앞으로 00이의 일은 제게 맡기고 할머니는 편안하게 지내십시오.

그리하도록 하겠습니다. 감사합니다.

*이러한 방법을 '광光 천도' 라고 한다. 빛으로 인도하는 천도의 방법이다.

-『다큐멘터리 한국의 선인들』 3권에서

5장
조상님들을 천도하며

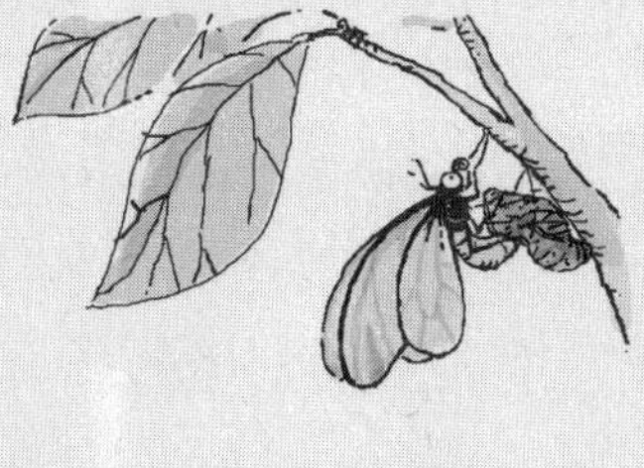

천도란 영이 등급을 높이는 것이니 이것에는 두 가지가 있습니다. 영계(하천)에서 중천으로 오르는 것과 중천에서 상천으로 오르는 것입니다. 영계에서 중천으로 오르는 것은 지상의 선인의 힘으로도 가능합니다.

영의 상태로 갈 수 있는 최상의 경지는 상천이며, 원칙적으로는 자손들이 정성을 다하여 밀어야 가능합니다. 종교의 힘을 빌어도 상천 이상은 불가합니다. 상천이란 수련을 하지 않은 인간, 즉 기운이 바뀌지 않은 인간이 갈 수 있는 최선의 경지이기 때문입니다.

선인이 될 수 있는 방법은 수련이며, 이 수련으로 기운을 우주 기운으로 바꿔야 선인이 될 수 있습니다. 선계는 마음이 바뀌어 깨달음을 얻은 인간, 즉 선인이 있는 곳이며 생시에 어느 정도 자신의 갈 곳을 알고 있었던 인간의 경우 바로 상천으로 가므로 한 등급 높여 선인화가 가능합니다.

상천에서 선계로 오르는 것은 이 우주에서 마지막 탈피입니다. 완전히 수련을 한 수련생은 스스로 진입이 가능하며, 수련이 깊어 우주의 기본 원리를 완전히 알고 있는 수련생은 수련이 상당한 경지에 이른 선인의 도움을 받으면 선계 진입이 가능합니다.

(편집자 주 - 수선재는 2004년 9월 28일, 창립 이후 최초로 수선재 회원들의 조상님들에 대한 천도재를 거행하였고, 이후 1년여에 걸쳐 해당 조상님들에게 기운을 지원하는 수련을 했습니다)

천도의 시작 : 2004년 9월 28일

조상님들의 영이 오시다 •

오늘은 수선재 개원 이래 가장 기쁜 날입니다. 추석을 맞이하여 천제와 차례를 지내면서 드디어 조상님들의 영을 천도하게 되었습니다. 하늘을 알고, 자연을 알고, 인간을 아는 것이 우리의 공부과정인데, 이제 여유가 생겨서 하늘에 대해 예를 올리고 조상님들의 영을 돌볼 수 있게 되었습니다.

여기 계신 분들은 다 실향민입니다. 고향을 잃고 고향을 찾아가는 사람들이지요. 이렇게 자연이 좋은 수선대(편집자 주 - 수선재의 명상마을)에 다 같이 모여서 천제와 차례를 지내면서, 자연인으로 하나가 되는 기쁨을 맛보았습니다.

그리고 조상님들의 영이 선인들의 호위를 받으면서 들어오셨습니다. 선인들께서 색동으로 된 길을 깔아 놓으셨고, 155위位의 영가靈駕들이 기쁘고 설레는 마음으로 호위를 받으면서 오셨습니다. 지금 수선대의 수련장에 와 계십니다.

여기 계신 모든 분들은 조상님들의 은덕으로 수련의 길로 오시게 된 분들입니다. 그분들의 은덕이 없었으면 우리는 이 자리에 있지 못했을 것입니다. 오늘은 그러한 은덕을 기리면서 같이 나누는 시간이 되었으면 합니다.

이제 우리가 조상님들을 천도하고자 하는데 천도라는 것이 한 번에 되지는 않습니다. 천도를 하루 만에 혹은 49일 만에 하는 것은 말이 안 되는 얘기라는 것이지요. 우리가 10년, 20년, 30년 수련해도 선인이 되기 어려운 것과 마찬가지입니다.

지속적으로 그분들과 대화를 하여 그분들의 마음을 움직여서, 스스로의 힘으로 올라가는 것이 가장 바람직합니다. 앞으로 제가 인도하고자 합니다.

선계의 약속 •

우선 선계의 약속을 전하고자 합니다.

첫째, 수선재의 차례에 동참하는 수련생들의 조상은 전원 선계의 입구까지 인도합니다.

둘째, 이 경우 조상의 천도에 필요한 기운은 수련생 본인 50%, 저의 지원 30%, 선계의 지원 20%로 합니다. 천도기간은 조상의 업과 현재의 위치에 따라 다르나 반드시 소정의 기간 내에 천도가 가능하도록 인도합니다.

셋째, 수선재는 천도되는 기간 동안 조상님께 항상 기운을 지원하기 위하여 수선재의 기운줄을 조상님들께 연결하고 유동적인 과정에서 이분들의 격이 하향되는 일이 없도록 조치합니다.

천도가 되려면 빨래를 할 때 물과 비누, 그리고 인간의 노력이 필요하듯이 상당한 양의 기운과 노력이 필요하며 이러한 기운은 위에 전한 바에 의해 구성됩니다. 본인이 조상을 천도하고자 하는 욕망이 가장 중요하며, 이러한 기반 위에서 저와 하늘이 지원합니다.

본인의 노력 여하에 따라 저의 지원 비율이 결정될 것이며, 제가 지원하고자 하는 의사가 어떠한가 여부에 따라 하늘이 지원하고 결정할 것입니다.

기운 지원을 위한 100일 수련 •

조상님들의 위패를 이곳 수선대에 보관해 놓았는데, 앞으로 100일 동안 집에서 조상님들에게 기운을 지원해 드리는 수련을 하십시오. 백색의 기운으로 자신과 위패에 모신 조상님들의 탁기를 씻어내는 수련법이며, 전생과 금생의 탁기를 씻어내어 땅속 깊이 내려보냅니다.

100일 동안 다 같이 이 수련을 해주시면 좋겠습니다. 조상님들의 기운이 맑아지는 정도를 보아 추후 다른 수련법을 전수할 수도 있습니다. 각자 위패를 올린 조상님들의 성함을 양쪽 가슴에 달고 수련하시기 바랍니다. 제가 기운을 지원해 드리겠습니다.

조상님들이 기운을 받으면 영격 상승에 도움이 됩니까?

기운 속에는 생명을 유지할 수 있는 모든 에너지와 더불어 파장이 들어 있습니다. 영양소가 되는 메시지가 들어 있는 것이지요.

그래서 조상님들이 기운을 받으면서 메시지를 받습니다. 자신이 죽었다는 사실을 알게 되고, 또 죽으면 무엇을 해야 하는지 알게 됩니다. 수련을 해야 한다, 비워야 한다, 가벼워져야 한다, 집착을 가지면 안 된다, 본인들이 가지고 있는 집착이 후손들에게 영향을 준다……. 이런 것들을 알게 되는 것이지요.

대개 자신이 가진 집착이 후손들에게 도움이 되는지 피해가 되는지조차 모릅니다. 자손을 많이 생각하면 무조건 좋은 줄 아는데, 사실은 좋게 생각해야 좋은 것이죠.

오신 영들이 지금 천도해 드리고 있다는 사실을 아시나요?

알고 계십니다. 어떻게 아는가 하면 우선 높은 분이 모시러 왔으니까 압니다. 높은 분이란 곧 선인이신데, 선인은 빛이기 때문에 눈이 부셔서 감히 우러러보지도 못합니다. 그런 분이 직접 오시거나 아니면 심부름하는 사자를 보내어 다 모셔 왔습니다.

또 색동으로 된 비단길을 정문에서부터 쭉 깔고 호위하면서 모셔가니까 소문이 다 납니다. 조상님들끼리 얘기를 주고받기도 하시고요.

어느 후손 덕분인지 감으로 아는 분도 계시고, 아직 감이 안 오는 분도 계시는데, 그런 분도 하여간 내가 후손을 잘 둬서 대접을 잘 받는다는 것은 아십니다.

명패를 가슴에 달고 수련을 하면 제 마음이 조상님들께 전달이 되나요? '마음을 가볍게 하고 올라가시라' 고 효도하는 마음으로 말씀드리니까 반응이 오는 것 같습니다.

한꺼번에 너무 많은 얘기는 하지 마십시오. 처음에는 미련을 버리라고 하면 굉장히 싫어합니다. 한참 얘기를 하고 나면 그때서야 왜 버려야 하는지 압니다. '무거워서 못 올라가지 않느냐? 가벼워져야 된다. 가벼워지려면 집착을 버려야 된다' 이렇게 얘기하면 알아듣습니다. 한꺼번에 알아듣지는 못하고요.

어떤 모습으로 오셨는가? •

조상님들이 어떤 모습으로 오셨는지 가장 궁금합니다.

충격을 받으실 수도 있겠지만 솔직하게 말씀드리겠습니다. 지금 오신 조상님들은 그렇게 구체화된 모습들은 아니어서 형체가 뚜렷하지가 않습니다.

선인의 모습은 가장 완벽한 아름다움이라고 말씀을 드렸죠? 완성될수록 완벽한 모습인데, 미완성이고 혼미한 상태에서는 사람의 형태를 띠었다고 볼 수도 없습니다.

텔레비전이나 영화를 보면 귀신이 형체를 띤 모습으로 나오는데 잘못 알고 있어서 그렇게 그리는 것입니다. 천도되지 못한 영들은 구체적으로 사람의 형태를 띠고 있지는 않습니다.

어떤 기운 덩어리의 모습을 띠고 있는데 그것도 맑은 기운이 아니라 탁한 기운입니다. 하늘에 검은 구름이 뭉게뭉게 떠 있는 모습을 상상하시면 됩니다.

그런 기운이 들어오고 나가는 것인데 지금 저쪽 방에 모셔놓았고, 또 155개의 기운줄을 다 연결해 놓았습니다. 그래서 지금 하루가 다르게 자신의 모습을 찾아가고 있습니다. 사경을 헤매다가 소생하는 상황이라고 볼 수 있습니다. 기운 지원이 그렇게 중요한 것입니다.

천도는 제자리를 찾게 해주는 일

천도는 제자리를 찾지 못한 영들에게 제자리를 찾게 해주는 일입니다. 돌아가시고 나서 어딘가로 배치 받아 가지를 못하고 허공에 떠 있는 영들이 많다고 말씀드렸지요? 거의 대부분의 영이 지구 대기권을 벗어나지 못한 상태인데, 자신이 죽었는지 살았는지도 모르고, 죽은 지 수십 년이 지났는데도 살아생전의 기억대로 아파하고 배고파하고 추워한다는 말씀을 드렸습니다.

지금 오신 조상님들도 '몸이 있다' 고 생각하셔서 여기 저기 아프다고 호소를 하십니다. 아들이 나가서 안 돌아왔고, 딸이 어떻게 되었고……, 하면서 과거의 슬픈 감정을 그대로 가지고 계시고요. 지금이 생시라고 생각하시는 것이지요.

그런 상태로 계시던 조상님들의 영을 선인들이 모시고 왔습니다. 우주는 누가 어디에 있는지 한눈에 알 수 있는 시스템이어서 금방 다 찾아서 온 것입니다. 그리고 모셔온 지 얼마 되지 않았는데 벌써 형태를 찾아가고 계십니다.

천도가 후손에게 미치는 영향

조상님들은 나의 다른 모습이며, 나의 DNA의 근본입니다. 수련을 통한 선계 진입은 나의 DNA를 바꾸는 일인데, 내가 바꾸었다고 해서 근본이 바뀌는 것은 아닙니다. 천민이 양반으로 호적을 바꾼다고 해서 양반이 되는 것이 아닌 것과 같지요. 대대손손 양반의 가문으로 호적은 물론 그 근본적인 내용까지도 바꾸어야 하는데, 그것이 바로 이 천도의 목적이자 효과라 할 수 있습니다. 단, 조상의 DNA가 후손에게 직접적인 영향을 미치는 것은 5대까지입니다. 그러므로 천도는 일단 5대 조상까지 하면 됩니다.

조상님들을 천도하는 것은 수선재의 모든 회원님들이 자신의 업을 정리함에도 많은 도움이 될 것이니 절대로 조상을 잊고는 잘될 수 없음을 명심해 주십시오. 조상이란 나를 낳아준 분이기에 앞서 나의 모든 과정에 열쇠를 갖고 있는 분들 중의 한 분이니 조상님을 잘 모시지 않고서는 내가 잘될 수 없는 까닭입니다.

사실 조상님들의 입장에서는 몇 개월, 몇 년 더 빠르거나 늦게 천도되는 것이 별 의미가 없을 수 있습니다. 천 년씩 같은 상태로 계시기 때문입니다.

그러나 살아 있는 우리 회원님들에게는 굉장한 의미가 있는 일입니다. 조상님들이 빨리 천도되고 안 되고 하는 것이 자신들의 수련 진도에 막대한 영향을 미치기 때문입니다. 우선 그분들이 편안하셔야 합니다. 그래야만 후손들에게도 편안한 파장이 전달됩니다.

지구의 영성이 깨이려면

지구를 바꾸는 일은 살아계신 분들만 바꿔서는 안 됩니다. 살아계신 분들만 바꿔서는 지구의 영성이 깨이지가 않는 것이지요. 지금 지구 인구가 65억이라고 하는데 돌아가신 분들은 그보다 훨씬 더 많기 때문입니다. 돌아가신 분들을 많이 천도시켜야 지구가 다 깨입니다.

제가 우리 회원님들과 함께 외국으로 행련(行鍊, 여행을 하면서 수련하는 것)을 가는 경우가 있는데, 가기 전에 먼저 그곳에 계시는 신들과 대화를 합니다. 보이지 않는 세계는 신들이 주인이기 때문에 일단 그분들과 대화를 터야 하는 것이지요. 그래야 우리 회원님들이 갔을 때 그분들이 아는 척을 하십니다. 어떻게 보면 보이지 않는 분들과 더 많이 대화한다고도 볼 수 있습니다.

그동안 어느 정도 깨이신 산신이나 지신과 대화를 튼 적은 많았지만, 영계에 계신 보통 분들과 단체로 대화를 튼 것은 이번이 처음입니다. 저는 수련하시는 분들의 조상님들이시기에 '상당한 위치에 가 있는 분들이 많지 않겠는가?' 기대를 했는데 그렇지는 않더군요. 우리나라가 원래 한이 많이 맺힌 나라잖아요? 그래서 그런지 편치가 않았습니다.

그런데 한이 많이 맺힌 것이 사실 뭘 모르는 것보다는 낫습니다. 고통, 슬픔, 아픔……, 이런 것들을 모르는 것보다는 아는 것이 더 낫다는 것이지요. 고통을 안다는 것은 그만큼 사람이 많이 됐다, 폭이 그만큼 넓다는 얘기니까요. 고통을 많이 겪은 사람일수록 기회를 못 가졌을 뿐이지 바탕은 되어 있다고 보는 것이지요.

보통 사람이 천도를 할 수 있는가? •

보통 사람은 조상님의 영을 천도하고 싶어도 그런 능력이 없다는 생각이 듭니다. 그렇다면 보통 사람이 천도재를 하는 것은 별 의미가 없지 않을까요?

우선 정성을 드리는 것 그 자체가 중요합니다. 천도가 되고 안 되고를 떠나서 자식들이 와주는 것 자체가 위안이 되는 것이지요. 죽고 나면 어쩔 줄 모르는 영이 굉장히 많습니다. 공포심이 굉장한데 그럴 때 누군가가 도와주면 큰 위안이 됩니다. 그런 도움을 안 받아도 될 정도의 수준이면 상당히 영급이 높은 것이고요.

또 고인을 위해서 자손들이 정성을 쏟으면 능력이 있든 없든 기운 지원이 됩니다. 천도재를 한다는 것 자체가 자손들이 고인을 위해 그만큼 노력을 하는 것이지 않습니까? 그것이 기운 지원을 해드리는 것입니다.

천도가 되어야 하는 인연이면……

그리고 그분이 천도가 되어야 하는 인연이면 천도를 시켜주는 사람을 만납니다. '천도가 되도 그만, 안 되도 그만' 인 상태에는 또 그런 인연을 못 만나고요. 예를 들어 절에서 천도재를 지낸다 할 때, 그분이 천도가 되어야 하는 인연이면 자식들이 아무 절에나 찾아가도 제대로 찾아가게 됩니다.

무덤도 마찬가지입니다. 그분이 좋은 곳에 묻혀야 하는 분이면, 자식들이 그냥 동네 뒷산 아무 데나 묻어도 그곳이 명당입니다. 몇 억짜리 명당을 찾지 않아도 그렇게 된다는 것이지요. 명당이라는 것이 '명당' 이라고 써 붙인 자리가 아니지 않습니까? 기운이 좋으면 다 명당이지요.

병원도 마찬가지여서 그분이 꼭 나아야 할 분이면 제대로 의사를 찾아갑니다. 아무 병원에나 찾아가도 명의를 만나게 되는 것이지요. 어떡하든 연결이 되게 되어 있습니다. 반대로 그분이 '나아도 그만, 안 나아도 그만' 인 분이라면 그렇지 못한 병원에 가는 것이고요.

보이는 세계는 1%라고 늘 말씀드렸지요? 인간 사회의 모든 일들이 우리의 능력이나 의사에 의해서 되어가는 것처럼 보이지만, 99% 보이지 않는 세계의 지배를 받습니다. 그 세계의 섭리에 의해서 움직이기 때문에 될 사람은 되고, 안 될 사람은 안 되는 것입니다.

종교단체의 천도재에 대해 •

종교단체에서 천도재하는 것을 보면 이런저런 의례가 많은데 다 형식일 뿐인가요?

천도를 시켜줄 수 있는 사람이면 굳이 그런 형식이 필요하지는 않습니다. 아무도 모르게 조용히 천도시켜줄 수 있는 것이지요. '저 사람을 천도시켜 줘야겠다' 하고 마음만 먹으면 되는 수준이 있고, 요란하게 북 치고 장구 치고 49일 동안 떠들어도 안 되는 수준이 있습니다.

그런데 요란하게 천도재를 거행했다 해서 꼭 형식적이라고만 볼 수는 없습니다. 천도재를 한다는 것 자체가 그만큼 관심을 써드린다는 의미가 있으니까요.

고인이 살아 계실 때 종교인이었던 경우 그 종교에 가서 천도재를 하는 게 좋습니까?

천도라는 것이 바깥 남의 힘을 빌려서 시켜드릴 일은 아닙니다.

그보다는 자식들이 정안수라도 떠 놓고, 잘 가시도록 기원하면서 매일 108배라도 하는 것이 고인에게는 훨씬 도움이 되는 일입니다.

하지만 고인이 믿었던 종교에 가서 천도를 하면 그분에게 더 위안이 될 수는 있습니다. 또 그 종교에서 할 수 있는 범위 내에서 천도가 됩니다. 고인이 기독교인이었다면 교회에 가서 기도를 해주면 기독교가 할 수 있는 범위 내에서 천도가 되고, 불교도였다면 불교가 할 수 있는 범위 내에서 천도가 되는 것이지요. 그러므로 아무리 엉터리 스님이 천도를 한다 하더라도 불교에서 할 수 있는 정도는 천도가 됩니다. 불교계의 보이지 않는 분들이 지원해 주기 때문입니다.

30일째 : 2004년 10월 27일

30일째 되는 날의 상태 •

'영체'

인간이 동일한 공간에서 동일한 시간을 보내고 향천하면서 결과는 두 가지로 나타난다.

하나는 선계로 가는 것이요, 하나는 영계로 가는 것이다.

영계로 간 사람은 거의 무한대의 시간 동안 자신의 자리에서 동면 상태로 있을 가능성이 대부분이었지만 선계란 바로 인간들의 상상 속에 존재하던 무릉도원이었다.

영계는 자신의 의사가 있어도 실행할 힘이 없었다. 선계는 자신의 의사를 실행할 힘이 주어지는 곳이었다.

영계는 역할이 주어지지 않아 발전을 위하여 많은 노력을 할 수도 없거니와 노력을 하여도 그 대가가 주어지기가 힘든 곳이었다. 하지만 선계는 자신의 역할이 주어지고 그 역할에 따라 노력을 할 수 있으며 그 노력의 대가를 자신이 누릴 수 있는 곳이었다. 물론 개인의 것이 되는 것이 아니라 보다 승화된 기쁨을 누릴 수 있는 곳이었다.

지함은 언젠가 아스라한 기억 속에서 들은 적이 있었던 영체들의 세계가 기억났다.

그곳에서는 수없이 많은 영체들이 있다고 하였다.
누워있는 경우도 있었고, 앉아있는 경우도 있었으며, 엎드려 있는 사람도 있었으며, 처음에는 끝이 보이지 않을 만큼의 영체들이 선계의 눈으로도 보이지 않을 정도로 아득한 저 멀리에까지 떠 있는 곳.
일정하게 줄을 맞추어 떠 있으나 아래 위로도 수천 층이 존재하여 어디가 끝인지 보이지도 않고 알 수도 없는 곳.
이러한 영체의 층은 위로 올라갈수록 얼굴에 화색이 돌고 금방이라도 깨우면 일어날 것 같은 상태이기도 하였으나 아래쪽으로 내려갈수록 얼굴에 화색이 없고, 거의 석고 같은 느낌이 들며, 생기가 없는 것으로 보아 의식이 없는 영체들이라고 하지 않던가?

영체와 선인들의 차이는 감히 수만 년의 세월로는 해결될 수 없는 벽이 존재하는 것 같았다. 그 벽을 깨고 넘어갈 수 있는 방법은 호흡이었다. 하지만 영계는 호흡이 사라진 곳이었다. 존재할 수 있는 정도의 기氣만이 존재하는 곳이었다.
모두가 그저 식물인간과 같은 상태로 동면하는 것만이 허용되는 정도의 기운이 보급되고 있었다. 이러한 상태는 어떠한 변화의 가능성을 철저히 배제당한 채 사라지지 않고 마치 돌처럼 존재하기만 하는 가장 불행한 상태였다. 이러한 상태에서 호흡 하나가 추가됨으로써 그것이 생명체로 바뀌는 것이다. 생명체로 바뀔 뿐 아니라 그 생명체가 진화를 거듭하여 격이 다른 생명체로 태어나는 것이었다.

아무나 되는 것은 아니었으며 물질에 영혼이 내재하고 있으나 발아하지 못하고 동면하는 상태에서 실오라기 같은 호흡이 이어질 때 변화는 시작되는 것이었다.

생명이란 모든 것을 바꿀 수 있는 힘을 자신의 내부에 가지고 있는 것이었다. 가지고 있는 것에서 그치지 않고 그 가지고 있는 힘으로 자신을 변화시키고 변화한 자신의 역량에 의해 주변의 것들을 변화시키며, 주변의 변화에 의해 모든 것들을 바꾸어 나가는 것.

작은 솔씨 하나가 바위를 뚫고 위로 솟아 나와 낙락장송으로 성장할 수도 있는 것이었다. 이러한 변화의 가능성이 바로 생명에서 나오는 것이었다. 이러한 생명의 변화 능력은 바로 이 세상을 바꾸어 나가는 근본적인 힘이었다. 세상을 바꾸는 힘은 다른 것이 아니었다. 바로 생명을 얻는 것이었다. 생명을 가지고 있는 것과 가지고 있지 않은 것은 발전 가능성이 있느냐, 아니냐의 가장 근본적인 차이를 만들어 내고 있었다.

-『소설 선仙』3권에서

위패가 제출된 조상님들의 경우 후손들의 도움으로 호흡을 얻어 현재 있는 곳에서 점차 영계의 상층부로 이동하고 있습니다. 자신의 기운을 되찾은 후 선계에 입장할 준비를 하는 곳까지 인도되어 일정 기간을 수련한 후 선계로 들어갑니다.

수선재에서 천도라 함은 선계의 입구까지 가는 것을 말하며 이 과정까지 인도할 것입니다. 대부분 새로운 기운을 받아 정신을 차리고 있으며 질병이나 사고로 향천한 경우 자신의 영체를 치유하는 중이며 노환의 경우 기력을 회복하는 중입니다. 전원이 대체로 기운이 보급되면서 본래의 자신으로 돌아가는 과정으로 들어섰습니다.

금번 100일 수련은 각 수련생의 개인 수련뿐 아니라 천도를 희망하는 조상님들과 함께 하는 수련이라고 인식하고 참여하여 주시기 바랍니다.

위패를 제출하지 않으신 분들도 천도하여 드리고 싶은 조상님을 마음으로 의념하고 수련하신다면 본인이나 조상님들에게 많은 도움이 되실 것입니다.

조상님들의 현황1 (노환 · 질병으로 돌아가신 분들)

향천자	향천 시 연세	사 유	상 태
이광님	80	노환	일어나서 자신의 자리 정리 중.(영계에 떠 있는 자리에서 일어나면 그 자리에 본인이 놓아둔 옷가지 등이 있으므로 그 물건들을 다시 걸치거나 주머니에 넣는 정리 동작을 함)
김영복	81	노환	아직 자리에서 일어나기 전의 상태이며 혼수상태에서 영계의 의식이 돌아오고 있음
허춘자	79	노환	의식이 돌아와서 주변을 돌아보고 있음
최순녀	90	노환	기력 회복 중. 기력을 회복하면 청소년기의 가장 왕성한 시기로 돌아감

허강연	69	뇌졸중, 수술후유증	일어나신 상태.(공중에 떠 있는 상태이나 움직일 때는 유리바닥 위에서 일어나는 것처럼 사람이 비닥에 앉았다가 일어나는 것과 같은 동작으로 일어남) 현재의 자리에서 진화의 대열에 동참하기 위해 준비 중
박홍수	63	뇌일혈	생전의 기억을 털어버리고 있는 중 기억을 털고 나면 새로운 단계에 진입함
김도향	81	뇌출혈	환부 조정 중이며(교통사고나 중병으로 사망하였을 경우 신체가 엉망이 되는 경우가 있으므로 떨어져 나간 신체를 다시 붙이거나, 암 등으로 사망 시 수술한 자리가 아무렇게나 꿰매어져 있는 것을 과거의 가장 아름답던 모습으로 돌아가면서 시간을 역행하는 과정에서 몸을 정상적인 상태로 되돌리는 것임) 기력이 보충되고 있음
변허규	43	위암	생전의 상처가 커서 아직 벗어나지 못하였으나 얼마의 시간이 흐르면 벗어날 수 있으며, 일어나고 있음
이성태	64	대장암	비교적 기운이 잘 연결된 상태로서 정신이 말짱한 상태로 준비 중
김종원	45	간암	환부를 들여다보고 있으나 이미 아픔이 없어진 것을 알고 기뻐함
김순덕	61	자궁암	기력 회복 중이며 영계의 상부로 이동 중.(영계에는 상하로 수천, 수만 층의 구분이 되어 있는바 상층부로 올라갈수록 의식이 들기 직전의 상태이며, 하층부로 내려갈수록 의식이 없는 석고 상태와 같이 보관되어 있음. 자손들의 기운이 지원되면서 의식이 깨이기 시작하면 점차 영계의 상층부로 몇 계단씩 이동이 됨. 후손들의 기운 지원을 받아 상층부로 이동이 시작되었을 경우 중간에 있는 분은 수천 층을 더 올라가야 맨 위층으로 가게 되며, 맨 위층에서 일정한 수련을 거치거나 기운을 보급 받아야 선계로 입적할 수 있음)
박진희	76	유방암후유증	기운의 지원으로 유방이 원래의 건강한 상태로 돌아온 것을 보고 완벽한 본래의 몸을 바라보며 놀라고 있음
이종효	59	심장병	질병에 대한 강박관념으로부터 벗어나 건강한 상태의 자신을 찾아가는 중
김문수	57	심장마비	환부를 바라보면서 정리 중.(환부에 대한 기억은 잊었으나 그 자리에 병환 중에 있었던 탁기가 그대로 남아 있어 마음에서 탁기를 털어내고 사고 전의 상태로 돌아가는 과정임)
황선호	68	천식	아직까지 목이 갑갑하여 애로를 느끼고 있으며 회복 중
김수연	3	홍역	병에 대한 기억을 잊으려 노력 중. 기운이 보충되고 있음
예쁜이	1	홍역	본래의 자신이 누구인가 확인 중

조상님들의 현황2 (사고로 돌아가신 분들)

향천자	향천 시 연세	사 유	상 태
김미숙	29	자살	정신이 들어 아직은 고통스러워하고 있으나 조만간 자신의 자리를 찾을 것으로 보임
백선영	40	자살	과거의 자신에 대한 후회로 반성 중
최미라	26	익사(자살)	의식을 되찾으면서 반성 중
송대영	45	교통사고	아직 생전의 기억에 묻혀 있으나 조만간 주변의 도움으로 벗어날 것임
박금자	73	교통사고	영체의 상처를 치유하면서 기운 회복 중
신철수	25	비행기사고	사고의 기억으로부터 벗어나는 중
유성은	62	익사	생전의 기억으로 복귀 중.(생전에 치명적인 기억이 있을 경우 그 기억을 거슬러 올라가 자신이 가장 젊고 아름답던 10대 후반이나 20대 초반의 모습으로 돌아가서 당시의 모습으로 고착되는바, 사후에서 생전의 기억을 거슬러 올라가 가장 아름답던 당시의 모습으로 돌아가는 과정임. 따라서 천도가 되시고 나면 할아버지가 10대 후반이나 20대 초반의 청년의 모습으로 변하심)
송병구	28	일제시대 징용된 후 행방불명	자신의 위치를 찾는 중.(영계에서 현재 자신의 자리에서 앞으로 자신이 가야 할 자리를 확인하는 것)
이성준	24	북한 침투작전 중 사망	자신의 죽음에 대하여 아직 모르고 있는 상태. 인식하기 전이지만 곧 인식할 것으로 보임
조병진	29	6.25 전쟁 중 납북 후 행방불명	자신의 상태에 대하여 인식 중

*155위의 향천자 중 일부만 소개하였습니다.

*향천자의 성함은 모두 가명을 사용하였습니다.

사람의 형태를 갖추시다 •

처음 모시고 왔을 때는 조상님들의 반 정도가 알아보기 힘들 정도로 형태를 갖추지 못하셨습니다. 형상이 흩어져서 사람이라고 볼 수도 없는 상태이셨지요. 그런데 이제는 거의 형태를 갖추셨습니다. 조상님들에게 기운줄이 연결되어 그동안 알게 모르게 기운을 받으셨기 때문입니다.

지금 기력이 없으셔서 누워 계시고, 앉아 계시고, 서 계시고, 떠 계시고……, 이런 차이는 있어도 다 형태는 갖추셨습니다. 기운줄이 연결이 됐다는 것이 그렇게 엄청난 차이를 가져옵니다. 이제 금방 효과가 나타나실 것입니다.

49일째 : 2004년 11월 15일

49재 되는 날의 상태 •

제가 천도를 위해 49일 동안은 매주 화요일마다 조상님들을 모시고 수련을 해왔습니다. 오늘이 49재 되는 날인데 지금 조상님들이 굉장히 기뻐하십니다. 어떻게 말로 표현할 수 없을 만큼 기뻐서 춤을 추십니다. 그런 모습을 보면 저도 너무나 기쁘고요. 처음 조상님들을 모셔왔을 때만 해도 슬픈 파장이 느껴졌는데 오늘은 기쁨의 파장이 나오는 것을 느낄 수가 있었습니다.

다들 형체를 찾으셨고 기운을 받아서 이제는 다 앉아계십니다. 그전에는 둥둥 떠 있기도 하고, 누워 있기도 하고, 엎드려 있기도 하고, 이리저리 흔들리는 상태였는데, 이제는 다 일어나 앉으셔서 수련 받을 채비를 하고 계십니다.

49일은 정리에 필요한 시간 •

사람이 죽고 나서 영이 막 빠져 나왔을 때는 형태가 없습니다. 몸 밖으로 빠져 나와서 어느 정도 시간이 지나면 비로소 형태를 띠게 됩니다. 이렇게 되는 시간이 49일 정도 걸리더군요.

우리 조상들이 49재라 해서 '49일'에 의미를 두지 않습니까? 영체가 몸에서 빠져나와서 기적인 상태에서 제대로 살 수 있는 조건을 구비하는 데 그 정도 시간이 걸리는 것입니다. 옷을 바꿔 입는 것이지요. 또 자신의 살아생전의 업적을 평가받는 데도 49일 정도 필요하고, 이승에서의 삶을 스스로 정리하는 데도 49일 정도가 필요하고, 남아있는 가족이 마음을 정리하는 데도 그 정도의 시간이 필요하더군요. 돌아가시고 나서 50일 정도 되니까 그것들이 대충 다 정리가 되더군요.

사람이 태어날 때도 어머니 뱃속에서 아홉 달, 열 달 동안 형성된 후에야 밖으로 나오듯이, 육체를 떠난 영체가 다시 영계에서 살 수 있는 몸을 구비하는 데도 어느 정도 시간이 걸린다는 얘기입니다. 순식간에 형태를 띠지는 않는다는 것이지요. 제 어머니는 진도가 빨랐기 때문에 올라가시면서 형체를 띠셨는데, 이것은 매우 드문 경우입니다.

독경만으로는 어렵다 •

자식들이 부모가 돌아가시고 나서 49재 기원을 하는 것에는 그러한 의미가 있습니다. 옷을 바꿔 입는 과정을 지원해 드리는 것이고, 잘 올라가실 수 있도록 기운을 보충해 드리는 것입니다.

올라가시는 데 대개 49일 정도 걸립니다. 한 걸음 떼고 머뭇거리고, 한 걸음 떼고 또 머뭇거리고……, 뭔가 미련이 많아서 굉장히 오래 걸립니다. 뭘 모르니까 그러는 것이지요. 49일 정도를 지원해 드려도 올라가기가 힘듭니다.

제가 예전에 타 종교단체에서 49재를 하는 것을 본 적이 있습니다. 궁금하던 차에 마침 49재를 하기에 가서 봤지요. 그런데 열심히 독경(讀經, 소리 내어 경전을 읽는 일)을 하시는데 그 영체는 따로 놀더군요. '왜 저런가?' 살펴봤더니 영체들이 그 뜻을 모르더군요. 우리도 그 경이 무슨 뜻인지 모르는데, 영체가 그것을 이해할 수가 없습니다. 그냥 소리만 와 닿습니다. 우리가 오페라 관람할 때 좋다 나쁘다 하는 느낌만 있지 그 뜻은 모르지 않습니까? 그런 것과 마찬가지입니다.

계속 경을 읊는 것만으로는 기운이 거의 변하지 않으시더군요. 경 소리만 듣고서 그분들이 천도되기는 굉장히 어렵겠다고 느꼈습니다.

기운 지원을 해야 변한다

호흡을 통한 기운 지원을 해야만 그분들이 변하십니다. '호흡을 통해서 살고 호흡을 통해서 죽는다' 라고 호흡의 중요성을 말씀드리지 않았습니까? 호흡이 없으면 안 된다는 것이지요. 호흡을 통해서, 우주의 기운이 흐르는 기선氣線을 통해서 기운을 공급해드리는 방법만이 빠른 길입니다.

경을 읊는 분들이 최선을 다한다 할지라도 실제 기운 지원이 없으면 순간적입니다. 우리도 무슨 얘기를 들으면 그것이 옳은지 그른지는 금방 깨닫지만 실천하기는 어려운 것과 같습니다. 영들도 말씀을 듣는 것만으로는 안 되며 기운으로 바뀌어야 하는 것이지요. 기운으로 바뀐다는 것은 실제로 본인이 변한다는 것입니다.

제가 조상님들께 질의응답을 통해서 궁금증을 풀어 드리고 또 수련을 통해서 기운을 지원해 드리고 있지만, 같은 기운을 가진 후손들이 기운을 지원해 드리는 것이 훨씬 더 빠르다는 것을 인식해 주십시오.

'나 수련하기도 바쁜데 조상님께 기운 지원할 여지가 없다' 하시는 분들은 이것이 승수乘數효과를 내는 일이라는 것을 알아주십시오. 내 기운을 뺏기는 것 같아도 다시 내게 돌아오기 때문에 결코 뺏기는 일이 아니라는 것이지요. 조상님들이 잘되고 편안한 상태에 계시면 그 영향이 대대손손 미칩니다.

탁기를 뿜어내는 과정을 겪다

조상님들이 한동안 엄청난 탁기를 뿜어내신 적이 있었습니다. 왜냐하면 계속 기운을 지원하여 영체에 경락이 생겼기 때문입니다. 기운의 도랑이 파지면서 기운이 흐르는 것이지요. 계속 기운을 지원하고 또 일주일에 한 번씩 이분들과 수련하고 질의응답을 하면서 이분들이 경락과 혈이 열리셨습니다.

도랑이 파져야 탁기가 빠질 수 있습니다. 시멘트 바닥같이 평평하기만 하다면 스며들지 못해서 겉으로 흘러내릴 것입니다. 그런데 홈이 파이니까 몸 안으로 기운이 들어갑니다. 그러면서 탁기를 뿜어내시는데, 엄청나게 뿜어내셔서 한동안은 제가 옆에 가지도 못했습니다.

좋은 징조이고 명현현상(瞑顯現狀, 치유되는 과정에서 일시적으로 증세가 나빠지거나 다른 증세가 나타나는 현상을 일컫는 말)입니다. 49재 때까지 엄청나게 탁기를 뿜으셨는데, 50일이 지나면서 많이 맑아지셨습니다.

기운 지원을 위한 2번째 수련법 •

49일이 지나면서 어느 정도 기운이 맑아지고 형태가 나타나셨기 때문에 앞으로는 수련법을 달리해서 수련을 하겠습니다. 기적인 방석을 하나씩 전달해 드릴 테니 조상님들이 그 방석 위에 앉으신다고 의념 하십시오.

그리고 본인들은 수련을 하면서 북극성의 기운을 받으십시오. 북극성은 지구가 속한 은하에게 가장 영성이 높은 별입니다. 북극성의 기운은 원래는 상단을 깨는 기운인데 이번에는 중단으로 받아서 단전으로 축기하겠습니다.

그리고 충분히 축기가 되었다면 앞에 계시는 조상님들의 방석으로 그 기운을 보내겠습니다. 방석이 업의 덩어리입니다. 조상님들의 업이 방석으로 내려오면서 방석이 검은 분도 있고, 찌그러진 분도 있고, 누더기처럼 된 분도 있습니다.

계속해서 방석에 기운을 보내면 방석이 투명하게 맑아지는데, 업을 다 떨어뜨려서 방석이 없어지면 조상님들이 위로 올라가게 됩니다. 그럴 수 있도록 방석에 기운을 보내드리는 수련을 나머지 기간 동안 해주십시오.

스스로 마음이 움직이게 해야 •

천도라는 것이 타인의 힘으로 영을 어딘가로 보내주는 일은 아닙니다. 제 기운으로 탁 보내주는 것은 아무 의미가 없습니다. 그렇게 하면 본인의 의사로 가는 것이 아니기 때문에 순식간에 떨어질 수 있습니다.

그래서 기운 지원을 하는 동시에 일주일에 한 번씩 대화를 나누면서 다른 세계가 있다는 것을 알게 하고 또 스스로 진화하고자 하는 의사를 가지시도록 했습니다. 비우는 과정을 설명해 주어 비우게 하고, 스스로 결정하여 자신의 기운으로 가도록 도와주는 것이지요.

그런데 그분들은 살면서 영적인 진화의 계기를 갖지 못했기 때문에 지구 밖에 다른 어떤 세상이 있다는 것을 모릅니다. 옛날에는 고향만 떠나도 죽는 줄 알았지요. '서울에 가면 코 베어가고 귀 베어간다' 하고 무시무시하게 생각했습니다. 지구가 둥글다는 것을 미처 몰라서 배를 타고 멀리 나가면 낭떠러지에서 떨어져 죽는 줄 안 시절도 있었습니다. 마찬가지로 외국도 안 나가 보고 한국의 어느 지방에서만 살다가 가신 분들로서는 죽어서 지구 밖 다른 세계로 간다는 것은 꿈도 못 꿔본 일일 것입니다.

그런 분들에게 천천히 설명을 해서 스스로 마음이 움직이게 하는 것입니다. 그렇게 해서 선계 입구까지 인도하려면 굉장히 많은 노고가 필요합니다.

천도가 되면 업이 해소되는가? •

어느 분이 '천도가 되면 업까지 해소가 되는가?' 라는 질문을 하셨습니다. 그런데 업의 결과는 기운이 상당히 탁하고 무겁다는 것입니다. 몸이 없는 죽음의 세계에서는 모든 것이 기운으로 표현되는데, 업이 많은 영들을 보면 업으로 인한 기운들이 실타래 엉키듯이 엉켜있습니다.

천도할 때 보면 영들이 굉장히 무겁습니다. 몸도 무겁고 마음도 무겁습니다. 영인데 어떻게 무거울 수 있는가? 육신을 벗었지만 영체가 있습니다.

그래서 상당히 무겁고 탁한데, 그 사람의 해결되지 못한 부분 때문에 무거운 것입니다. 자기가 몸이 있는 줄 알고 여기도 아프고 저기도 아프다고 말합니다. 몸은 이미 벗었는데 착각하고 있는 것이죠.

그 영들과 대화를 하면서 '몸은 이미 없다' 라고 일깨워 주고, 맺혀 있는 부분을 해결해주고, 마음은 이러이러하게 먹어야 한다고 가르쳐 주면 얘기를 알아듣고 가벼워집니다. 시간을 좀 주면 자신의 무거웠던 것들을 스스로 해결하면서 가벼워져 올라갑니다. 무거우면 내려가고 가벼우면 올라가는데, 가벼워지도록 도움을 주는 것이지요.

100일 후 : 2005년 1월 1일

70~80%의 기력 회복 •

작년 추석에 천도를 시작하고 나서 100일 가까이 지났는데, 조상님들은 현재 약 70~80% 정도 기력을 회복하셨습니다. 점차 천도될 수 있는 조건을 갖추어 가고 계십니다. 우선 기력이 있어야 그것으로 뭘 해볼 수가 있습니다. 기운이 없는 상태에서는 마음뿐이지 안 되는 것입니다.

또 그동안 일주일에 한 번씩 교육을 받으시면서 이분들의 의식도 많이 진보하셨습니다. 우리 회원님들이 이곳 수선대에서 신년맞이 행사를 다채롭게 했는데, 손자 손녀 재롱을 보고 나서 '여한이 없다' 하는 마음이신 것을 전달해 드립니다.

천도가 빨리 되지 않는 이유 •

그런데 현재까지 천도가 된 분은 한 분도 안 계십니다. 그 이유는 선계 입구까지 가는 것이 굉장히 어렵기 때문입니다. 우리 회원님들의 경우도 수련을 6~7년 동안 했어도 기적으로 선계 입구까지 간 분이 안 계신 것을 보면 알 수 있듯이 상당히 어려운 일입니다.

더군다나 이분들은 말씀을 접할 기회도 많지 않으시고 또 본인들의 의지도 그렇게 강하지 않으시지요. 상당히 많은 지원이 필요하다는 것을 알 수가 있습니다.

일주일에 한 번씩 계속 수련을 받으셔서 '좋은 세계가 있다' 는 것을 짐작은 하십니다. 그런데 그것이 어떤 세계인지 잘 모르고, 단지 아픈 것이 해소되는 세계 정도로만 알고 계신 분들이 많습니다. 진화의 열망이 그렇게 많지 않으신 것이지요.

그분들을 교육하는 것이 쉬운 일이 아니어서 그렇게 후다닥 천도가 되지는 않는다는 것을 말씀드립니다. 여기 계신 분들이 수련을 하시면서 지속적으로 조상님들을 천도하셔야 합니다.

후손들의 수련이 어느 정도 진전되면 조상님들도 진화를 열망하는 마음이 생기실 것입니다. 그런 식으로 '함께 가면 된다' 고 생각하시면 됩니다. 조급하게 생각하지 마시고요. 그렇게 긴 세월이 걸리는 것은 아니어서 천일 수련 기간 내에는 선계 입구에 모실 수 있을 것입니다.

수련생과 조상, 서로 다른 길 •

그것이 가능한 이유는 조상님들은 여러 가지를 겪지 않아도 되는 분들이기 때문입니다. 우리 회원님들처럼 반드시 소정의 과정을 이수할 필요는 없는 분들이라는 것이지요.

수련하시는 분들은 인간으로 태어난 이상, 인간의 길흉화복은 모두 경험하셔야 합니다. 그래야만 선인이 될 수 있습니다. 그것들을 모르는 채로 선계에 갈 수는 없습니다. 인간생활을 마스터해야만 선계에 갈 수 있기 때문에 이런저런 과정을 다 겪어야 합니다.

직접 겪지 못하면 구경이라도 해야 됩니다. 굳이 본인이 몸소 겪지는 않아도 되지만, 타 수련생이 공부하는 과정을 통해서 간접체험이라도 해야 한다는 것이지요. 인간이 겪을 수 있는 모든 경험을 다 겪어야 하기 때문에 종류가 다를지라도 '통해서' 배우면 됩니다.

조상님들은 그럴 필요는 없으십니다. 기운 지원이 되고 영성이 어느 정도 깨이면 갈 수 있기 때문에 그런 면에서는 오히려 쉽습니다.

천도 후에는 오히려 지원을 받는다 •

조상님들을 먼저 다 올려 보내고 나시면, 그분들의 지원을 받아서 본인이 또 올라갈 수 있습니다.

죽을 때는 로켓이 쏘아 올려지는 것처럼 빠른 속도로 가야만 선계에 도달할 수 있다는 말씀을 드렸지요? 수천억, 수조 광년이 걸리는 거리이기 때문에, 모든 것이 심판을 받는 그 시점에 로켓이 쏘아 올려지는 탄력을 받아야만 선계까지 직행으로 갈 수 있다는 것입니다.

그럴 때 조상님들이 지원하시는 기운이 큰 도움이 됩니다. 조상님들의 힘을 빌어서 본인이 올라갈 수 있는 것이지요.

그뿐 아니라 수련생들끼리도 상부상조하는 역할을 합니다. 자신만의 연료로는 못 가는데 자신의 연료가 다른 분들이 쏘아 올려지는 데 보탬이 되고, 또 다른 분들의 연료로 자신이 올라가는 것입니다. 각자의 연료가 모여 다 같이 쏘아 올려질 수 있는 큰 연료로 변하는 것이지요. 그러니 일단 조상님들을 올려 보내고, 그 힘으로 나중에 각자 올라갈 수 있게 되기를 바랍니다.

이 정도의 말씀만으로도 조상님들이 기뻐하시고, 마음을 놓으시고, 또 감을 잡으시네요.

조상님들이 어디 계시는가?

위패를 모신 조상님들이 위패를 모신 곳에만 계시는지, 아니면 수선대 안을 자유롭게 돌아다니시는지 궁금합니다.

조상님들의 거처는 여기 수선대가 아닙니다. 위패를 모신 것은 기운줄을 연결했다는 뜻이며 사시는 곳은 따로 있습니다. 모셔오기 전에 계셨던 곳에 계시는데, 그곳에서 우리 기운을 급유합니다. 기운줄이 연결되어 있는 것이지요.

그분들도 거주지 제한이 있어서 시도 때도 없이 왔다 갔다 하지는 않습니다. 돌아가신 수준에 따라 비슷비슷한 영끼리 모여 사는 동네가 있는데 주로 거기 계시면서 기운을 받습니다. 그러다가 우리가 여기서 수련이나 49재 같은 행사를 하면 그때 오십니다. 후손들이 부르면 오기도 하시고요.

그런데 영은 자꾸 불러내는 것이 아닙니다. 그냥 제자리에 계시는 것이 가장 좋습니다. 기운을 지원해 드리고 싶으면 마음으로 생각하면 됩니다. 마음으로 생각하면 연결된 기운줄을 통해서 마음이 갑니다.

자유롭고 싶은 열망

조상님들이 천도재를 지내고 있는 후손들을 알아보는지 궁금합니다.

'아이고, 내 새끼!' 이렇게요? 조상님들이 이곳에 누구 때문에 오시게 되었는지는 다 아십니다. 허나 자손들을 알아보는 것이 중요하지는 않습니다.

이분들은 한번 돌아가셨기 때문에 다른 세계가 있다는 것을 아십니다. 처음에는 자신이 살았는지 죽었는지도 모르고 비몽사몽으로 계시다가, 점점 의식이 회복되고 형체를 갖추면서 '지금 있는 곳보다는 좋은 곳으로 가야겠다. 자유로운 곳에 가야겠다' 하는 생각을 하게 됩니다.

하지만 지금은 이분들이 어디를 가고 싶어도 못 가십니다. 이제 겨우 일어났다 앉았다 하는 수준이기에 갈래야 갈 수가 없습니다. 적어도 걸어 다니는 수준은 되어야 갈 수가 있는데 처음에는 그런 수준도 못 되는 것이지요.

또 거주지 제한이 있어서 아무 곳에나 갈 수 있지는 않습니다. 그 분들을 관할하는 분들이 계셔서 자유자재로 왔다 갔다 하게 하지는 않는 것이지요. 제사를 지낼 때는 다녀오게 합니다. 수용소에 수용된 상태라고 보시면 됩니다.

그러다가 보는 것이 많아지고 자꾸 깨이게 되면 점점 '자유로워지고 싶다' 는 열망을 갖게 됩니다. 처음에는 다 자기 같은 영만 있는 줄 알았는데 수선대를 왔다 갔다 하면서 친구도 사귀고 서로 대화도 나누다 보면 다른 차원이 있다는 것을 알게 되고, 발전하고 싶은 욕구가 생겨서 수련을 열심히 하게 됩니다.

그리고 누구 때문에 왔다는 것을 알고 굉장히 고마워합니다. 관할하는 분들이 상당한 위치에 계시는 분들인데 그분들에게 받는 대접이 달라지기 때문입니다. 그 전과는 대우가 달라지니까 옆에 계시는 영들이 많이 부러워합니다. 그래서 마음이 많이 부추겨지고, 격려가 되고, 살맛나는 처지가 됩니다.

1년 후 : 2005년 9월 4일

선계 입구에 거의 다다르다 •

작년 추석에 천도재를 지내고 1년 정도 지났는데, 지금 조상님들이 선계 입구에 거의 다다랐습니다. 지금 우리 회원님들보다 훨씬 수준이 높다고 볼 수 있습니다.

천도재를 지낸 본래의 뜻은 조상님들이 수련생들과 보조를 맞춰 같이 가게 하자는 것이었습니다. 수련생들의 도움을 받아서 그분들이 가기를 바랐던 것이지요. 그런데 수련생들의 도움을 별로 받지 않은 채로 멀리 가셨고, 오히려 인도해 줄 수 있는 위치에 계십니다. 수련생들보다 조상님들이 앞서 가신 불균형이 생긴 것이지요.

어떤 면에서는 바람직하지 않다고도 볼 수 있습니다. 수련생들이 어느 단계까지 올라가서 자신들의 힘으로 조상님들을 천도하는 것이 정도正道인데, 수련생들이 역할을 별로 하지 않은 채 그분들이 가 계시니까요.

왜 그렇게 되었다고 생각하십니까? 우리 회원님들 중에는 6~7년 수련을 한 분도 계시는데, 조상님들은 수련한 지 1년 정도밖에 안 되셨습니다. 어떻게 1년 만에 앞서 갈 수 있게 되셨을까요?

몸이 없으면 수련을 할 수 없다는 말씀을 드렸습니다. 몸이 없는 상태에서는 진화가 참 더디다는 말씀도 드렸습니다. 그런데 그것은 가만히 계실 때의 얘기입니다. 그분들이 어떤 절차에 따라 인도를 받으면 몸이 없는 만큼 수련이 빠를 수 있다는 것이지요.

앞서 말씀드렸듯이 돌아가신 분들은 일심一心이기 때문입니다. 한 곳만 계속 향하기 때문에 잡념이 없습니다. 계속 한 생각만 합니다. 말씀을 한마디 전하면 다음 말씀을 들을 때까지 그 말씀을 계속 익히는 것이지요. 그래서 진화가 빠릅니다.

조상님들이 지금은 서로 수준 차이가 있지만 곧 엇비슷해질 것입니다. 계속 같이 수련을 받고 있기 때문이며, 어느 시점에 이르면 한꺼번에 선계 입구에 다다를 것 같다는 생각이 듭니다.

자 –. 지금부터 네 분이 함께 오르십니다.
발밑을 절대 보지 마시고, 위로만 보십시오.
푸른 하늘이 보이지요? 그 하늘로 오르십니다.
이 하늘의 위로 올라가시면 다른 세상이 있습니다.
그 하늘로 가시는 겁니다.

자 –. 이제 올라갑니다.
파장이 흐트러지니까 아무 말씀도 하시지 마시고, 그대로 위로 올라갑니다. 제가 편히 모실 수 있으나 한 번은 본인이 직접 해보시는 것이 좋습니다.
앞으로 본인이 직접 다시 한 번 하셔야 하므로 지금 한번 해보시는 것이 많은 도움이 될 것입니다.
자 – . 멀리 보이지만 멀지 않습니다. 아직 속俗에서의 습習이 몸에 배여 있는데, 여기서는 본인이 뜬다고 생각하면 뜨는 곳입니다. 바닥에 붙어 있는 것은 본인이 아직 바닥에 붙어 있다고 생각하므로 그런 것입니다.
자 –. 뜹니다.
네 분 모두 뜹니다. 올라갑니다. 되시죠?
자 – . 올라갑니다.
네. 잘 하고 계시는군요. 자 올라갑니다.

*풍선처럼 네 분이 모두 앞서거니 뒤서거니 하며 오르신다.

절대 아래를 보시지 마십시오.

*이때 잘못 내려다보면 까마득한 아래의 모습을 보는 순간 파장이 분산되어 다시 중천으로 가라앉는 수가 있다.

*한참을 올라간 후

이제 됐습니다. 아래를 보셔도 됩니다.
(아버님) 아니 아무것도 없지 않니?

자세히 보시지요.

*저 아래 구름 속으로 풍광이 수려한 산이 보인다.

(아버님) 아 -. 저 산이 어디냐? 금강산보다 더욱 아름답구나!

중천의 산입니다. 한번 보시겠습니까?
내려가도 괜찮으냐?

이제는 무관합니다. 다시 오르고 싶으시면 언제고 오르실 수 있습니다. 완전히 양력이 생겼습니다.
그렇구나. 그럼 한번 보고 싶구나.

그러시지요. 상천에 오르시면 나중에 다시 오실 기회가 별로 없으니 한번 보시고 가시지요.

*네 분께서 자연스레 날며 산세를 구경하시고 다시 오르심.

*다시 날아올라서 상천 도착.
따뜻하지만 약간 서늘한 날씨가 지상의 초봄 같다. 풀이 생기 있게 돋아 있다.

여기가 상천입니다. 지금은 약간 어설프지만 속과 중천의 습을 버리면 금방 좋아지실 것입니다. 걱정 마시고 잠시 계시면 상천에서 모시러 올 것입니다. 안녕히 계십시오.
(아버님) 고맙다. 화영아.
(오빠) 고마워요. 누나.

누나가 아니라 막내 동생입니다.
동생 화영이…….

잘들 계십시오.

*저쪽에서 모시러 오는 선인들이 보인다.

–『다큐멘터리 한국의 선인들』 2권에서

부록 _명상학교 수선재

1. 수선인의 건강지침 •

가. 수선인의 건강

정의 : 건강이란 보람 있는 삶을 위해 몸과 마음이 조화된 상태를 말한다.

실천: 1. 자신의 건강을 스스로 돌볼 수 있는 능력을 갖춘다.

나. 수선인의 건강지침

A. 정의: 몸의 균형을 위해 노력한다.

실천 2. 바른 자세로 하는 걷기나 절 명상을 생활화한다.

실천 3. 체질 식사를 하려고 노력하되, 어떤 음식이든 감사한 마음으로 먹는다.

실천 4. 근육과 골격을 바로잡는 교정운동, 마사지를 실천한다.

실천 5. 필요시 침, 뜸, 뇌파훈련, 속청, 부비동 청소를 활용한다.

B. 정의: 좋은 감정 상태를 유지한다.

실천 6. 매사에 긍정적인 자세를 갖는다.

실천 7. 순화된 방법으로 감정을 표현한다.

실천 8. 뇌의 깊은 잠을 위해 뇌의 잠 주기(밤 11시에서 새벽 1시) 전에 잠자리에 들어 숙면을 취한다.

C. 정의: 몸의 안과 밖을 맑고 밝고 따뜻하게 가꾸어 나간다.

실천 9. 몸의 구규를 선스럽게 관리한다.

실천 10. 명상을 통해 그날의 탁기는 그날 제거한다.

실천 11. 하루를 감사한 마음으로 시작하고, 깊은 호흡을 통해 정리하는 습관을 갖는다.

2. 수선인의 정체성과 행동지침

가. 수선인

정의 : 마음은 넉넉하게, 물질은 소박하게 살고자 하는 사람들

실천1. 맑은 표정으로 밝게 웃으며 따뜻한 인사를 전한다.

나. 수선재

정의 : 수선인을 길러내는 집

실천2. 수선재 본부나 지부 또는 수선인이 생활하는 가정은 맑은 표정으로 밝게 웃으며 따뜻한 인사를 전하는 사람들로 가득하다.

다. 수선인의 행동지침

A. 정의 : **자신은 귀한 존재이며 우주의 일부로서 존재하는 사람임을 인식한다.**

실천3. 거울을 볼 때마다 자신을 격려하며 타인뿐 아니라 하늘에, 땅에 동식물에게 다정한 인사를 전한다.

실천4. 거짓을 말하지 않는다.

실천5. 자신이 진정 하고 싶은 일을 알며 그 일을 하면서 산다.

실천6. 걷기를 생활화하며 걸을 때는 생각하지 않는다.

B. 정의 : 자연에 폐를 끼치지 않는다.

실천7. 자연친화적인 자재로 지은 작은 집에서 살며 가전제품의 사용을 줄인다.

실천8. 사망 시에는 화장을 하고 재를 물이나 흙에 뿌림으로써 곧바로 자연으로 돌아간다.

실천9. 자신이 버린 쓰레기는 집밖으로 내보내지 않으려고 노력한다.

실천10. 음식을 먹을 때마다 감사하는 마음을 갖는다.

C. 정의 : 타인은 나만큼 소중하다.

실천11. 가족을 포함한 타인의 일에는 본인의 의견을 존중하며 자신의 의견을 강요하지 않는다.

실천12. 사후 장기기증을 약속한다.

실천13. 육식을 즐기지 않는다.

실천14. 어른과 모든 상처받은 이들을 존중하며 이들을 위하는 구체적인 활동을 실행한다.

D.정의 : 인간과 우주의 창조 목적은 진화이며 지구는 학교임을 인식한다.

실천15. 인간은 경험을 통해 배우는 것으로 충분하다는 생각을 가지므로 생로병사에 초연하며, 길흉화복에 연연하지 않는다.

실천16. 자신의 선악과를 발견하면 같은 과오를 되풀이하지 않는다.

실천17. 이와 관련한 선서의 내용을 관심 있는 이들에게 정성껏 전한다.

실천18. 우주의 기운으로 하는 깊은 호흡을 생활화한다.

※ 명상학교 수선재에 대한 보다 상세한 내용은 홈페이지를 참조하세요.

www.suseonjae.org, tel : 1544-1150